古典文獻研究輯刊

十 編

曾永義 主編

第9冊

國族與歷史的隱喻
——近現代武俠傳奇的精神史考察（1895～1949）

高嘉謙 著

國家圖書館出版品預行編目資料

國族與歷史的隱喻——近現代武俠傳奇的精神史考察(1895
〜1949)/高嘉謙 著 -- 初版 -- 新北市:花木蘭文化出版社,
2014〔民 103〕
目 2+176 面;19×26 公分
(古典文學研究輯刊 十編:第 9 冊)
ISBN 978-986-322-910-0(精裝)
1.俠義小說 2.武俠小說 3.文學評論
820.8   103014146

ISBN-978-986-322-910-0

9 789863 229100

古典文學研究輯刊
十 編 第九冊   ISBN:978-986-322-910-0

國族與歷史的隱喻
——近現代武俠傳奇的精神史考察(1895〜1949)

作　　者　高嘉謙
主　　編　曾永義
總 編 輯　杜潔祥
副總編輯　楊嘉樂
編　　輯　許郁翎
出　　版　花木蘭文化出版社
社　　長　高小娟
聯絡地址　235 新北市中和區中安街七二號十三樓
　　　　　電話:02-2923-1455/傳眞:02-2923-1452
網　　址　http://www.huamulan.tw 信箱 hml810518@gmail.com
印　　刷　普羅文化出版廣告事業
初　　版　2014 年 9 月
定　　價　十編 18 冊(精裝)新台幣 32,000 元

國族與歷史的隱喻
——近現代武俠傳奇的精神史考察(1895～1949)

高嘉謙　著

作者簡介

高嘉謙，國立政治大學中國文學博士，現任臺灣大學中文系助理教授。主要研究領域為中國近現代文學、臺灣文學、馬華文學。著有博士論文《漢詩的越界與現代性：朝向一個離散詩學（1895-1945）》。主編《抒情傳統與維新時代》（上海：上海文藝，2012）、馬華文學的日本翻譯計畫「臺灣熱帶文學」系列（京都：人文書院，2010-2011）。

提　　要

　　本論文主要探討清末民初俠義公案與武俠小說興起及演變過程中的內在敘事理路，及其隱含的國族與歷史的寫作企圖。全文共由六章組成，分做兩階段的處理，處理的對象則是橫跨1895～1949年間的重要武俠文本。緒論部分除了針對論文架構與理論的說明，另也描述出一個武俠熱的知識場景，探討攸關武俠消費與經典化歷程的文化、文學建制與中國性議題。第二章以「現代性與雅俗流變」為題，簡單勾勒自晚清到五四的小說嬗變所凸顯的現代性問題，從而處理武俠敘事在「近代小說化」（novelization）進程中與民國的通俗小說體系所呈現的被壓抑現代性，辯證性的呈現武俠小說的「現代」意義。第三章的論述以「武俠」為對象，在精神史的框架下檢視一個生成於近代中國的消費話語，試圖為其建構歷史與文化的語境，以文化符碼形構的歷程及身體中介個體與國體的國族想像帶出一個「武俠」實踐的知識準備和武裝形式。對於小說雅俗辯證與「武俠」文化歷史的處理，基本可視為第一階段的論述。第二階段的論述開展，就直接針對俠義公案及武俠小說進行文本化的個案分析。

　　第四章從晚清俠義公案的「武俠化」進程，藉由「武」和「俠」兩個關鍵元素的分析引導出詭譎的正義結構的辯證，探討其中招安、俠隱與革命的內在轉折。第五章則鎖定民國武俠傳奇的「寓言化」現象，討論武俠小說紀實與虛構的敘事策略，進而選擇身體、成長、和江湖三個主題面向進行寓言化的解讀，以期在武俠文本內建的社會與歷史空間中捕捉豐富的現代意義與消費趣味。身體作為武俠小說中膨脹與壯碩的主體，卻投映了近代中國隱然可見的歇斯底里式的身體與身體法制化的進程。成長所意味的俠客闖蕩江湖的磨難與轉變，則縮影了從晚清留美幼童到民國革命青年的「少年中國」藍圖。而江湖呈現為武俠傳奇時空體的魅力所在，更在地理空間與文化時間的操作上寄託民間廣場與烏托邦想像的實踐，以揭示一個「文化中國」的美學品味和意義。最後一章的總論與展望，則以金庸的集大成回應武俠的敘事傳統與消費魅力，及總結本論文未能處理的課題，以作為下一次論述的起點與展望。

自　序

高嘉謙

　　這是 2001 年底完成的碩士論文，距今已有十三年之久。雖然目前的學術研究重心已不在近代小說，但武俠仍是個人的學術關懷。無論教學或購書，總是會接觸相關研究。這些年學術界仍舊熱衷討論類型小說，其中武俠小說的新作者也並不少見，其中不乏創新者和暢銷作品，顯然武俠還是不退燒的議題。

　　當年以晚清—民國的武俠小說爲對象，討論的基礎是從敘事類型和精神史脈絡，試圖勾勒和描述武俠類型的近代起源。因此從「傳奇」（romance）的敘事類型討論武俠內部的敘事元素，以及文本特質，希望藉此突出研究武俠應該觸及的批評概念。附錄的兩篇論文寫於 2002-2003 年間，已是博士班初期，屬武俠議題的系列研究，藉此出版機會一併收入。這是我對武俠的階段性思考，希望可以提供不同的學術討論。

　　碩論的出版，畢竟帶有紀念當年初涉學術的熱情與衝動。礙於教學與學術工作的繁忙，本書除了部分字句的修辭改動，並未做大幅度的內容修訂。部分新的武俠研究趨勢和成果，只能以註解補充，但已無法一一回應。書裡若有不夠成熟和完善的論點，代表了彼時的學術能力和眼光。這是學術訓練養成的必經階段，紀錄當年自己的青澀與抱負。

　　最後，感謝當年引領我走向學術思考的指導老師黃錦樹教授。多年來亦師亦友的提攜與照顧，感念在心。其時的兩位口考委員，王德威教授和張大春先生，給了我不同的學術／文學啓發。尤其王德威教授，在我後續的學術生涯更扮演了關鍵角色。這本碩論也紀錄了歷經九二一地震、北上臺大寄讀，避居淡水寫作的歲月。當年碩論完成後沒寫序，現在藉此書，紀念當年一起

奮鬥的暨大同窗，雖然大家最終走向不同的路。當然，更要感謝這麼多年一直鼓勵和陪伴在側，當年的女友，現在的妻。

2014 年 7 月 6 日林口

第一章　緒　論

第一節　武俠熱的知識場景

一、文化中國與中國性

　　武俠小說作爲傳奇（romance）類型的發展歷程自晚清以降已有一世紀之久。儘管流行於明清的俠義公案小說與民國以後才大興的武俠小說有著類型上的本質差異，但兩者的敘事體質卻不出浪漫故事的框架，並且還是一個古典寫作傳統「說部」的延續。武俠類型的確立在晚清之際實有一個俠義公案的過渡階段，五十年代以後以金庸爲代表的新派武俠的成熟卻也有大量民國武俠小說醞釀試驗的基礎。這百年來武俠小說的發展象徵了文學史上通俗文學範疇龐大的資本累積，同時也見證了通俗小說敘事姿態的轉折，一個漸趨文人化與典雅化的取向。對於五四新文學傳統而言，武俠小說在多種通俗文學類型的整合基礎上確實以新的資源進駐到正宗的文學主流，干擾著書寫的行進。多年來被主流文學史排除在外的武俠小說，卻也因爲豐厚的作品積累開始動搖五四範式下的文學史論述。各種近現代通俗文學史的寫作就是最好的例證。武俠不再是難登大雅之堂的小市民文藝，卻可能是將近百年的中國現代文學發展歷程中最廣受歡迎的類型文學，尤其還可被視爲五四以降「感時憂國」傳統之外的寓言寫作。武俠以傳奇文本及次文本的消費方式存在已成爲值得重視的文學／文化現象。

　　放眼望去，大量武俠文本相應產生的廣大讀者群，在消費武俠的過程中

衍生了許多附屬的效應。武俠訴諸娛樂層面，則以量產的電影電視形式將其推向另一巔峰，甚至發展至當代各種電動、電腦、線上遊戲的生產，皆意味了武俠的消費行為經由聲光媒體的中介，已從單純的文學類型上綱為一種文化形式。這種類型文化透過共享的文化經驗帶出了「凝視」的介入姿態，一種對時空體的確切把握和無限想像，成功導引精神復歸的旅程。絕對的封閉時空，相應的古典意象，超自然的物質建構，形成的一種凝視姿態彷彿帶有一股魔力，對於當中刀光劍影、恩怨情仇的母題理解不只是消費性的想像式快感，而是一個文化場景的召喚。聲光化的武俠使得感覺形式具象化，並與武俠文本產生內在的共鳴，因為二者同處於編碼空間。虛擬界面操作的魔法張力釋放的想像力量使消費者「信以為真」的直接進入感覺，在堆積的材料上建構普遍性記憶，所有的刺激、想像、審美見證了被置入其中的咒語般的召喚。這意味著武俠在純粹感官娛樂之外有其獨特的敘事結構。這形塑於近代中國情境，運作古老俠之精神的文類，除卻明顯的文化商品性格，仍有其獨立的思考邏輯，表現方式和精神體質。武俠所代表的文化消費無異是一種心靈經驗的參於，一種腔調、姿態和表情的綜合諧仿與投入。這樣的文化商品習性宣稱了其獨有的品味，以及被豐富解讀的可能。這也就不難理解，當武俠在泛文化面的廣為消費，並形成歷久不衰的熱潮的同時，另一知識性的運作也在進行。簡單來說，知識性的運作也代表著經典化的過程。從文學史寫作的立場而言，相對弱勢的武俠屬通俗範疇，卻也進入經院化，成為通識課程，說明了文學傳統範式的轉移，武俠文學得以登堂入室在文學史佔據位置。

然而，雅俗之間複雜的互動、滲透和位移，不但是文學場域內的資本結構問題，更是一個文化建構的過程。武俠作為九十年代以來雅俗共賞的文化類型，極有力的說明了中文知識界一個文化狀態的轉型和運作的痕跡。將武俠議題擺在國學熱這樣一個龐大的文化個案之旁，主要是藉由國學熱的文化生態揭示武俠精神內在的文化體質，同時也透過武俠的生生不息反映百年來一個不斷在消費的文化經驗。國學與武俠鮮明的雅俗對立，其實在文化接受過程中發生了微妙的結構性轉變。國學熱在九十年代的流行包裝對照武俠知識性運作的「經典化」歷程，除了代表著文化結構性的調整，不也暗示著一個徘徊不去的文化情境。當國學跨出幽暗的象牙塔，而武俠得以進入象牙塔一窺堂奧，兩者交錯的背影卻浮現出一個異常清晰的文化幽靈。國學的復興意味著回到了一個民族文化的精神單位，透過歷史、思想史和文化史的連接，

在學術建制之餘明顯深化了民族主義的情緒〔註1〕。國學熱的大眾消費，伴隨陳寅恪、王國維、吳宓、錢鍾書、顧准、錢穆等等代表性人物的系列論述、傳記、日記的學術生產，卻是象徵了精神家園、文化尊嚴，甚至中國性的確立與堅守。儘管各方對國學熱現象有諸多不同的見解，但國學熱本身的重要框架卻是近代中國精神的體現〔註2〕。至於登上學術舞台的武俠文學，整體的精神魄力卻是呼應著知識分子的內在渴望，壯碩的中國體質。對應於國學回歸到學術尋找精神單位，武俠在雅俗層面成功開啓一個想像民族的全景。武俠「在本質上內含了時間的中國性」進而遍佈的「中國細節」所彰顯的文化效應，甚至可以輕易跟新儒家提出的「文化中國」藍圖接軌〔註3〕。武俠代表的必然古裝、必然中國，說明了其歷久不衰的在華人世界廣泛消費的根本原因。一個潛在中國性的被需求、被審美及被記憶〔註4〕。中國性雖為一巨型結構〔註5〕，但落實於庶民階層的消費卻往往需要儀式性的步驟，叩關密語以催化一種文化回憶，甚至普遍性的追憶。這樣的特質置於海外華人的脈絡來看卻再明顯不過〔註6〕。武俠文化作為另一個類型個案，透過俠者譜系的傳承及

〔註1〕　相對國學大師們的正統與正當性，一個極有趣的個案是既非國學大師也非碩儒文人的文化雅痞辜鴻銘。近幾年辜鴻銘以《中國人的精神》在彼岸狂銷，一個在清末民初的文化守成者竟捲入了二十世紀末狂歡化的民族主義街頭運動。其搖晃辮子的身影，彷如空間迷向的老頑童，不時露出不合時宜的詭笑。

〔註2〕　關於九十年代彼岸國學熱的討論文章甚多，有的視其為「文化保守主義」的復興，有的則認為是「文化英雄」符號的展現。但國學熱的內在架構始終不出一個近代的文化情境。甚至籠統的說，當代中國瀰漫的民族主義情緒仍是晚清以降歷經百年的精神症狀。

〔註3〕　黃錦樹，〈否想金庸──文化代現的雅俗、時間與地理〉，收入王秋桂主編，《金庸小說國際學術研討會論文集》，（台北：遠流出版社，1999年），頁587～607。

〔註4〕　舞龍舞獅、揮寫春聯、燈籠、華樂、古裝電影電視劇等等都是「中國性」的中介。一個有趣的現實參照個案是馬來西亞的電視台早期所引進的港台連續劇中就是以不符國家民情而拒絕古裝劇。直到風靡華人世界的《包青天》的引進，還一波三折的經由當地華人政黨領袖在國會請願，才透過首相馬哈迪宣佈批准播出，從此打破這一道沒有明文規定的禁令。對於視中國性為禁忌的大馬政府而言，古裝劇所意味的召喚「中國」的鮮明種族色彩自然不言而喻。

〔註5〕　中國性的本質、內涵和定義恐怕會是一個涉及面非常廣的複雜問題。相關論述可參黃錦樹，〈魂在：論中國性的近代起源，其單位、結構及（非）存在論特徵〉，《中外文學》，（第29卷‧第2期），2000年7月，頁47～68。

〔註6〕　黃錦樹教授針對馬來西亞華人的個案處理指出了中國性的世俗消費總帶有表演性的儀式步驟。參黃錦樹，〈中國性與表演性──論馬華文學與文化的限度〉，收入氏著，《馬華文學與中國性》，（台北：元尊文化出版社，1998年）頁93～161。

「百科全書式」的「僞知識」的文化資料庫的建構，屬於身體與精神面向的投入往往是在體會一種虛擬的「中國經驗」。從兩岸三地對武俠小說與電影電視的的集體抄襲、複製及量產的現象來看，武俠作爲另類時間文化載體所設置的回歸路標恰恰引導著讀者以文字聲光的形式介入其中，不厭其煩地經驗文化美感與身體意象進而深入到一種無意識的文化記憶場景。因而武俠所內含的中國，又或古典之所以被一再強調，當然並非僅以「僞身體」取代現代世界的槍炮彈藥。身體的聖化以光暈的形式呈現，牽引了中國性的意圖進駐，才是整個文類必然歸返的旅程。除了時間、中國細節鮮明的標誌，一個敘事幽靈的出沒，使得武俠傳奇回到了典型的中國書寫氛圍：抒情傳統。除了浪漫的想像，典雅的氣派、內斂的情感，寶劍秘笈只是懷舊物，通向文化的消費。

二、文化與文學建制

武俠文學的知識性運作最顯著的例子自然是以新派武俠大師金庸的經典化歷程爲標誌〔註7〕。這當中除了三場分別在美國哥倫比亞、台北及北京舉辦的「金庸小說國際學術研討會」是爲整個武俠文學正典化的巔峰，其實早在1987年香港中文大學就主辦了一場「國際中國武俠小說研討會」掀開武俠小說經院化的序幕。之後台灣淡江大學先後兩場的「俠與中國文化」、「縱橫武林」的武俠文學研討會以及淡江大學中文系專闢「武俠小說研究室」收集武俠文學資料更進一步替武俠文學進行學科建制。武俠小說進入學科研究的範疇，除了有學者專家以學術專著的方式投入研究（以中國大陸的陳平原教授、徐斯年教授和台灣的龔鵬程教授、林保淳教授、葉洪生先生的研究成果較有代表性），當然也漸次進入學術生產機制。中國大陸和台灣同時於1998年產生了以金庸武俠小說爲研究對象的博士論文〔註8〕，就有其完整的學科建制的

〔註7〕 有關金庸的經典化歷程及其引發的爭議和筆戰，可以參考吳曉黎，〈90年代文化中的金庸──對金庸小說經典化與流行的考察〉，收入戴錦華主編，《書寫文化英雄──世紀之交的文化研究》，（南京：江蘇人民出版社，2000年），頁130～162；廖可斌編，《金庸小說論爭集》，（杭州：浙江大學出版社，2000年）。

〔註8〕 中國大陸方面是宋偉傑的博士論文《從娛樂行爲到烏托邦衝動：金庸小說再解讀》（北京大學中文系比較文學所），台灣則有羅賢淑的博士論文《金庸武俠小說研究》（中國文化大學中文所）。這自然是以民國與新派武俠小說的研究爲判準。明清與古代俠義小說基本已是學科建制的古典小說研究。

指標性意義。武俠小說的經院化自然帶動了出版效應．除了武俠小說的重新整理出版，相關的武俠評論、隨筆等等良莠不齊的雜論式著作也大量進入書坊〔註9〕。這些武俠文本以外的知識性運作顯示了大量對武俠文學的參與和接受拉抬了武俠作爲普遍消費的類型文化。武俠的被借用或移花接木諸如「股市的天龍八部」、「武俠星座人生」等等不就彰顯了武俠所引發的普遍共鳴衍生的抄襲、複製與氾濫的社會現象。

　　其實有關武俠進入學科建制的背景，一個不能被忽略的關鍵性因素是80年代以來的文學史書寫運動。這運動的顯著特徵就如陳平原所言是「晚清記憶」和「通俗小說」的被引進，以重構完整的現代文學場景。除了被壓抑的復返，這文學版圖的重整，還是企圖捕捉一個延綿不斷、生生不息的經驗書寫，那是相對五四正統，卻銘刻於群體經驗的消費話語。武俠自五四傳統的被切除，從「文學場」的被邊緣化，代表著普遍失落的文化記憶和虛構的想像性記憶。武俠的被整理和書寫，不過由世俗性消費進入知識性消費〔註10〕。整個武俠類型機制的技術性處理和確立，恐怕才是武俠正典化有價值且迫不及待的出路。

　　武俠熱的另一波動作則是武俠小說的重寫。自金庸以後很難再被超越的武俠類型使得這重寫的動作往往帶有顛覆、調侃、戲仿的趣味。嚴肅文學作家投入傳統通俗類型的創作，意味著一種文人化傾向的發展。早在1989年黃凡、林燿德主編的《新世代小說大系》就編有「武俠卷」收錄張大春、陳雨航等人的作品。這些作品不論是「後設」武俠或「文學化」武俠，都有著實驗性的價值意義。大陸先鋒作家余華的〈鮮血梅花〉則是極端顛覆武俠小說敘事部件功能的反武俠小說。當復仇、寶劍、漂泊成了尷尬的組合，劍客跟武俠傳統脫落，將武俠主題推向哲思性與美學性的理解，武俠意圖歸返的古

〔註9〕　中國大陸對於武俠小說的出版、評論尤其顯著。除了對新派武俠的金庸有系列出版，早在1996年還出版了46冊的還珠樓主小說全集，2000年配合電影《臥虎藏龍》也出版了王度廬小說全集。其中陳墨、韓雲波、徐斯年、曹正文等人的武俠評論、武俠史整理更多不勝舉。至於香港、台灣除了《諸子百家看金庸》系列的評論專著，就只有偶見葉洪生、林保淳等人的專書與討論。而台灣在武俠小說出版方面，除了1984年出版了「近代中國武俠小說名著大系」之後，就只有新派武俠小說的出版。至到電影《臥虎藏龍》在奧斯卡得獎之後，才陸續重新出版王度廬、平江不肖生等舊派武俠小說。

〔註10〕武俠進入知識性運作的詳細現象與事件，及其引發的衝擊與雅俗思辨已有許多論述。故本文不再贅言。代表性的討論可參考宋偉傑，《從娛樂行爲到烏托邦衝：金庸小說再解讀》，（南京：江蘇人民出版社，1999年），頁188～207。

典世界反而在重寫的動作中越趨文人化，進而遁入寓言化的敘事。爾後台灣的張大春與張北海的擬武俠小說《城邦暴力團》和《俠隱》同時將俠客拋入槍砲彈藥的時代，分別處理一個「逃亡」和「隱遁」的主題，整體的敘事姿態事實上回到了張恨水的「現實主義的武俠觀」。一種捨棄奇幻事物卻又承擔歷史記憶的江湖寫作。然而，不再遵從武俠小說成規的寫作本身已將敘事帶離到極為「文人化」的操作，這一波「改寫」或「重寫」武俠小說是另一個為「武俠」命名的歷程。武俠類型的傳統「商業」習性在相對嚴肅的寫作過程中恐怕必然削弱且進入知識化的運作層次。

　　繼余華等嚴肅作家的武俠創作後，聯合報在 2001 年推出的大眾小說文學獎就以武俠小說為主題，敞開一個全民「武俠」的寫作風潮。武俠納入文學獎的體制運作，固然有著回歸正宗「純」文學生產機制的意味，但也不妨視其為一個類型文學開啟新契機的可能。畢竟自金庸等新派武俠名家以後，武俠傳奇的敘事程式已漸露疲態且難有創新。故而，武俠小說的文學獎意義，既是提拔新秀卻也在試煉武俠類型的生機。但一個不過度依賴程式而力求創意的類型文學寫作，可以預見的趨勢反倒是文人雅化的必然。正當武俠投入文學獎的運作之際，聯合報配合武俠熱潮而推動蘇小歡的武俠小說《天地無聲》的連載，卻顯然已非當年武俠小說生成的商業動機。環境丕變，而閱讀趣味不改，武俠重寫的動作能將歷經百年的類型文學帶往何處，只能拭目以待。〔註11〕

三、《臥虎藏龍》現象的意義延伸

　　導演李安在 2000 年結合好萊塢資金技術拍攝的武俠電影《臥虎藏龍》在成功打入西方市場，獲得多項奧斯卡獎項之後，確實達到了武俠電影發展 80

〔註11〕2005 年明日工作室主辦「第一屆溫世仁武俠小說百萬大賞」開啟了另一波重寫武俠小說的熱潮，至今已進入第九屆，誕生了新一代的武俠小說作者。但這些得獎作品基本未引起更大的市場迴響。倒是 2007 年鄭丰以「2006 全球華文新武俠小說大賽」首獎作品《天觀雙俠》登陸文壇，獲得市場好評，陸續寫了四部作品，有「女版金庸」之稱。香港部分則有喬靖夫 2008 開始陸續出版的《武道狂之詩》，截至 2013 年已出版了 13 冊，以鋪陳武功技擊和武俠知識典故的寫法暢銷市場。大陸則以徐皓峰 2006 年出版形意拳師口述歷史的《逝去的武林》開始，寫作《道士下山》（2007）等硬派武俠作品，成為新一代受矚目的武俠小說家。多部作品被改編成電影，其中參與了王家衛電影《一代宗師》（2013）的編劇。

餘年來的巔峰。《臥虎藏龍》的成功把武俠的視野拉回到了新舊武俠過渡期的王度廬。這是將武俠的主題回歸到相對新派武俠繁雜的主題的一個純粹的起點〔註12〕，同時又是總結晚清以降武俠類型潛在的主題矛盾。相對於過去幾年港台大量的武俠電影、電視劇的製作，這些粗製濫造的武俠文藝肥皂劇雖改編自金庸、古龍、梁羽生等名家名著，卻始終不曾引起廣泛的討論。倒是報紙和網路的叫罵顯得異常熱鬧。《臥虎藏龍》的成功恰是抑制住了武俠電影粗製濫造的趨勢，也重啓了另一波的武俠熱潮。這一股熱潮顯而易見的是武俠又回到了學者專家的知識性討論。相關略具深度的分析討論〔註13〕，其實暗示了武俠類型新的可能。當李安捨棄新派武俠作品中已被大量複製且成標誌的角色，選擇《臥虎藏龍》以回到新舊武俠過渡期的王度廬，其實也就回過頭去正視自晚清以降的武俠基礎母題——廟堂與江湖的對話。這在新派武俠幾乎將二者完全對立的處理或不處理，江湖逕自遁入修辭性的操作。在武俠消費氾濫的今日看來，《臥虎藏龍》回到典雅、內斂的文人化敘事模式，回到王度廬在舊派與新派交接的關鍵過渡，其實爲武俠類型從娛樂及想像過剩的局面拉回到人文思考。爲一個五四以降的個人主義在武俠形式中尋得另類的成長模式。同時，對大部分的武俠消費群而言，恰恰是離開他們所熟悉的譜系，重新開始一個全新的譜系。奇遇從李慕白的青冥劍失竊開始，個人主義並非現成，卻是玉嬌龍不斷衝撞體制的結果。誠如作家楊照所言：「讀《臥虎藏龍》就是讀玉嬌龍可以任性到什麼地步。」〔註14〕不是英雄的塑造，卻是一個經由武俠包裝的個體成長之旅。電影《臥虎藏龍》可以在西方受到熱

〔註12〕相對香港導演徐克以《蝶變》、《東方不敗》標榜的「江湖敘事」、王家衛以《東邪西毒》營造的江湖美學，甚至民族主義式消費的「黃飛鴻系列」，都有著繁複的正反江湖操作或歷史題材與民族英雄的寄託。相關研究可參考陳清僑，〈幾齣當代香港武俠電影中的希望喻象及江湖想像〉，收入王宏志、李小良、陳清僑，《否想香港：歷史、文化、未來》，（台北：麥田出版社，1997年），頁281～308。楊明昱，〈黃飛鴻師父出招：電影武術英雄的表演與觀看〉，收入劉現成編，《拾掇散落的光影：華語電影的歷史、作者與文化再現》，（台北：亞太圖書出版社，2001年6月初版），頁115～129。

〔註13〕李欣倫記錄，〈武俠世界的嚮往與追尋：李安電影《臥虎藏龍》座談會〉，（中國時報‧人間副刊，2000年7月18、19日）。曾昭旭，〈憑誰問玉梳化遊龍：試解李安的《臥虎藏龍》〉，（中國時報‧人間副刊，2000年8月13日）。張小虹，〈江湖潛意識：《臥虎藏龍》中的青春欽羨與戀童壓抑〉，（中國時報‧人間副刊，2000年8月20日）。

〔註14〕楊照，〈復活了的《臥虎藏龍》〉，《中國時報‧人間副刊》，（2001年5月8日）。

烈的歡迎，西方觀眾所能消費的除了美麗的武打動作與異國情調，其實就是屬於俠客，也屬於個人主義的魅力。只是很弔詭的，透過通俗的武俠卻是在消費一個五四人文價值。從《臥虎藏龍》的回歸，我們可以發現武俠所處理的情境其實非常「現代」。

　　至於《臥虎藏龍》對武俠發展的意義而言，能不能也算是「重寫」武俠的一環，一個高度人文氣質與感性的表述模式？這樣的聯想並不離題。畢竟，《臥虎藏龍》對於一個由五湖四海組成的江湖的具像化〔註15〕，以及剛柔並濟的武打設計，確實對疲憊的武俠電影類型而言展現了新的可能。隨著《臥虎藏龍》的走紅連帶的消費熱潮也反應在電視劇和廣播劇的推出。其中的人文內涵是否也隨著消費的蔓延而深入改變閱讀的口味，恐怕也只能靜待日後的發展。〔註16〕

第二節　國族寓言與武俠傳奇

　　從武俠在近代中國生成的脈絡來看，一個以身體意象、奇幻體系、中國地理文化時空體建構的烏托邦想像，其實已脫離五四典範下的現代中國文學寫作而趨近於傳統說部的延續。然而，這個章回體的擬說部文類除了有著傳統說部的殘存形式，卻又在精神及用語上跟五四範式有著一定程度的對話關係。相對其就古典世界的堅持，或是超現實境域的經營，這封閉的時間與空間更像在虛構的寓言世界裡傳達一個俠義的故事。關於武俠小說歷來的批評觀念，不論神怪傳統、言情敘事、歷史演義、諷刺譴責都似乎可以在武俠小說找到各自的單位，展開批評的運作。但武俠本身其實更趨近於一個西方文

〔註15〕影視武俠的江湖表現，從來都是統一的標準語。但《臥虎藏龍》卻以李慕白的港式國語、俞秀蓮的南洋華語、羅小虎的台灣國語及玉嬌龍的京片子搭起了有著五湖四海味道的江湖，並由李、俞不靈光的國語吐出文謅謅的對白，整個片子的調性就是標準文人化的敘事。

〔註16〕《臥虎藏龍》之後的武俠電影發展有另一番的蓬勃景象，武俠元素的遊移與其他元素的進駐，改變了武俠電影的形式。除了重演民族英雄的《霍元甲》（2006）、《葉問》（2006）系列，其他以古代宮廷歷史、政治鬥爭、情愛恩怨為基調的武俠類型（《英雄》（2002）、《十面埋伏》（2004）、《滿城盡是黃金甲》（2006）、《夜宴》（2006）等），都有炫麗的武打動作和場面，鋪張的武俠元素同時混雜了其他元素。另外，以推理、辦案風格混入奇幻元素的武俠類型，就有徐克《通天神探狄仁傑》（2010）、陳可辛《武俠》（2011）、《劍雨》（2010）、《四大名捕》（2011）等。配合著電影 3D 技術的成熟和風行，影視武俠的類型變化值得觀察和另文處理。

類「傳奇」（romance）的批評概念。套用詹明信（Fredric Jameson）對弗萊（Northrop Frye）的傳奇理論的簡要勾勒：

> 傳奇是一種願望滿足和烏托邦幻想，旨在改變日常生活世界，以便恢復某個失去的伊甸園的狀況，或期待一個從中將消除舊的死難和缺憾的未來王國。因此，傳奇不包含以某種理想的王國來替代普通的現實……而是包含一個改變普通現實的過程。〔註17〕

在詹明信的脈絡下，傳奇是一種經由想像實體賦予文本意義的方式，而意義的本身既可以是一種「本質」、「精神」和「世界觀」。以這樣的解讀回頭檢視武俠文類，武俠敘事的基本特質總是一個冒險的「追尋」，在一個正邪對立的歷程中完成一個本質的揭示。在武俠的情節推演中，那往往會是一個大俠的成長，稱霸武林的慾望實現，或是無止盡的浪遊。單就傳奇文類需要具備的寓言元素而言，武俠小說佈滿的奇幻物像，文化細節已是一個隨時可以啟動寓言敘事的元素表。但武俠小說真正的內在精神消費，卻是一個「傳奇」性質的展現。歷來論述武俠江湖世界的觀點，當然不會錯過烏托邦的想像。但武俠的烏托邦卻不盡然是現成的替換，而是冒險過程的界面，經由俠者個體的冒險衝突，江湖因而發生意義，一個俠者的歸宿與意識的浪遊處。換言之，武俠的文類批評概念在貼近於「傳奇」之際，卻透顯出武俠本身可以是寓意的寄託。武俠敘事當中所意圖呈現的世界觀或精神，恰恰是斷裂的主體經驗的追尋與懷舊。在武俠世界封閉的時空體中，擬古典世界的堅持彷彿是有著盧卡奇意味的「總體性」的復歸，在這樣的世界裡見證「無家可歸」的個體透過成長的經驗去重建完整的世界。少俠的浪遊江湖、拜師學藝、鋤奸除惡、稱霸武林，縮影了少年中國的時代文學形象。而「中國」在此已是有著審美意義的烏托邦。

　　事實上，「傳奇」作為近現代武俠的類型概念，重要的著眼點應在於武俠的烏托邦特質呈現。這裡的烏托邦定義，自然不是「純粹」的超越世俗的異域。若仔細對照近代武俠生成的時代脈絡，武俠傳奇內含的烏托邦性質確實與現代性發生著重要的關聯。這當中有著與現實政治錯綜複雜的關係。於是，寫作或烏托邦寫作倒成了值得探究的脈絡。其視野恐怕不只是侷限在武

〔註17〕詹明信（Fredric Jameson）在中國大陸也譯作詹姆遜。本論文為求譯名統一，故內文所用皆以詹明信為準。引文見弗雷德里克・詹姆遜（Fredric Jameson）著，王逢振、陳永國譯，《政治無意識》，（北京：中國社會科學出版社，1999年），頁97。

俠的個案，而必須放大到整個現代中文寫作的情境。套用黃錦樹教授的一段
描述，可以清晰地見出其所勾勒的整體的寫作狀態：

> 意識的主體在整個向現代轉化、在現代的在世存有中，從國族到個
> 體，其體驗本身總難免是連續或中斷的創傷，離災難、死亡和恐怖
> 如此之近，以致意識總是對深淵的意識……於是那不可表現之物，
> 便被集體化，化為故事，被經驗的共同體勉強追捕……從而讓意識
> 主體的經驗總是和經驗及想像的共同體有著緊密的聯結……以致寫
> 作無可避免的成了這樣的一種社會象徵行為：易於被國族寓言論述
> 所捕捉。〔註18〕

從上引的文字，黃錦樹教授企圖理論性地深化「中國文學所展現的現代性的
殊異之處」，其實正說中了武俠敘事的起點跟中國現代文學寫作有著同樣的處
境。歷史與傳統的相繼斷裂使得經驗主體臨近於「中國經驗」的潰散狀態。
因此，武俠敘事的誕生恰恰回應著如此一個龐大的想像共同體，一個以身體、
意識型態、知識結構企圖追溯舊中國與打造新中國的複雜想像。武俠傳奇經
由俠者浪遊的江湖所構築的審美烏托邦，卻是精神自主與中國性自立的文學
想像。在這一層意義上，武俠傳奇顯然是可以通往國族寓言的方向解讀。

論及國族寓言，我們勢必要回到詹明信關於第三世界文學和國族寓言
（national allegory）的說法〔註19〕，而這樣的理論背景顯然是重要的。儘管對
這篇文章的批評與褒貶已有眾多的累積成果〔註20〕，但本文不著眼於此，卻
必須指出詹明信提出了現代寓言概念，以普遍性的論述方式掛勾了文本與寓
言的確切關係：

> 第三世界的文本，甚至那些看起來好像是關於個人和力比多趨力的
> 文本，總是以民族寓言的形式來投射一種政治：關於個人命運的故
> 事包含著第三世界的大眾文化和社會受到衝擊的寓言。（頁 523）

很顯然的，以個體寓意集體經驗的觀察視角，在一個個人力比多與第三

〔註18〕黃錦樹，〈中文現代主義：一個未了的計畫？〉，《謊言或真理的技藝》，（台北：
麥田，2003 年），頁 39～41。

〔註19〕詹明信（Fredric Jameson），〈處於跨國資本主義時代中的第三世界文學〉，收
入氏著，陳清僑等譯，《晚期資本主義的文化邏輯》，（北京：三聯書店，1997
年），頁 516～546。

〔註20〕代表性的批評有艾賈茲·阿赫莫德（Aijaz Ahmad），〈詹姆遜的他性修辭和「民
族寓言」〉，收入羅鋼、劉象愚主編，孟登迎譯，《後殖民主義文化理論》，（北
京：中國社會科學出版社，1999 年），頁 333～355。

世界文化生產的關係基礎上，寓言的現代性意義則是「能引起一連串的性質截然不同的意義和信息」（頁 529）。同時為區別於象徵主義那種一對一的參照解說和現實主義的反映論，現代寓言形式還必然「極度的斷續性，充滿了分裂和異質，帶有與夢幻一樣的多種解釋，而不是對符號的單一的表述」（頁 528）。個人與集體的寓言性關係，在詹明信的理論中確實有了多意與複雜的解讀。當然，援引國族寓言的理論考察屬於「中國文學」範疇的武俠傳奇，並非就此掉入詹明信「描述」第三世界文本的陷阱。畢竟，就武俠傳奇而言，個人與集體的關係是可以被歷史性建構。在武俠小說生成的背景中卻清楚看到個體與國族的中介：身體。身體作為近代中國的國家化界面與美學的呈現，卻難掩其世俗化實踐的基礎。從義和團到革命黨到軍國民到武術熱，身體以傳統「俠」的符號資本作為中介往往勾通於國體、政體與民族的想像。而訴諸於美學則是「雄渾」的態勢，一套從王國維、梁啓超、魯迅以降的論述過程與心理機制。身體——個體則是運作的最基本單位。在被摒棄於主流文學「感時憂國」傳統之外的通俗小說體系，卻赫然有著武俠類型可以接軌上「身體」的堂皇意象。個體經驗寓含整體性經驗的論述顯然有其正當性。當然武俠傳奇不會被視為「感時憂國」的例子，畢竟其經營的非寫實也不理性的虛構更進而把虛構拉抬到寓言的高度，都是五四典範的大忌。武俠傳奇以身體意象鋪張俠者與神秘物的神奇世界，恰恰是一個易於被國族寓言逼近的世界。

回到詹明信的國族寓言，甚至回到其更深沈的「政治無意識」的脈絡，武俠傳奇的理解恐怕有其龐大複雜的歷史思想脈絡需要被建構起來，詮釋才有充分的意義和趣味。在詹明信的理論重點，「傳奇以其強有力的原始形式可以理解為是對這一實際矛盾的想像『解決』」〔註21〕正說明了文本總是象徵性的解決一個文本與世界的關係。傳奇的歷史化固然是受限於馬克思主義的視域，但國族寓言訴諸於武俠傳奇的有效性卻在於寓言敘事中介了集體經驗結構中的歷史矛盾。因而，俠客、身體、江湖作為新的敘事主題意圖想像性地解決時代困局，就在精神史的側面有了新的意義。

因此精神史框架下的理解和詮釋，卻接近於一個時代思想或思潮的探勘與概括。相對於思想史所隱含的哲學意味的解讀，精神史的架構則明顯以精神狀態、氛圍或「症狀」的方式去把握和檢視思想史意義下的社會、文化與歷史現象。置入更大的文化史或社會史的視野，精神史的考察恰恰是一個經

〔註21〕見詹明信前揭書《政治無意識》，頁 105。

驗結構的典型呈現。在詮釋學的概念下，精神史的方法論基礎，可能還可以回到狄爾泰（Wilhelm Dilthey）的精神科學的詮釋視域：「詮釋學必須尋求它與一般認識論問題的關係，從而證明一種關於歷史的世界關係之知識的可能性，並探尋實現這種可能性的手段。」〔註22〕本文無意在此演繹狄爾泰的詮釋學概念，卻希望藉此指出精神史的框架的意義正在於理解的過程，以確定理解達至普遍的有效性。

第三節　研究框架與章節安排

　　本論文以近現代武俠傳奇為研究對象，基本的討論範圍鎖定在晚清的俠義公案小說及民國的武俠小說。文本的選擇斷限於 1895～1949 年，旨在把握該類型小說承先啟後及轉型的關鍵性歷程。前者以甲午戰爭事件凸顯晚清劇烈變動的開始，卻同時涵蓋了《七劍十三俠》、《仙俠五花劍》等等俠義公案轉型之作。後者為抗戰結束之後，國共內戰爆發導致兩岸分治，文學發展自此分裂的時刻，但也適逢王度廬「鶴鐵五部曲」的最後一部《鐵騎銀瓶》的出版〔註23〕。事實上，這樣的時間斷限固然不是以歷史事件為研究的判準，但卻以其象徵性的意義把橫跨晚清民國的重要武俠傳奇置入時代的框架予以處理。時限的目的無意構成錯覺，以為《七劍十三俠》才是晚清俠義公案小說轉型的開始，或「鶴鐵五部曲」是民國舊派武俠小說的完成〔註24〕。但時間的標界卻有擠壓效應，以凸顯這階段的作品在類型小說的發展史上有著轉型、過渡、啟蒙的特質，而在詮釋視野中卻內含重要的時代背景以說明其趨向於國族寓言的解讀。

　　本論文的研究框架無意仿照文學史的作法展開以作者或作品為中心的論述。自然也避免對作品中特定的概念或形象進行歷史性的追溯與背景考察。但本論文的研究範疇卻仍以武俠小說史的分類法，將晚清俠義公案小說與民國武俠傳奇作為兩個對照的研究對象，針對個別的顯著特質加以把握以完成一個近現代武俠脈絡意義上的精神史論述。這精神史論述的前提，恰是近代

〔註22〕狄爾泰，〈對他人及其生命表現的理解〉，收入洪漢鼎主編，《理解與詮釋：詮釋學經典文選》，（北京：東方出版社，2001 年 5 月），頁 107。

〔註23〕《鐵騎銀瓶》（上海：上海勵力出版社，1948 年 5 月初版）。

〔註24〕事實上，王德威教授早有論及《蕩寇志》、《七俠五義》等俠義公案小說在主題上已有「不祥的轉折」的發生。至於民國武俠小說在王度廬的「鶴鐵五部曲」之後也還有重要的作品如還珠樓主《蜀山劍俠傳》的持續連載。

中國存在著對「武俠」渴望及消費的文化與知識場景。那當然不僅是社會與政治的現象，而是集體經驗的投入與建構，以身體及陽剛的姿態刻劃了群眾對於國族共同體的想像。「武俠」的發酵意涵絕對不只是知識份子式的參於，它到底還有著世俗化的實踐面向。一個讓小老百姓顯而易見的投入模式，自然非具有廣大發行量的武俠小說莫屬。就在這層意義上，從晚清俠義公案到民國武俠的形構脈絡卻必須納入更大的詮釋視域加以理解。因此，武俠傳奇的內涵不再是單純的文學解讀，它往往還可以牽引一個思想史的視野，甚至作爲症狀式的精神史考察。

無可否認，清代的俠義公案小說自《施公案》以降開始有了蓬勃的發展，但在魯迅的文學史研究範式下卻始終難除「鷹犬文學」的污名。本論文特以《七劍十三俠》、《仙俠五花劍》爲主要的討論文本，無異在勾勒公案稀釋化的轉折以強調「武俠化」進程的發生。民國武俠傳奇的誕生，在繼承類型元素的方便之下也產生了無以計數的作品。歷來的研究成果大致以平江不肖生的《江湖奇俠傳》爲論述的起點，實取自於一個武俠類型的成熟。針對民國武俠類型的建立，本論文同樣以《江湖奇俠傳》在形式上的創新爲起點，同時以王度廬的「鶴鐵五部曲」系列對五十年代以後新派武俠發展的啓蒙，作爲論述的尾聲。

以下爲各章節論述重點的安排：

本論文第一章〈緒論〉作爲全文框架的說明，意圖從武俠熱的知識場景入手揭開本論文的寫作動機及書寫的位置。在知識性的運作當中，呈現了文化中國與中國性的消費背景。再者，透過「傳奇」文類的掌握，以建構武俠類型在現代中文寫作中的特色。國族寓言的理論爬梳卻有助於跟武俠傳奇生成的近代中國背景連結，以揭示一個寓言解讀的可能。

第二章〈現代性與雅俗流變〉試圖勾勒從晚清到五四小說嬗變的基礎場景，以凸顯中國「現代性」的文學寫作跟雅俗階層的變動有著相應的關係。在近現代小說生成的背景上，作爲通俗文學的武俠傳奇以殘存的說部形式配合古典小說多元類型整合，卻成爲現代中文寫作的寓言式文本。一個武俠傳奇與現代性的關係因而可以連結。

第三章〈武俠：近代中國的精神史側面〉即試圖建構一個歷史與文化的語境，以文化符碼形構的歷程帶動一個「武俠」實踐的知識準備。進而透過召喚國魂與強國保種的內在理路連結，揭示了俠正以「魂」的單位進駐，成

爲可以被隨時啓動的意象、符號及心理機制。同時，在一個國家／文化危機的背景下，勾勒了身體作爲個體與國體的中介，訴諸於種種暴力、武裝及強勢的作風，完成武俠形式寄寓國族想像的可能。至於武俠傳奇產生於這樣的近代中國背景，理所當然以身體及烏托邦運作的界面上，實踐了召喚俠者，自強中國的潛在慾望。武俠傳奇以「魂在」及「賦形」的特質，回應了群眾消費的期待視野。因此，「武俠」可以在思想史的意義上勾勒一個近代中國的形貌，卻也在精神史的脈絡下顯現爲「症狀」。後續兩章的文本討論是基於這一章的理論準備而展開。

　　第四章〈晚清俠義公案小說的「武俠化」進程〉著重論述晚清俠義公案小說在內容與形式上的轉型過程。跳脫魯迅對該文類的批評範式，本文意圖從俠義公案小說的「武俠化」進程分析其敘事要素與主題辯證的過渡特色，強調俠義公案小說在晚清時刻的內在的思辯與轉折。本文選擇透過三個面向的觀察，提出其「武俠化」的潛在行進。（一）喧囂的美學：對於「俠」與「武」兩個武俠類型的關鍵元素，在晚清俠義公案文本既有「俠盜」、「俠與身體」、「武與暴力」、「武與革命」的種種辯證思考。訴諸於躁動的不安、美學的境界與謀略，《七劍十三俠》、《仙俠五花劍》、〈俠客談〉等等作品揭示了俠義公案小說轉型的契機。

　　（二）詭譎的正義：俠者的出路與發展在文本中可以見出招安、俠隱、革命的三種模式。這三種狀態卻也是俠者對於正義的一種表態與反應。其象徵晚清時刻俠的符碼的消費型態回應著社會正義的想像與寄託。招安意味回歸廟堂卻隱藏對正義無望的悲哀，俠隱意味的意識浪遊卻在正義伸張之際凸顯不如歸去的歷史宿命感，革命則訴諸身體暴烈的想像，尤其以女俠爲主體的轉型引人側目，完成時代知識運作下的正義渴望。

　　（三）江湖的修辭性建構與開展：透過晚清俠義公案文本，揭示江湖作爲一個京畿之外遊民空間的市民廣場原型。同時在俠客出世入世的浪遊之間凸顯其虛擬的本質及修辭性的建構，作爲民國武俠傳奇的江湖世界的先聲。

　　第五章〈民國武俠傳奇的「寓言化」現象〉主要針對民國時期重要的武俠作品《江湖奇俠傳》（平江不肖生著）及「鶴鐵五部曲」系列（王度廬著）展開三個層面的「寓言化」分析。三個處理的重點主要是武俠傳奇的內在基質，試分述如下：

　　（一）身體：作爲俠者實踐的主要中介，武俠傳奇的發展基本上是身體

膨脹與壯碩的過程。這以身體爲主體的想像卻可以在內在時鐘與外在戒律的層面進行寓言化的解讀。速成的身體在追趕時間的意義上，寄寓著本能的自強渴望，但也在身體之上落實建構性的倫理秩序。練武之軀與道德身教的拉鋸，投映了近代中國隱然可見的歇斯底里式的身體與身體法制化的進程。

（二）成長：武俠傳奇敷衍俠客的闖蕩江湖、拜師學藝、復仇成功或稱霸武林都不出一個成長小說的格局。經由神秘奇遇而展開的冒險衝突歷程，往往期待著一次磨難與脫胎換骨的轉變。俠者成長的縮影寓含「少年中國」的藍圖。從晚清的留美幼童到民國的革命青年，俠者對成長的追尋、行使身體的暴力、道德光輝的啓蒙都可以見到對應的痕跡。

（三）江湖：作爲武俠小說傳奇時空體的魅力所在，本文經由巴赫金的時空體概念捕捉武俠的「傳奇」特質，以勾勒江湖地理空間與文化時間兩個向度的經營操作。透過兩者的物質、時間與心理秩序的建構進而體現江湖作爲一個民間廣場的概念，點出身體狂歡化的消費背後，也寄託著意識的浪遊。在美學品味與批判的意義上，伴隨烏托邦想像的經營，揭露一個「文化中國」概念的審美意義。

第六章〈總論與展望〉在總結從晚清到民國武俠傳奇的寓言性解讀的意義後，卻必要以新派武俠宗師金庸作爲論述的收束與另一起點的可能。在接替前人的譜系之際，金庸的集大成就在於把中國文化重建的景觀撐起爲武俠的消費魅力。以抒情傳統的接續、奇幻神怪體系的鋪陳及歷史演義、譴責諷刺的技術合成，金庸武俠的成果確實回應著武俠傳奇一路遊走在國族寓言的界面。透過說書人傳統的延續，武俠魅力的發酵體現在說故事者角色的轉型。最後，總結本論文未能且無力於處理的課題和文本，作爲下一次論述的起點與展望。

第二章　現代性與雅俗流變

第一節　從晚清到五四的小說嬗變

　　在中國文學史的版圖上，小說作為重要的文類，曾以明代「四大奇書」締造過卓越成就。隨後的小說評點蔚為氣候，預示了說部傳統走向典雅、書面化的案頭文本的必然趨勢。至到清代中葉的《聊齋誌異》、《儒林外史》、《紅樓夢》幾部經典的出現，章回體古典小說終於來到另一個顛峰，卻也宣告了小說傳統的完成。爾後在魯迅的小說史論述中，晚清的譴責、公案俠義、狹邪三大類型小說雖引起注意的目光，但魯迅視其為「末流」的框架到底已是清代小說的餘緒。對於五四一代的文學史書寫而言，如此一個簡略、線性的小說史進程，無非是要標榜五四文學革命的正當性與現代性。尤其是一個二元對立的白話與文言的斷裂過程，一個生生不息的「現代」與垂死邊緣的「傳統」，一個「新」與「舊」的代換，甚至一個「好」與「壞」的文學判準。在五四文學史的目光中，小說現代性的發生可以推及最遠的，往往只是 1899 年梁啓超等人發起的三界革命口號（文界、詩界與小說），而「新小說」的推舉也只是略具現代性旅程碑意義的起點。真正的小說革命，與現代性發生意義的小說革命仍舊需要留待五四一代的文學健將完成。

　　其實，晚清小說作為研究範疇自魯迅以降就不曾中斷。其研究框架大抵也沒有超越魯迅的觀察。論者的立足點由五四出發，主要勾勒小說的類型輪廓與權力位移，而晚清小說與五四新傳統斷裂的「必然」卻有意的將之推往更為龐大的「末流」，舊派小說體系。至到近年重寫文學史的運動挑起了檢視

五四傳統的文學版圖的趨勢，有關晚清文學與民國通俗文學的研究才有了新視野。近現代小說作爲研究範疇的成立，促成論者回到晚清小說量產與變動的場景，確實有意跨過五四典範以重構二十世紀的小說傳統。這百年中文小說的流變已不耐於從單一、線性的五四範式說起。晚清之所以進入視野，恰恰在於其多元與喧鬧的紛呈，尤其實驗性的創意、扭曲、戲仿與嘲謔。文體、文類的轉換與結合過程構成了晚清小說的重要特質，相對歷來標榜的五四現代小說起源，晚清反倒呈現了「近代小說化」（novelization）歷程。拉開文學史的脈絡重新耙梳近現代小說的源起，可以發現五四以後被切割的傳統在晚清時刻有著清楚的辯證，對於題材的反應與文體的調整，卻有一種對立於啓蒙價值的深沈焦慮、無奈與空轉。在西方現代性的光明面背後，這樣的經驗場景內化爲晚清小說的表現形式。無以避免的，中國現代性值得重新思辨與探討，因爲它可能有一個困難的起源。在這個基礎上，晚清小說勢必有一個不同於五四觀察的新界面。「沒有晚清，何來五四」〔註1〕因而變得可能。

　　近現代小說的範圍，其實有一個歷史的界標作爲參照。歷來論者習用鴉片戰爭（1842）至辛亥革命（1911）的歷史時間界定「近代」的學術意義。不過，當討論的焦點集中在「近代小說」，那相對於民國以後，尤其五四典範意義下的「現代小說」，近代的意涵似乎又指涉向一個更直接的時間概念：晚清。因此，學術意義下的晚清與現代倒成了一個可以探究的議題。學者歐陽健以爲從鴉片戰爭到庚子事變的近代時程，小說的成長幅度僅有平均每年2.2部的慘澹經營〔註2〕。相較於1900～1911年的蓬勃量產，前者的「不夠看」不止生產量的問題，作品內容更被簡單歸納爲「傳統型」而稱不上「近代」精神。於是歐陽健定義晚清小說的範疇，自然落在庚子事變後小說質量均有顯著長進的十年時間。同時還提醒即便要用「近代小說」的概念，也必須是具備「近代精神」的小說，而非歷史時間意義下的籠統歸納。

　　歐陽健的論點其實指陳了一個嚴肅的問題。相對於五四典範的晚清傳統，其戲劇性的權力移位確實發生在那關鍵的十年。但所謂的「近代精神」（現代性）卻不是這短短十年的小說「突變」，那往往是「近代」的時間性進駐中

〔註1〕 王德威，〈沒有晚清，何來五四？——被壓抑的現代性〉，收入氏著《如何現代，怎樣文學？——十九、二十世紀中文小說新論》，（台北：麥田出版社，1998年），頁23～42。
〔註2〕 歐陽健，《晚清小說史》，（杭州：浙江古籍出版社，1997年6月），頁2。

國以來，發生於中國文學傳統的精神反應或目光凝視，尤其是當小說還處於傳統的邊緣位置。當動搖國本的「近代」以物質與時間的形式入主中原，做爲民間群體消費的小說正以「他者」的目光見證一切。他者的目光所觸及的正是開始歷經轉變的中國的不安與浮躁，一如對話的姿態，一種內在的轉折、自省甚至無意識狀態正發生意義。如果種種幽微和顯明的反應與調整可以歸納爲「近代小說與現代性」的思考，近代小說的生成恰恰始於此。

　　當王德威教授以「被壓抑的現代性」論題切入晚清小說的研究〔註3〕，他鎖定的文本範圍卻是與歷史界碑相應合的太平天國起義（1849）至到清朝的滅亡（1911）。如此一來，晚清小說的界定已非那以質量取勝的短短十年，但卻是觀察現代性發展的路徑。當討論的素材拉到臨近西方現代性敲開中國大門的關鍵時刻，王教授卻一再提醒現代性的意義絕不該窄化爲西方作用下的反應。反倒在當時各種極具爭議性的小說實驗基礎上，那是即將失去活力的中國文學傳統之內產生的一種旺盛的創造力。「被壓抑」恰恰是對應五四典範將現代性包裝爲堅實的「啓蒙、理性、革命」的外殼而言。現代性的多元可能就阻絕於這股現實的叫囂聲下。

　　事實上，晚清小說的界定並不能跳開 1900 年以後重要的關鍵十年。那權力結構的移動確實刺激了創作的高潮，也激發了實驗的熱情。但如果五四的現代性恰恰是一個重新量身訂造的模子，那就有必要詢問前現代的晚清小說發展到底歷經了什麼樣的轉折。尤其這可能的現代性測量發生在百花齊放的小說實驗，各種類型創作都可以回頭檢視一個漸進發展的歷程。如此一來，晚清小說該從何說起，恐怕很難以嚴復、梁啓超等人揭櫫的「新小說」爲單一的起點。王德威教授針對狹邪、譴責、公案俠義及科幻四種類型的追蹤，將晚清小說的格局跨度到十九世紀的後半葉。同樣在袁進的論述中，中國小

〔註3〕 Wang, David Der-Wei . Fin-de-siecle Splendor: Repressed Modernities of Late Qing Fiction,1849-1911.（Stanford:Stanford University Press,1997），p13-52。王教授的「被壓抑的現代性」視角對應李歐梵教授所論述的「追求現代性」形成有趣的互補與對立。後者的鋪陳恰恰是五四典範意義下的延伸討論，一個線性進化的歷程。故其「現代性」，不能推早太早，應是 1895 以後的產物。至於被壓抑的現代性則反其道而行，追蹤被阻絕於進化式的現代性中的種種可能，視「現代性」爲悖論式的命題。李歐梵，〈追求現代性（1895～1927）〉，收入氏著《現代性的追求：李歐梵文化評論精選集》，（台北：麥田出版社，1996 年），頁 229～299。

說的近代變革甚至推得更早，而來到十九世紀的初期〔註4〕。這樣的脈絡無異佈下了更多的線索，使得近代小說與現代性的思考有了從長計議的可能。

　　1897 年嚴復、夏曾佑聯合發表的〈本館附印說部緣起〉〔註5〕為傳統說部可能發生的權力位移埋下了伏筆。「且聞歐、美、東瀛，其開化之時，往往得小說之助。」短短數語，卻預告了說部傳統的改頭換面粉墨登場的好戲開演。說部的被期待並非事出偶然。同年梁啟超刊載於《時務報》的〈變法通義・論學校五・幼學〉〔註6〕對於說部的功能早有一個確切的概括：

> 上之可以借闡聖教，下之可以雜述史事，近之可以激發國恥，遠之
>
> 可以旁及夷情，乃至宦途醜態，試場惡趣，鴉片頑癖，纏足虐刑，
>
> 皆可窮極異形，振厲末俗，其為補益，豈有量耶。

這番見解，道盡了說部傳統深入民間，吸引讀者的內在魅力，卻又不脫實務意義的宣傳功能。以致嚴復、夏曾佑進一步整合指出「英雄男女」事蹟做為人類「公性情」，作為說部題材的魅力，更符合「其入人之深，行世之遠，幾幾出於經史上」的受歡迎程度。小說的位階變化始自功能性因素，但梁啟超的著眼處卻進一步顯見其權力運作。於是，1898 年的〈譯印政治小說序〉〔註7〕就直接倡導「政治小說」為改良社會的先聲。從〈變法通義〉的論說部開始揭示小說的俚語特性及深入民間特質，再到〈譯印政治小說序〉挑明「政治小說」乃實踐「小說乃國民之魂」的格局。至到〈論小說與群治的關係〉〔註8〕更直接疾呼「欲新一國之民，不可不先新一國之小說」，完成了自古以來小說為小道的邊緣地位的轉移。憑著小道所意味的通俗，梁啟超賦予了通俗的積極意義在於其「嚴肅」的功能。小說的這番新景象對於爾後接軌的五四新文學而言，自然視其為革命的開始。「小說界革命的中心主旨是啟

〔註4〕　袁進，《中國小說的近代變革》，（北京：中國社會科學出版社，1992 年 6 月初版）。

〔註5〕　幾道、別士，〈本館附印說部緣起〉，《國聞報》，（1897 年 10 月 16 日～11 月 18 日）。又見陳平原、夏曉紅編，《二十世紀中國小說理論資料（第一卷）1897～1916》，（北京：北京大學出版社，1997 年），頁 17～27。

〔註6〕　梁啟超，〈變法通義・論幼學〉，《時務報》，（第八冊，1897 年）。又見梁啟超，《梁啟超全集》，（北京：北京出版社，1999 年），頁 39。

〔註7〕　梁啟超，〈譯印政治小說序〉，《清議報》，（第一冊，1898 年）。又見陳平原、夏曉紅編，《二十世紀中國小說理論資料（第一卷）1897～1916》，頁 37～38。

〔註8〕　梁啟超，〈論小說與群治之關係〉，《新小說》，（第一號，1902 年）。又見陳平原、夏曉紅編，《二十世紀中國小說理論資料（第一卷）1897～1916》，頁 50～54。

蒙：「改良群治」〔註9〕也就成了五四新文學的現代性溯源的關鍵。但梁啓超關於小說觀念的轉折在日籍學者齋騰希史看來，卻是獨立自經史子集之外的說部往「集部」的「言志」文學過渡的歷程〔註10〕。這意味著說部首重的「俚語」在深入人心的意義上已轉換成「國民之魂」。梁啓超模仿自日本德富蘇峰的政治小說概念雖對於中國社會而言乃新興思潮〔註11〕，一個有別於說部的「新小說」，但其中文學對於政治社會的作用與教化卻又似曾相似。當五四一代回頭界定其文學啓蒙的現代性意義，也就難怪論者譏諷其現代性之「新」不過是「文以載道」的新包裝〔註12〕。

　　儘管如此，「新小說」的興起還是引發熱情迴響並有著戲劇性的誇大與讚頌小說功能。當陶祐曾以極其浪漫且抒情的語言描述小說的魅力：

> 二十世紀之中心點，有一大怪物焉：不脛而走，不翼而飛，不扣而
> 鳴；刺人腦球，驚人眼簾，暢人意界，增人智力；忽而莊，忽而諧，
> 忽而歌，忽而哭，忽而激，忽而動，忽而諷，忽而嘲；郁郁蒽蒽，
> 兀兀屹屹；熱度驟躋極點，電光萬丈，魔力千均，有無量不可思議
> 之大勢力，於文學界中放一異采，標一特色。此何物與？則小說是。
>
> 〔註13〕

這感性語言表述下的小說影響力，指陳了一個小說被期待的萬用功能。既是感染、刺激，也是敘述、啓發，小說顯然安置於喧囂的系統。當小說被熱烈的期待，一個現實的轉折是「抒情的優先性被敘事的優先性所取代」〔註14〕。

〔註9〕　陳平原，《二十世紀中國小說史（第一卷）》，（北京：北京大學出版社，1997年），頁6。

〔註10〕　齋騰希史，〈近代文學觀念形成期的梁啓超〉，收入狹間直樹編，《梁啓超・明治日本・西方：日本京都大學人文科學研究所共同研究報告》，（北京：社會科學文獻出版社，2001年），頁290～297。

〔註11〕　梁啓超接收德富蘇峰的文學與政治觀念其實沒有太大的時差。蘇峰的大部分重要文章發表於1887年以後，而梁啓超的重要小說觀念是從1898年開始發聲。兩者時差不到十年。若現代性的參照體系爲日本，顯然並沒有嚴重的「遲到」問題。

〔註12〕　論者如王德威教授、陳平原教授、袁進教授等人都有相同的看法且細緻的討論。

〔註13〕　陶祐曾，〈論小說之勢力及其影響〉，《遊戲世界》，（第十期，1907年）。又見陳平原、夏曉紅編，《二十世紀中國小說理論資料（第一卷）1897～1916》，頁246～248。

〔註14〕　黃錦樹，〈否想金庸——文化代現的雅俗、時間與地理〉，收入王秋桂編，《金庸小說國際學術研討會論文集》，（台北：遠流出版社，1999年12月初版），頁590。

一個傳統詩文所無法表述的經驗漸進由說部的形式替代，再以「新小說」面目替換整個敘事的主流。在梁啓超的脈絡中，「新小說」固然是特定的政治小說的倡導，但對於近代以來喧鬧的經驗結構，小說的內容難於侷限在「國」、「民」的議論，卻必然會有生活經驗的剪貼和想像。於是梁啓超創辦《新小說》雜誌之際，大張旗鼓地宣傳小說內容，就預告了種種敘事的可能。相對而言，這也是敘事的需要。從政治小說以降，各種後來被掃入民國舊派通俗小說體系的「哲理科學小說、軍事小說、冒險小說、探偵小說、寫情小說、語怪小說」〔註15〕類型小說，都是梁啓超倡導小說時鼓吹的創作。就在政治小說之外，太多的社會經驗與資訊成了這波「小說界革命」的形式安頓。小說增進知識的潛在渴望更造成多元的發展〔註16〕。於是這取自日本的小說類型介紹方式，固然昭告了讀者小說的多元類型與無窮魅力，但他真正在意的還是轉化自佛典的四大小說功能：「熏、浸、刺、提」。其中對於小說家的使命更是確立在「刺、提」的啓蒙教化功能，而非單純敷衍「熏、浸」的小說感染力。1915 年梁啓超發表的〈告小說家〉〔註17〕就毫不保留的洩漏出這番心事。小說家被指控的「誨淫誨盜」、「尖酸輕薄」很明顯是他們偏離了文學工具性的訴求下的「政治正確」。因而新小說的沒落，正在於敘事的取向被題材的感染力凌駕教化啓蒙的功能。

回顧晚清小說的現代性意涵，其真正的著眼處其實在於其中政治現代性追求的一環。梁啓超拉抬小說的地位以貫徹其教育全民的「群治」目標，小說的進步與啓蒙意涵無可否認是媒體時空轉型下的新興產物。透過出版業的蓬勃發展，譯著隨之普遍，有識之士得以進出內陸海外，知識結構的轉變自然也推及文學。只是在民族國家論述的線性現代化進程中，晚清小說體現的

〔註15〕 梁啓超，〈中國唯一之文學報《新小說》〉，《新民叢報》，（第 14 號，1902 年 11 月 14 日）。又見陳平原、夏曉紅編，《二十世紀中國小說理論資料（第一卷）1897～1916》，頁 58～63。

〔註16〕 孫寶瑄在比較中西小說觀感時，有如下評語：「觀我國小說，不過排遣而已；觀西人小說，大有助於學問。」在輸入西方小說之際，題材的知識性所造成的衝擊卻是想像的開發與敘事格局的轉換。「排遣」的抒懷被「學問」的敘事替代爲主流，中國小說創作因而有了知識性的處理應變。晚清科幻小說的發展是明顯的例子。引文見孫寶瑄，《忘山廬日記》，（上海：上海古籍出版社，1983 年），頁 710。

〔註17〕 梁啓超，〈告小說家〉，《中華小說界》，（第二卷第一期，1915 年）。又見陳平原、夏曉紅編，《二十世紀中國小說理論資料（第一卷）1897～1916》，（北京：北京大學出版社，1997 年），頁 510～512。

啓蒙與革命固然接通於後來的五四現代性，卻漏失掉現代性的歷史經驗中的逆向操作，尤其是晚清這樣一個傳統斷裂下的臨界點。晚清小說的多元取向不純然是西學引進的結果。在新小說類型之外的通俗寫作，往往有一個不能忽略的重要背景。那自明代以來的舊小說傳統在晚清進步的印刷出版業帶動下，有了一股翻印舊小說的出版潮。這對於起步轉型的晚清小說而言，彷如一個巨大的庫存正提供後備支援。不論是小說的閱讀風氣，創作技巧與形式內涵都是晚清小說得以擷取、思索、批判與轉型的參照體系。是故晚清小說的進程既有粗製濫造的複製，卻也有漸進式的驚喜轉型。這固然是「新小說」誕生的知識準備，但也是一個沒有斷絕過的經驗書寫。「新小說」新穎高亢的姿態成功豎立了小說的新界標，卻無力整合爲書寫傳統的高潮。終於在「新小說」口號喊過的十幾年後，梁啓超忍不住痛批小說家的道德淪喪。這其中的現實，說明了舊小說通俗傳統的日漸龐大的消費市場，而群眾寄託其間的想像實乃無關於消遣的娛樂態度，倒可以被視爲另類經驗結構的呈現。相對於這個通俗體系在意識型態的「沈淪頹廢」，居於正統的新小說實踐終於在五四新文學中還魂，以決然清醒的姿態展開批判性的除魅工程。自此現代性的招牌再次掛起，卻在啓蒙、理性與革命的高姿態下將「通俗」的可能完全切除。論者以「嚴肅而通俗」及「嚴肅而不通俗」〔註18〕總結晚清到五四的文學範式，言簡意賅的指陳出現代性與雅俗流變的歷程。

回到本文最初就近代小說與現代性的思考，可以發現五四以後的現代性景觀只是知識的形塑。就在晚清歷史與傳統經驗斷裂的時刻，更爲龐大的通俗寫作經驗卻流亡在進化式的現代性進程之外。這不可能是歷史的偶然，卻眞實揭露出文學範式的權力運作。「沒有晚清，何來五四？」王德威教授以此定調中國文學現代性的重新檢測之必要，卻提醒了雅俗位移的經驗傳承。故而，民國通俗小說體系作爲晚清「通俗」寫作的嫡子，對於歷史經驗的書寫卻有其「嚴肅」與「認眞」的一面。於是，中國小說的現代性該從何說起，絕對值得思量。

第二節　被壓抑的現代性：民國通俗小說體系

從「被壓抑的現代性」來談論民國通俗小說體系，其實借用了王德威教

〔註18〕同注14，頁590〜594。

授的論題。現代性作為線性發展的進化論式的時間意識已成為五四典範下的
常識。歷來的中國現代性批評到底不出這樣的教條格局。王教授反其道而行，
卻有意彰顯另一中國現代性的側面。從頹廢（decadence）、迴旋（involution）、
謔仿（mimicry）、過剩的感性（emotive excess）四個面向推演，中國近現代小
說的內在轉折與自省恰恰浮現出有別於五四範式的個性與特徵。五四的文學
現代性定於一尊，「被壓抑」的部分顯然無以迴避。在啓蒙、理性、革命的鮮
明價值高唱雲霄之際，相對的瑣屑、俚俗、反動卻逕自被刪除，或歸入烙上
「舊派」的通俗小說體系。但弔詭的是，這樣一個體系恰恰是資源回收桶。
所有在現代性追求的歷程中被掃地出門的「雜質」或「殘渣」經由回收桶的
資源整合而發揚光大，不斷以幽靈的形式寄存於「正統」與「主流」之中。
這不斷歸來的「通俗」特質且干擾且進駐，甚至在主體經驗的無意識場景中
見證「現代性」的光華。「被壓抑的現代性」在王教授的論述脈絡中直指了有
意無意摒棄於文學正典以外的中國小說，尤其那龐大的民國通俗小說體系。
這樣明確的把被五四切除的「通俗」小說與現代性掛勾，無非是要重新思考
中國現代性的歷史體驗。於是，在文學的視窗下浮出歷史地表的固然是「被
壓抑」的經驗，但換個角度說，那也是屹立於「傳統文化、中國古典世界的
廢墟處」〔註19〕的姿態，一個回眸者的身影。

　　民國通俗小說的定位，其實在新文化運動前後都被狠狠修理過許多回。
從周作人首先以「鴛鴦蝴蝶體」〔註20〕描述這批民國通俗小說開始，整個以
新文學為主體的批判矛頭直指通俗小說的舊形式、舊思想，「好像跳出在現代
的空氣以外」。這不符時宜的「舊」其實相對新小說家強調的「新」而言，顯
著的差異就是那寫實和啓蒙的意識型態。沈雁冰的名篇〈自然主義與中國現
代小說〉〔註21〕指出通俗小說的三大錯誤是味同嚼蠟的「記帳式」敘述、做

〔註19〕中國文學的現代性書寫，另一值得重視的面向則是記憶的追捕。就在流逝的
　　　歲月中，刻畫歷史文化或日常世俗的餘光。相關討論可參考黃錦樹，〈採珠者，
　　　超自然傳統，現代性〉，發表於「兩岸青年學者論壇：中華傳統文化的代價值」
　　　學術研討會，法鼓人文社會學院主辦，台北，2000 年 9 月 16～17 日。
〔註20〕周作人，〈日本近三十年小說之發達〉，《新青年》，（第五卷第一號，1918 年 7
　　　月）。又見嚴家炎編，《二十世紀中國小說理論資料（第二卷）1917～1927》，
　　　（北京：北京大學出版社，1997 年），頁 55～58。
〔註21〕沈雁冰，〈自然主義與中國現代小說〉，《小說月報》，（第十三卷第七期，1922
　　　年 7 月 10 日）。又見嚴家炎編，《二十世紀中國小說理論資料（第二卷）1917
　　　～1927》，頁 226～240。

作虛構、思想上遊戲式的消遣。綜觀這些被指控的罪名，倒顯得指控本身所強調的是敘事的「道德」與「潔癖」。杜絕主觀不問時代現實的虛構，抗拒傳統「章回體」的說書腔調，當然更要命的還是那娛樂性質的閱讀效果。對「藝術不忠誠」成了通俗小說被扣上的大帽子，相對新文學以「人的文學」及思想革命暨立「雅」的典範，以建構「正宗」的文學主流；通俗小說的被邊緣化顯然是可以被預見的。然而，通俗小說一直都是市場的寵兒，儘管藝術上被指控「不道德」，卻仍有固定的消費群。30 年代以後打著革命旗號的新文學家接連的批判顯然有所意識將矛頭又指向了消費群體。「封建的小市民文藝」成了通俗小說消費的標誌，供需體系的完整批判凸顯了以五四正統自居的新文學潛在的焦慮。徘徊於通俗小說的傳統精神與文化，恰恰是新文學拒絕或切除的經驗表述。而在這一點上，卻又是最受市場青睞的部分。新文學的侷限在標榜的先鋒意義上，所漏失的群眾經驗阻絕了現代性的多元可能。

當現代性跟通俗小說並舉，觀察的視野必然已脫離五四範式的認知。事實上，在新文學規範的現代性進程中，以啟蒙、教化、反映人生等等美學或意識型態成規暨立的寫實主義，已成為五四以降創作的主要態度。然而，在「紀實」的層面上，民國以後的通俗小說不盡然只是無關人生現實的鴛鴦蝴蝶之作。30 年代以後通俗小說的成熟更創作了大量攸關時代與都市生活題材。在廣義的「寫實小說」界定下，吳宓就不諱言「描寫吾國社會人生，窮形盡相，繪影傳聲，刻薄尖毒，嚴酷冷峭」的黑幕小說、社會小說及「敘男女戀愛之事」的言情小說都在寫實的行列〔註 22〕。可見題材的寫實與否不是通俗小說招致詆毀的原因，通俗小說家所散佈的舊思想、舊語氣、舊文化往往才是無法容於新文學的主要因素。這其中又以章回體的說書腔調的被批判值得重視。

新文學家對通俗小說的章回體格式的攻擊，主要還是沈雁冰的一段文字。在沈雁冰的脈絡下，章回的格式既「束縛呆板」，也不能「自由縱橫發展」。回目的對子，起句與收尾的固定，瑣細的描寫和敘述都使得小說既無美感，

〔註22〕吳宓的觀點自然招致沈雁冰就西方寫實傳統的辯證與批判。雖然二人對於寫壞的通俗小說皆為痛斥的立場，但寫實正統的堅持卻有定於一尊的狹隘與危險。相關文章可參考吳宓，〈論寫實小說之流弊〉，《中華新報》，（1922 年 10 月 22 日）。又見嚴家炎編，《二十世紀中國小說理論資料（第二卷）1917～1927》，頁 285～290。沈雁冰，〈寫實小說之流弊？〉，《文學旬刊》，（第五十四號，1922 年 11 月 1 日）。又見魏紹昌編，《鴛鴦蝴蝶派研究資料》，（香港：三聯書店，1980 年），頁 17～20。

閱讀也有如「撥一撥方動一動的算盤珠」活動。一個停滯不前的書寫傳統自然在引進西方寫作技藝的新文學家看來顯得「落後」與「舊」，尤其還可能是「舊思想」的「封建餘孽」的根源。一個源自中國書場轉換而成的章回體書寫機制終於在西方寫作技藝的相比較下成了無法表述「現代生活」的系統，新文學家提出的指控是那麼指證歷歷，但不必然確實。無可否認，民國以後的通俗小說創作的良莠不齊現象比比皆是。但章回體的書寫標誌，卻秉承了一個傳統的敘事腔調。一個敘事上的「離題」、「鬆散」，卻往往是庶民市井的「時空體」。瑣細、冗長、流水帳般的日常記錄顯然停駐於流逝時光的瞬間。這對內含線性時間特質的現代寫作而言，自然不可思議。以進化的時序運作的新文學寫作，強調時代的進步和啓蒙，呼應引發內在心靈共鳴的熱情。這仿如將寫作視爲現代性的方案，透過文學打造新中國的願景，個體的熱情投向爲中國進步的動力。如此一來，新文學的寫作顯然捨棄停駐的敘事姿態，寫作的節奏總把握不住流逝的時光。相對的章回體在那老舊的敘事腔調裡，寫作的生命意義恰恰在於時光的停駐，以緩慢瑣屑的日常情節堆積記憶的厚度。

在一個日趨現代化的寫作場景中，通俗小說的筆耕除了那直接的經濟效益，其實並無法在文體的進展上有所作爲。除了對新文學技法的仿效，章回體的寫作難以發生內在的轉折。這固然是數百年來的敘事體制的疲態顯露，更直接的影響恐怕是相當潔癖自制的五四寫作典範，架起了防洪大牆堵住了通俗體系中氾濫的感性。新文學的道德、理性、進步的光明面顯然就針對「舊派」通俗小說的陰暗、猥瑣、及落伍而來。兩相對照，通俗小說的邊緣化好像就是相對現代性的背面而立。

但問題的觀察恐怕不能過於單向。論者再三指出五四傳統下的「感時憂國」寫作所彰顯的「涕淚飄零」的場景，何嘗不是晚清過剩感性的餘緒〔註23〕。五四傳統的「新」相信還可處處見著那自晚清以降，舊派通俗小說接手的「舊」。新舊之間，雅俗流轉，固然也是文學場域中的另一種的權力建構〔註24〕。眞正

〔註23〕夏志清及王德威教授均有相關的討論。王教授的觀點，可參考前揭書，頁 36 ～42。

〔註24〕二十年代的五四文學與通俗文學就「雅俗」、「新舊」的辯證，往往還關係著兩派人馬在文學場域上的權力位置及文化資本的運作。相關討論可參考賀麥曉，〈二十年代中國「文學場」〉，《學人》，（第十三輯號，1998 年 3 月），頁 295～317。

現代性的寫作，在新文學或通俗小說都有不同的演繹。相對理性、啟蒙、進步的背面，空虛、頹廢、虛張聲勢的種種情緒流動恰恰也進入到現代化進程的都市場景中，也就在更廣大的庶民生活中以日常化的細節鋪張一種靜止的心理秩序，甚至懷舊的記憶。也就在章回體的表述格式中，那老舊的敘事腔調緩慢張羅細節，在相對不進化的時間裡，駐足停留也虛設幻想，以新文學割捨的節奏進入現代性的另一側面。這當中似乎又以武俠小說為簡中的代表。在那鋪陳的幻想世界，虛擬江湖與俠者傳奇以最佳的寓言體介入到時代的書寫。

　　武俠小說作為典型的通俗類型，主要在於題材感染力的無遠弗屆。那深入人心的虛構幻想，導引的卻是一場夢境的延續，而這場夢恰也生成於時代的界面。單從民國通俗小說在三十年代以後漸趨沒落，卻留有武俠小說一支獨秀的現象看來，武俠小說的生命力卻見證了通俗小說的轉型與整合。甚至到了四十年代還有王度廬「鶴鐵五部曲」的系列佳作產生，以致五十年代新派武俠的寫作還繼承了整個譜系與形式。武俠小說延續章回體的格式，卻有迥然不同的命運，主要的原因還在於武俠類型對其餘通俗類型的整合。除了武俠本身自晚清俠義零件的重組，武俠小說的進程很明顯可見的是才子佳人、歷史演義及譴責諷刺的類型特色的引進。這紛呈的通俗表現形式融入於武俠的格局，不但豐富了一個單調的陽剛敘事，且同時將武俠的經驗表述導引向一個抒情的境界，或時代寓言。武俠從諸種元素的喧囂特質往一個虛構的向度經營，卻輕易使得各種原本流於氾濫過剩的類型元素皆恰如其分的點綴著武俠的傳奇。武俠傳奇意圖突破奇幻的寫作格局，也在才子佳人的愛情格局下有了諸如深刻感人的「鶴鐵五部曲」。武俠傳奇的成功整合體現出民國通俗小說體系在五四傳統切除的虛構敘事上，有所作為的將敘事拉高到寓言的界面，以代現中國危機下集體的經驗結構。現代性與武俠敘事的關係由此展開。

第三章　武俠：近代中國的精神史側面

第一節　一個文化符碼的形構

　　「武俠」作為民國以後真正開展的文學類型，其敘事要件在晚清俠義公案文本中就已經歷一個醞釀的過程。這醞釀的歷程除了文本內在的技術性實踐，外緣針對「武」和「俠」所進行的文化／符號資本的積累，更是值得關注的面向。在政治政策方面，從 1902 年開始推展的軍國民運動是整個「尚武」思潮和「武俠」精神的具體生活化實踐。這運動在本質上意圖建構的「剛健身體」和「國族氣勢」雖為歷史語境下的權威話語，主導著教育目標和政策方向。但運動本身終究不過是整個「尚武任俠」場域形構的有利背景，「武俠」敘事的開展還是學術系統內部的操作。這源自於近代知識分子的文學想像與身體實踐，援引諸子學和佛學等傳統資源為參照座標，才是顯著的「武俠」資本積累。從章太炎、梁啟超、王侃「尚武任俠」的理論性文字，再到南社諸子的詩文創作，又或讀書人的參於會黨結社，投入暗殺活動，一個仗劍任俠的時代氛圍形塑了武俠的敘事空間和時間架構。在這樣的框架下，「武俠」象徵了一種生命情調、審美價值、文化視野，甚至行為法度。因此不難想見「武俠」成為知識分子的精神資源和革命動力，實際上就是一種文化符碼被引入到危機感與挫敗感交織的近代心靈。在那樣的基礎上，「武俠」試圖重整的心理秩序，回應了龐大的身體政治話語的消費，也同時為歷史斷裂下的心靈經驗和生活形式尋找一個敘事結構，一則得以馳騁民族想像與文化復歸的寓言。

梁啓超在受到日本武士道精神影響下所編著出版的《中國之武士道》（1904）專書，顯然是仿照司馬遷的《游俠列傳》，重新在世紀之交編寫俠之譜系，以為當時廣大知識分子的游俠情懷溯源，進而建構了一個俠之精神傳統與特質。這些以史實人物為基礎的列傳在經過梁啓超有意識的編寫呈現於尚武思潮沸騰之際，等於為俠之傳統完成了有序的編碼。畢竟得以登上中國武士道的歷代游俠，梁啓超都不諱言已將「無與國家大計」和「損民族對外之雄心」〔註1〕者流排除在外。這樣的編著前提雖不出經世致用的傾向，但這意圖從先秦孔子至清末張文祥列傳的寫作卻敞開了俠之歷史時間與社會空間。如此俠之面貌有了歷史輪廓，甚至在教科書的框架〔註2〕下越是清晰的浮現出俠之公共形象，及其揮灑的場域。縱使這未及完成的續編從漢代的郭解以後就留下了空白，但晚清梁啓超的同輩人卻身體力行的共同完成了中國武士道精神。中國近代知識分子的俠義壯舉明顯是對形構中的俠之想像的回應與實踐。他們用詩文表彰俠骨豪情〔註3〕，並義無反顧的在俠的實踐中完成血的崇拜〔註4〕。在這樣的脈絡下，「俠」配合著「武」的高度實踐性意味著內在的編碼發揮了極大的作用。一個建構中的民族想像已被預設在俠的範疇。民族想像落實在俠的傳統，恰好指出了世紀交替之際中國知識分子面臨的問題。他們在為積弱的國勢尋找應對的資源，試著界定一個想像性「保種強國」的民族特質以應付變遷的世局。俠的被召喚以及進行體系的編碼建構明顯來自一個潛在的框架。這點蔣智由在替梁啓超的《中國之武士道》作序時已說得明確不過，「要之所重乎武俠者，為大俠毋為小俠，為公武毋為私武。……而為保種族、強國家之事，則全地球皆將仰吾人種之勇名」〔註5〕。其大俠的

〔註1〕 參見該書的「凡例」，梁啓超，《中國之武士道》，收入《梁啓超全集》，（北京：北京出版社，1999年），頁1376～1423。

〔註2〕 梁啓超在該書「凡例」中表明「以充高等小學及中學之教科最宜」，參上注。

〔註3〕 清末民初的文人以詩文表現俠骨柔情，基本上是一個中國文人感時憂國的應對傳統。然而，其中的浪漫情懷與革命氣勢除了時代氛圍使然，還是一個書寫傳統的結合。相關重要論述可參，龔鵬程，〈俠骨與柔情──論近代知識分子的生命型態〉，收入氏著，《近代思想史散論》，（台北：東大出版社，1991年），頁101～135。

〔註4〕 近代知識分子對於俠義行為的推崇很大部分落實於殺身成仁的精神感召。於是對於暗殺行動的鼓吹和投入，標榜了一種流血崇拜。相關討論可參陳平原，〈晚清志士的游俠心態〉，收入氏著《中國現代學術之建立──以章太炎、胡適之為中心》，（北京：北京大學出版社，1998年），頁275～319。

〔註5〕 梁啓超，《中國之武士道》，頁1377。

定義，就是「爲國家爲社會而動者也」。在「國」、「民」向度中經營的「大俠」形象呈現於國勢動盪的時刻，對於像梁啓超這些有著時間意識的菁英知識分子而言，就是與世界接軌的當下一個策略性的選擇。面對八國聯軍的船堅炮利，歐陸國家鐵血政策的雄飛氣勢，日俄戰爭中日本武士道精神的發揚，中國在這世紀之初遭遇的現代性很快反應在自身「體質」的調整。換言之，中國現代性的一個側面是設定在身體實踐與想像性的「剛健自強」。這樣的開端與對民族性的展望息息相關，「人種不強，國將何賴」〔註6〕作爲知識分子迫切的憂慮，雄健的體魄成爲認知結構中新的主體，進而動員了雅俗的知識體系進行全面的實踐。俠作爲舊符號被賦予新精神，整個編碼工程落實於雅俗階層滿足了群眾對新中國景觀的期待，一個標榜俠的精神的「想像的共同體」〔註7〕（Imagined Community）所以成爲可能，在於報刊雜誌、知識分子話語、政治政策、民間文化，以及數量龐大流通的通俗小說所形構的公共領域實踐了複雜的民族想像過程。只不過這種想像性的剛健精神時代，其最大的愉悅還是來自休閒消費一環——武俠傳奇。故而，面對偉大傳統的復活，武俠獲得了歷史的想像和時代的生命力，成爲別具一格的敘事結構，在中國現代性的風貌中勾勒了另類的景觀。可惜在後來文化啓蒙的旗幟下，武俠在不科學、非理性的價值判斷下被五四新典範所貶抑進而切除。

　　除了梁啓超的俠之譜系的編撰，其實早在1897年章太炎就著有〈儒俠〉〔註8〕對俠的價值和根源加以肯定和論述。章太炎將俠往儒學資源結合，爲其新精神尋找傳統依據，以確立一個倡導暗殺、復仇、革命的俠的形象在應對世變的同時也在落實儒家傳統價值。事實上，儒家傳統價值不乏「殺身成仁」、「舍生取義」、「除國之大害，捍國之大患」的精神教誨。《禮記‧儒行篇》記載的儒者，就有「愛其死以有待」、「見死不更其守」、「可殺而不可辱」、「不臣不仕」等等俠士風采。儒俠並舉的脈絡，說明了俠容於儒家系統，也出於儒家系統；俠回到一個學術的中心位置，經世立國價值體系的據點，進而著手修正、重建俠的人格特質，安頓俠「當亂世則輔民，當治世則輔法」的合法性社會地位，以中國本有的超能體格及實踐能力應變憂患世局。改良或革

〔註6〕　梁啓超，〈新民說‧論尚武〉，收入《梁啓超全集》，頁713。

〔註7〕　班納迪克‧安德森（Benedict Anderson），《想像的共同體：民族主義的起源與散布》，（台北：時報文化出版社，1999年）。

〔註8〕　章太炎，〈儒俠〉，收入《訄書》。又見劉夢溪主編，《中國現代學術經典‧章太炎卷》，（石家莊：河北教育出版社，1996年），頁223～226。

命的倫理道德經由「俠」的中介帶出了儒家動態的「經世致用」面向。只不過這並非孔子之儒，而是取自《禮記・儒行篇》。這在某個程度上是回應了宋明理學的老問題——內聖外王。士大夫知識階層在世紀末的「外王」隱然可見的俠影，不就說明章太炎苦心孤詣的爲儒者打通了「任督二脈」，一個俠傳統源源不絕的精神動力，以及身體面向的實踐可能。對照爾後新儒家接續同樣的議題的處理方式，章太炎在這世紀之交儒俠並舉的應對痕跡充斥強烈的時代感。精神與身體的竭盡開發，這可能是歷史上儒者高度自我修正且訴諸行動的最強而有力的實踐方式。

相對於章太炎以儒論俠，梁啓超在《中國之武士道》將孔子置於系譜之首，且以爲「漆雕氏之儒不色撓、不目逃……此正後世游俠之祖也」雖有相承之意，但梁啓超從民族主義立場出發的倡導「尚武」精神，將游俠也歸於墨家一派〔註9〕，蔣智由視墨家者流的「純而無私，公而不偏」乃「千古任俠者之模範」。譚嗣同更以爲「墨有兩派：一曰任俠，吾所謂仁也」以建構其仁學體系。這種以墨家的「摩頂放踵以利天下」和「勇武兼愛」的民間色彩來規範俠的特質，卻是企圖凸顯俠的勇猛剛健的社會底層勢力。其實俠與墨家的結合並不偶然。在近代諸子學興起的背景下，墨學成爲新興的研究重點正說明長時間居統馭位置的儒之性格邁向修正、蛻變之路。刊行於 1894 年的《墨子閒詁》點出了墨學「經世致用」的實踐性格。這部自乾嘉以降的集大成之作不但在校注考訂上尤勝前人，孫詒讓對墨學的評價「用心篤厚，勇於振世救敝」導向了一個社會實踐性的研究趨勢。爾後梁啓超的《子墨子學說》以墨學救國，胡適在《先秦名學史》以「宗教」和「科學」劃分先秦前後期的墨學，無異說明墨學作爲植入西方思潮的介面的必要性。《墨子閒詁》面世於甲午戰爭前夕，作序的俞樾視其爲「大戰國」時期的「安內而攘外」之書。救亡圖存之際，梁啓超及胡適進一步以墨學爲精神註腳，變革思想益發明顯。墨學的宗教感召及科技制器知識，調整了中國積弱傳統的流弊。飛揚踔厲的生命型態和西學思潮的契合面皆不一而同昭示了墨學的實用性格。儒學被取代及修正的時代命運，源於知識份子不得不調動所有傳統資源以應變憂患世局。「武士道失落」的集體共識促使俠不得不回歸墨，以墨學的好勇敢戰注入能量，不但修正傳統儒者的時代格局，且強而有力的提昇了其實踐能力。故

[註9] 梁啓超將墨學分爲兼愛、游俠、名理三派。參梁啓超，《論中國學術思想變遷之大勢》，收入《梁啓超全集》，頁 572。

而，俠與墨的結合不過是非儒思潮下重構一個被壓抑的傳統，一個邊緣「他者」的正典化。至於俠出於儒或墨的學術問題，誠如學者余英時引申章太炎的說法：「俠者無書，不得附九流」，為「俠」尋找古代學派淵源皆徒然〔註10〕。畢竟俠作為近代流行的符碼，其著力點在於精神譜系，一種變局中的生存姿態。儒、墨甚至廣而推之的佛、道法等諸子學說作為俠的符號資本（capital）或調度資源，在「俠」進一步文本化的歷程中越是清晰可見。

近代以來將俠依附於諸子，「溯源」的本意只是以俠作為文化符碼的積累手段。「俠」的正典化則揭示了另一層的革命意圖。故而，「憂患」作為動機，應有更為實際的實踐面向需要被注意。在章太炎的〈儒俠〉論述中，對於俠的刺客傳統的肯定與重視，意味了俠在理論建構中的行動能力及意義。所謂俠「當亂世則輔民，當治世則輔法」的合法性，實源自於「非刺客而鉅姦不息」的基本道理。進而言之，刺客作為俠的面具，二者並無本質差異。俠與刺客的淵源在古典文獻中並不少見，但章太炎在世紀末重新敷衍伸張俠的刺客之道，倒是別有用心。其弟子黃侃的〈釋俠〉則有更深入的闡發與呼應。黃侃以筆名運覽在1907年發表於《民報》的〈釋俠〉〔註11〕一文就以單位之學入手，為「俠」進行文字溯源與辨識。以《說文解字》為本，取「音通而義即相函」為原則，「俠者，以夾輔群生為志者也」指陳了俠的基本精神結構。這種援引其師的單位之學技法〔註12〕，安頓了俠的精神、行為的單位結構，以作為章、黃等革命黨人的革命精神基礎。故而，黃侃漸進的陳述「俠者，有所挾持以行其意者也」，甚至毫不避諱的直接言明行俠之途徑「狹隘」就在於其「救民之道，獨取暗殺」。單刀直入的倡導暗殺，不過是為已成氣候的暗殺風潮進行理論背書，其鮮明的旨意則是直接清楚的曝露俠的時代任務或終極目標——「光復大業」。這種俠——狹——暗殺的結構性論述，無異建構了俠為革命的單位之學的基本面向。這實在不難理解，當眾多有識之士皆視暗

〔註10〕 余英時，〈俠與中國文化〉，收入劉紹銘、陳永明編，《武俠小說論卷（上）》，（香港：明河社出版有限公司，1998年），頁13。

〔註11〕 運覽（黃侃），〈釋俠〉，《民報》，（第18期，1907年）。又見劉夢溪主編，《中國現代學術經典・黃侃卷》，（石家莊：河北教育出版社，1996年），頁391～393。

〔註12〕 章太炎以小學為「一切學問之單位之學」。在黃錦樹教授的論述中，此「單位」不僅是國學的單位，同時也是國粹、國性與國魂的單位；簡言之，那是中國性的單位。平行推論，黃侃以俠作單位之學立論，明確勾勒了俠的近代性與時代內涵。俠的單位無可避免的勾通於魂的單位。章太炎的有關論述，參考黃錦樹，〈魂在：論中國性的近代起源，其單位、結構及（非）存在論特徵〉，《中外文學》，（第29卷第2期，2000年7月），頁47～68。

殺爲革命的必然途徑，以俠爲精神標竿顯然是必要手段，俠也順理成章作爲革命的單位之學，以完備革命的精神內涵和行爲法則。

放眼清末民初流行於知識分子和革命黨人間的「武俠」符碼，盡是「俠」的尊稱和「劍」的標榜。「武俠」應用於憂患之世，既是安身立命的價值觀，也是應對變局的利器。知識分子以「俠」爲革命的單位之學，顯然意味著以「武俠」命名的時代來臨。在革命色彩濃烈的南社就有劍公高旭、劍華俞鍔、劍士潘飛聲、君劍傳專、劍芒朱慕家、心俠馮平等等數不清的「俠」、「劍」名銜，他們以此相互尊稱，調寄往來的詩文更是俠氣激盪。這不純是南社成員間共享的時代情懷及美學經驗，更廣而擴及無數的時代兒女。頹靡不安的局勢底下潛藏生生不息的改革伏流。秋瑾的鑒湖女俠、吳樾的孟俠、沙淦的憤俠指向了一個共通的「任俠」格局，而從知識分子、軍人及百姓的投入其中，或流連於詩文的俠風劍影，這種種的命名必然性都指涉了一個共享的先驗命題。一個憂生憂世、勇敢赴難和獨行獨斷的時代革命者。當俠不只是寄存於文字而訴諸於行動，秋瑾以女豪傑形象投入滾滾革命洪流，吳樾炸清廷五大臣掀起暗殺高潮，沙淦組織「俠團」以任俠之風宣傳無政府主義，顯然俠已不僅是流行的文化符碼而是在發揮革命的「單位之學」功能。俠的近代性即見諸於理論文字的鋪陳及文學符碼的包裝，然而其更是一種集體經驗結構下的生命型態和想像。譚嗣同和秋瑾這兩個指標性的革命烈士在他們一生任俠的歷程中，留下了俠者的時代縮影。

梁啓超眼中的「第一烈士」譚嗣同十八歲寫下的「拔劍欲高歌。有幾根俠骨，禁得揉搓？」（〈望海潮·自題小照〉）在自我激勵與警惕的同時，不也清楚預告了他終究走上流血犧牲的革命不歸路？俠既是本質，也是體質。梁啓超指出譚嗣同一生「好任俠，善劍術」。譚氏即帶有雙劍──「麟角」、「鳳距」，另也拜大刀王五爲師學習單刀。以俠的體質自詡，譚氏無疑要加強其行俠能力，但也同時以俠的性格建構其思想體系。《仁學》思想雖然紛亂駁雜，但卻顯而易見重墨尊佛的特色。以墨的摩頂放踵之志，以佛的大無畏精神，《仁學》無異是以俠的面目召喚變革社會的熱情。當梁啓超在〈譚嗣同傳〉記載譚氏臨刑前的自白：「各國變法，無不從流血而成。今中國未聞有因變法而流血者，此國之所以不昌也。有之，請自嗣同始！」〔註13〕，相同的自白也出現在摯友孫寶瑄的日記：「外國變法無不流血者，中國變法

〔註13〕 梁啓超，〈變法通議·譚嗣同傳〉，收入《梁啓超全集》，頁233。

流血，請自譚嗣同始！」〔註14〕，這種慷慨赴義、引頸就戮的勇氣，體現著他一以貫之的俠之精神和信念。在俠的單位基礎下，諸子和佛學皆推向了革命前線，完成時代變革下的思想準備。這些思想資源與俠與革命的三角結合，牽制著知識群體在近代中國的安身位置與精神狀態。尤其佛學的登上時代舞台，藉由譚嗣同的流血犧牲所完成的精神灌頂，締造了俠的典範，也異發彰顯俠的單位結構在近代中國變革歷程中的關鍵地位。

　　譚嗣同之外，在期待蘇菲亞的年代，秋瑾的出現無疑是中國女權的一道曙光。同樣在俠的面目下，秋瑾著男裝、愛騎馬、攜短劍，詩中大量歌詠刀劍，俠情澎湃。秋瑾在〈自題小照‧男裝〉留下了這樣的詩句：「儼然在望此何人？俠骨前人悔寄身。過世形骸原是幻，未來景界卻疑真。」照片中著男裝的自己，才是俠骨崢嶸的真身，而現實的女兒身不過幻化一場。處處流露男兒氣概的秋瑾，附會俠者風範卻仍在激進的男性角色中打轉。儘管相較於其他的革命同志並沒有特別突出的表現，但秋瑾的女性身份及流血犧牲，卻掀起了傳奇性的迴響。當時的報刊輿論著眼於秋瑾的「弱女子」身份，聲討官府不依循對婦女施以的傳統絞刑，竟用血腥殘酷的手法將秋瑾斬首。輿論的平反和民間的公憤，辦案的浙撫紹守張曾揚失去民心輾轉調職，執刑的李鍾岳良心不安而自殺，被報刊認定的告密幫兇胡道南也終於在革命黨人的追殺下遇刺身亡〔註15〕。戲劇性的發展，以及文學的聚焦處理，秋瑾的女俠傳奇於焉展開。披上俠的外衣，卻也同時聚集了目光和掌聲。在以俠為單位的革命氛圍中，群眾的期待視野將俠推向了殘酷的命運。內化的流血崇拜不自覺的成了利群、英勇的情操表現。秋瑾的遇難形構了另一個俠之典範，另一個革命的顛峰。從譚、秋二人的個案檢視，俠者成就了革命，也無可避免服務於革命。俠的單位支配了時代的個人生命型態，也影響了群眾的美感經驗。革命作為必然的時代思潮，因為俠的激進雄渾成就了時代美學。革命與現代性是近現代中國的重要議題。在如此龐大的議題下，俠的單位之學也許是另一個論述的起點。

　　在身體力行的革命事業之外，俠者風範在晚清志士筆下卻另有一片風

〔註14〕相關文字出自於孫寶瑄在光緒24年8月23日（1898年10月8日）的日記。孫寶瑄，《忘山廬日記》，（上海：上海古籍出版社，1983年），頁263。

〔註15〕有關秋瑾遇難後的事蹟和影響，可參考夏曉虹，〈晚清人眼中的秋瑾之死〉，收入氏著《晚清社會與文化》，（武漢：湖北教育出版社，2001年），頁208～248。

光。自龔定庵掀開了近代詩詞「劍氣簫心」的序幕，刀光劍影、俠客風流倒成了時代的抒情主調之一。這特色尤其在南社詩人群中最爲體現。柳亞子詩云：「亂世天教重俠遊，忍甘枯槁老荒邱」、「我亦十年磨劍者，風塵何處訪荊卿」（題錢劍秋《秋燈劍影圖》）呈現了對俠的期待與感慨。陳去病「寧惜毛錐判一擲，好攜劍佩歷三邊」（〈將赴東瀛賦以自策〉）則有披劍闖天下的豪情。然而，在一片俠風激盪的詩詞當中既有「學書成時去學劍」（柳亞子〈回憶詩〉）的壯志理想，卻也有「少年擊劍吹簫意，劍氣簫心兩渺茫」（柳亞子〈惆悵詞六十首，四月十七日夜作〉）的惆悵失落。然而，雄赳赳的詩風下卻不乏俗豔風流之作。所謂俠者風流在高旭詩中赤裸裸曝露原形：「男兒不做可憐蟲……花魂劍魂時相從」、「愛國無妨兼愛花，屠龍不成盍屠狗」（〈自題《花前說劍圖》〉），劍與美人倒成了俠者氣概的必要元素。畢竟「英雄自古多情癡，好色之餘兼好酒」（高旭〈贈馬小進即用其醉後題壁韻〉），壯志難酬之際還可「英雄退步溫柔窟，打作巫山一片雲」（高旭〈燕子箋題辭之二〉）。此等率性香豔之作不過是印證了「眞風流亦眞雄武」（高旭〈自題《花前說劍圖》）。酒、劍、俠和美人串連起來的抒情意境，固然不出傳統詩詞的美學格局，龔鵬程教授以俠骨柔情註解這群近代知識份子心境，雖是契中要點，卻無法掩蓋這群以俠者自詡的時代青年流連於煙花巷的荒唐事蹟。作爲時代先聲的革命派以禁纏足、興女學、鼓勵女性掙脫父權夫權撐開女權的一片天，然而，當期待中國蘇菲亞〔註16〕的革命熱血遭遇「思美人」傳統，其背後玩賞輕薄女性的舊風流卻又是這批近代知識份子無法擺脫的眞面貌。近代以來俠的單位進駐於詩詞雖不輸前人，但始終無法跳脫傳統格局。俠骨柔情牢固的抒情結構也就稀釋了俠者逾越的時代衝動。相對詩詞在文學傳統中穩定的抒情位置，武俠敘事的誕生透過類型公式擔負了喧囂的俠之系統，以便敘說一個更入世、充斥現實隱喻的俠的故事。

第二節　魂與中國武士道

　　俠的衝動作爲革命的精神指標，其實並非平面的單位結構。在俠的基礎

〔註16〕蘇菲亞（Sophia Perovskaya , 1853-81）爲俄羅斯虛無黨人，因炸死俄國沙皇亞歷山大二世而被處死，時年芳齡二十八。蘇菲亞做爲中國人崇尚的女豪傑，陳獨秀有〈歐洲七女傑〉記載之，嶺南羽衣女士（羅普）更撰有小說《東歐女豪傑》歌頌之。

點上，當激進、暴力、流血的革命手段訴諸於「身體政治」以推翻一個極權
政府或形構一個理想的烏托邦社會，身體的背面往往隱含了一個龐大的國族
想像。1903 年魯迅還在東京留學的時候，留有一首〈自題小像〉〔註 17〕的七
言絕句：

　　　靈臺無計逃神矢，風雨如磐暗故園。

　　　寄意寒星荃不察，我以我血薦軒轅。

在踔厲激昂，俠風鼎盛的年代，魯迅透過詩句展現救亡圖存的熱情並不稀奇。
只是「我以我血薦軒轅」一句卻指出了以俠上通國族的時代心聲。俠的熱血
召喚黃帝符號，血脈相連的國族想像完備了俠的精神基質。義勇澎湃的熱血
為的是黃帝符號背後置於國族譜系下的群眾。那是一個需要以熱血喚醒拯救
的無知大眾。黃帝符號的興起在晚清有著清楚的權力運作痕跡〔註 18〕。魯迅
「血薦軒轅」的同年，上海就出版了一本名為《黃帝魂》的革命宣傳冊子，
收入當時報章上發表的革命論著。這明顯以國族符號收編革命的作法，將革
命推向了「想像的共同體」，一個血脈、精神、情感貫通的自足完善的論述與
實踐體系形構而成。當知識份子努力築起國族邊界之際，俠與革命的密切關
係也就意味著俠也同時被植入魂的單位。服膺革命志業的俠彷彿找到情感歸
宿，強大的感召與驅動力為俠的頂天立地完成了形式準備。於是 1905 年第一
期出版的《二十世紀之支那》就以「中國始祖黃帝肖像」佔據戰鬥位置，身
披介冑，手執斧戟，一副俠者英姿。同年創刊的同盟會黨報《民報》在其創
刊號也刊登了黃帝像，且以其為「世界第一之民族主義偉人」。當黃帝的巨靈
顯像為俠者前仆後繼的流血革命，鮮明的種族意識與精神能量發揮極致，俠
的單位就是魂的單位，魯迅般的血祭已是招魂。

　　事實上，俠與革命與國魂的關係在晚清都可見到清晰的掛勾。早在 1899
年的冬天，梁啟超在東京親眼見識日本軍營新兵入伍的場面，壯盛的軍歌及
「祈戰死」的歡送標語所意味的榮耀之旅，深深震撼了梁啟超。在日本武士
道為其日本魂的體認下，梁啟超大聲疾呼「中國魂安在乎」以為積弱的國勢
請求起死還生之道。「中國魂者何？兵魂是也。有有魂之兵，斯為有魂之國。」

〔註 17〕魯迅，《魯迅全集・集外集拾遺》，（北京：人民文學出版社，1981 年），頁 423。
〔註 18〕有關黃帝符號、神話在晚清的形構歷程及其與國族的關係，可參考沈松僑，
　　　　〈我以我血薦軒轅：黃帝神話與晚清的國族建構〉，《台灣社會研究集刊》，（第
　　　　二十八期，1997 年 12 月），頁 1～77。

〔註 19〕鑄兵魂以成就國魂，梁啓超再編俠之譜系，以「中國之武士道」調整體質，激勵士氣，無非是為衰疲的國體開出急診藥方。在尚武精神的號召下，俠的單位無限擴張，不但是日本武士道的基礎，更是俄羅斯、英吉利等歐美國家獨立、革命精神的內在基質。從梁啓超的〈新民說‧論尚武〉、〈中國之武士道〉、〈記東俠〉，陳獨秀的〈東海兵魂錄〉、〈中國兵魂錄〉，黃海鋒郎的〈日本俠尼傳〉、蔡諤的〈軍國民篇〉，梁啓超、黃遵憲創作軍歌等倡導俠風的論述看來，俠與魂成了無法分割的共同體，以俠的單位招魂已勢在必行。

　　「魂」作為晚清的時代課題，並非只是單純的鬼神觀念延伸。檢視當時冠以「魂」的相關名詞與論述，魂的定義與運用往往是就精神、意志、意識方向言之，一個相對於身體、物質的形而上層次。在群體與國體普遍孱弱的年代，精神的昇華代表著重生的機會。於是，壯游在 1903 年發表的〈國民新靈魂〉〔註 20〕提出了重鑄國民魂與中國魂的幾點方向。招魂必得從以下五種魂的變體做起：山海魂、軍人魂、游俠魂、社會魂及魔鬼魂。有趣的是，召喚此五靈魂後則是：

> 可以革命、可以流血、可以破壞、可以建設、可以殖民、可以共產、可以結黨、可以暗殺恐怖、可以光復漢土驅除異族、生則立懂於世界，死則含笑以見我神聖祖宗黃帝於地下。

一個俠、革命、國魂三者共生共存的時代理想得以完美呈現。這說明了魂的變體縱使再多，其意圖灌入國之病體，還有賴於俠的中介。不論是山海魂的冒險犯難，軍人魂的好戰鬥勇，游俠魂相對儒者的擔當英勇，社會魂訴諸平民階級的革命潛力，還是魔鬼魂的神秘暗殺、偵探手段，這一切都是俠者被推向時代前線所賦予的體質與精神。在晚清民國時期，由國粹往國學推進的歷程，排滿革命始終是相應和的思維。順理成章，在「陶鑄國魂」的集體工程中，也就無法規避俠的單位。畢竟俠的壯碩體格與激進精神，有效介入時代的困局，出入中國的體用之間，借力使力完成一則時代的寓言。在陶鑄國魂的浪漫想像中，民族先賢與長老紛紛共襄盛舉，呼之欲出的煉丹寓言預告了壯盛中國與民族自尊的想像性完成：

〔註 19〕梁啓超，〈自由書‧中國魂安在乎〉，收入《梁啓超全集》，頁 357。

〔註 20〕壯游，〈國民新靈魂〉，《江蘇》，（第八期，1903 年 8 月）。又見張枏、王忍之編，《辛亥革命前十年間時論選集》（卷一），（北京：三聯書店，1978 年），頁571～576。

中國魂兮歸來乎！歸來兮，此舊魂也。於是上九天下九淵，旁求泰
東西國民之粹，囊之以歸，化分吾舊質而更鑄吾新質。吾使孔子司
爐，墨子司炭，老子司機，風後力牧執大革，運氣以鼓之，而黃帝
視其成。彩煙直上，虬蟠空際，天花下降，白鶴飛來，而國民乃昭
然其如蘇，呆然其如隔世，一躍而起，率黃族以與他種戰。國旗翻
翻，黃龍飛舞，石破天驚，雲垂海立，則新靈魂出現而中國強矣。（頁
572～573）

　　在招魂的場景中，煉丹般的想像意味著肉體的衰微必歸返意念的鑄造。
然而，新靈魂的誕生卻是體魄並行的展現。訴諸精神意志的鑄煉，無異是喚
醒孱弱的軀體。危機時代俠影翩翩並不偶然，那不過是超脫精神，救贖肉體
的煉丹功能的具體化。當近現代的武俠傳奇遍布神奇的功夫法術，無所不用
其極進行體能的鑄造，俠的練功與成長不也隱含著一則煉丹寓言？

　　在魂與俠的親密關係中，另有一個面向值得注意。五四以降，在民主科
學與革命啟蒙旗幟下被切除的鬼，其實仍有一個隱而不宣的分身不斷出現徘
徊。尤其早在民國建立之初，這鬼已在探頭探腦，甚至肆無忌憚的顯形。1912
年袁世凱取得政權以後，辛亥革命前光輝榮耀的戰鬥勇氣頓時化作無盡的悲
哀。當俠者曾經推崇的絕對手段反作用於其身，革命的記憶竟也隨之遠去，
英雄進退失據而陷入萬般無奈的頹喪與絕望。「英雄逐鹿都成夢，聊為神州一
倚樓」（周詠〈秋懷八首，並留別湘中諸友〉），南社諸子在追悼慘遭軍閥政客
暗殺的革命黨人之際，卻也是在跟一個時代的激情分手訣別。然而，也就在
這樣的時代氛圍下，鬼開始出沒於同光體遺老詩人的筆下。「故宮影憧憧，恍
啼人立冢。侵陵新鬼大，故鬼待築壘」（陳三立〈乙盦太夷有唱和鬼趣詩三章
語皆奇詭茲來別墅愴撫兵亂亦繼詠之〉）這批遺老處在時代斷裂的夾縫中，無
力應對變局卻又滿腔故國之悲，如鬼影般的生存境況，也就難怪有「窮巷與
世隔，人鬼無畦町」（俞明震〈讀散原鬼趣詩〉）的感觸。在舊派詩人鬼氣森
森的創作以外，曾以《古戍寒笳記》開創近代武俠傳奇先聲的葉楚傖也應和
了這一波的鬼趣。「魍魎食人在長夜，龍蛇並世上中原。城狐媚赫野狐喜，新
鬼跳踉故鬼冤」（〈和騷心骷髏骨作〉），鬼的世界迎合了這時代詩人心中的愁
苦，卻也寄寓無限的想像與探險的空間。

　　其實，辛亥前的俠影與辛亥後的鬼氣並不矛盾對立。俠與鬼並存於近代
指出了他們共享著「魂」的結構。俠與魂的內在連結，已在上文陳述。鬼在

《爾雅》訓爲「鬼之爲言歸也。」則指出了其「歸去」的姿態中不斷歸返的意志。君主政體崩毀而建立民國，遺老們藉鬼尋訪文化鄉愁與歷史情懷誠可理解，進步的革命黨人卻在復辟危機與軍閥割據的亂世場景中迷失了建國的熱情。更爲廣泛的是平民百姓失去了安身立命的信仰依據。就在歷史的斷裂處，人鬼相雜意味亂世與浮動不安的心靈。鬼魂穿梭其間，一如辛亥前的招魂，他們都在歸返國族的中心，社會的權力秩序。民國前的魂與民國後的鬼，確實有著相通的精神結構。前者的圖強與後者的懷舊固然有著姿態上的差異，但眞正的心理機制卻是要重建價值體系，一個中國人的「意義世界」。五四以降整個「捉妖打鬼」的除魅工程是要徹底清理一切的傳統屍骸。儘管現代性的啓蒙大旗磨刀霍霍，然而，無法斷絕的魂總是在那兒。二十世紀的小說仍是「魂兮歸來」，尤其新文學的旗手魯迅更是典型〔註 21〕。有形的鬼可以再回來，幽靈化的顯形則無所不在。「感性形式、美感情趣或美學的品味」〔註 22〕，文學中的鬼已化作無數復返的機制，回到那晚清與五四接軌又分手的時刻。相對「雅」的背面則是另一個「俗」文學系統。那裡的鬼影不被壓抑，卻化作更龐大的形式顯像。那可以轉換成時間、記憶、典故，日常生活細節。近現代武俠傳奇伸張俠義之際，調動的奇幻體系，一個閃爍文化記憶的虛擬場景，俠的背影已見魂，而所有的文化零件也就是鬼。在俠的故事當中，中國性得以確立源自於俠的身體就是魂的單位。

第三節　俠與中國身體

　　1900 年當梁啓超亡命海外，二十世紀的曙光已臨近這「老大帝國」，梁啓超的〈少年中國說〉則適時出現於《清議報》，一個斷裂的時代正急切呼喚翩翩少年。〈少年中國說〉作爲新世紀的宣言，在一系列明喻式的鮮明對比下：「夕照／朝陽、瘠牛／乳虎、僧／俠、鴉片煙／潑蘭地酒」，老少對照意味的國之新舊，漸進的把舊中國推向頹朽、無能、病奄奄等令人垂憐唾棄的地步。「少年」用法雖其來有自〔註 23〕，但藉「少年」修飾中國以對抗被日本、歐

〔註 21〕 相關討論可參考王德威，〈魂兮歸來〉，《歷史與怪獸》，（台北：麥田出版社，2011 年二版），頁 407～445。魯迅部分也可參考丸尾常喜著，秦弓譯，《「人」與「鬼」的糾葛：魯迅小說論析》，（北京：人民文學出版社，2001 年）。

〔註 22〕 黃錦樹，〈魂在：論中國性的近代起源，其單位、結構及（非）存在論特徵〉，頁 62。

〔註 23〕「少年」概念的溯源，梁啓超自陳受龔自珍〈能令公少年行〉一詩甚多啓發。

西稱謂的「老大帝國」，梁啓超尖銳的將國家生理化，點出了一個自戰場節節敗退、割地賠款、喪盡尊嚴的國體，正處於「未及歲而殤」的危機。存亡之際，身負「老朽之冤業」的「老大帝國」真實暴露的已是無以迴避的體質問題。以少年憧憬進而啓蒙中國，梁啓超期盼的是一個精神與體質相應成長的新興國族。然而，少年價值背後隱含的成長啓蒙，促使焦點必須拉回到與「老大帝國」的分手處，那被唾棄的「老朽之冤業」實乃老態龍鍾的「中體」。此「中體」為洋務運動以降處理中國傳統所堅守的「主體」或「底線」。當年洋務派從「師夷之長技以制夷」所衍生的「中體西用」立場，旨在技術面取得西學的支援和調整以扶佐「中體」的延續。然而，「中學為體」作為「西學為用」的前提，不過是對保守派的釋疑〔註 24〕。學習西方已成時勢所趨，中體難有作為，不論器物、制度、學術等面向都漸進往「西學」傾斜，「西學」的「普遍性」成了客觀判準〔註 25〕。在知識論的基礎上，知識份子調動了許多異質性元素處理傳統，以期在新的認知框架下安頓西方，應對存亡危機。只是異質的「他者」修正了傳統的眼光，卻不足以生成應對西學的條件：「中體」始終無力招架西學背後所挾帶的龐大殖民勢力。簡言之，「『中體』實已被『西用』挖了牆角」〔註 26〕，中學難以為體，而轉型無效且後繼無力的「中體」顯露的疲態，就直接過繼到國體的生理狀態。那是體質與精神的雙向匱乏的必然反應。「西風一夜催人老」梁啓超的喟嘆道盡了西潮下中國傳統舉步維艱。在整個「中體西用」的認知框架中，「中體」被迫稀釋，進而世俗化為「中國身體」的界面。綱常名教不比肉體化的中國來得實在。畢竟自鴉片戰爭以來，在西方船堅炮利所勾勒的殖民情境下，中國人的身體是相對的萎縮。於

然而，少年與國族想像的連結卻也不能忽略梁啓超受日本少年論述的影響，尤其德富蘇峰的〈新日本之少年〉。相關討論可參考梅家玲，〈發現少年，想像中國：梁啓超〈少年中國說〉的現代性、啓蒙論述與國族想像〉，《漢學研究》，（第十九卷第一期，2001 年 6 月），頁 249～274。

〔註 24〕有關「中體西用」概念的生成與轉折，可參考丁偉志、陳崧《中西體用之間》，（北京：中國社會科學出版社，1997 年），頁 139～174。

〔註 25〕黃錦樹教授在學者余英時的論述基礎上進一步整合及修正「中體西用」與「文化危機」的對應關係，指出了一個中國現代性危機的框架。近代中國在心靈、精神、身體所歷經的轉折與反應正是中國現代性危機的一個側面。參考黃錦樹，《近代國學之起源：相關個案研究》，（新竹：清華大學中文系博士論文，1998 年），頁 5～15。

〔註 26〕羅志田，《民族主義與近代中國思想》，（台北：東大出版社，1998 年），頁 102。

是，當「中國身體」取而代之為「中體」的認知和實踐單位，防禦機制的啓動掀起了「重塑身體」的工程。俠成了流行的符碼，武自然是必備的手段。世紀初呼喚的「少年中國」，在著眼其蓬勃的原動力與新志氣的同時，實有一個無法略過的面向：身體的成長。

　　身體的塑造興起為晚清的重要議題，固然跟一連串的戰敗經驗與變法失利有密切的關係。然而在這些客觀條件之外，極為關鍵的內在轉折恐怕還得回到身體論述的知識基礎。當「中體」窄化為「中國身體」的轉向，一個「病理化中國」所佔據的結構性位置預告了身體將成為下一波變革的焦點，另一個需要被處理的文化傳統〔註27〕。就在甲午戰爭清政府接連戰敗之際，嚴復在馬關條約簽訂之前發表的〈原強〉已深切體認到「國」與「身體」間相互的作用關係。「一群一國之成之立也，其間體用功能，實無異於生物之一體，大小雖殊，而官治相準。」、「夫一國猶一身也，擊其首則四肢皆應，刺其腹則舉體皆亡」，這一番國體化的論述，實已為其《天演論》（1898）思想的引進埋下了基礎。那必須訴諸於身體改造的強種保國策略，在社會達爾文主義的演化原理下預告了標本並治的國富民強之路。戊戌政變後，民心的變遷更具體體現於體育之學的覺醒。當時「人恥文弱，多想慕於武俠……故體操者，強體魄實精神也……有志之士，乃匯集同志，聘請豪勇軍師，以研究體育之學，其能備資斧者，求入外國海陸軍學生。」〔註28〕由此觀之，身體的訓練成了時代的急迫需求。從〈少年中國說〉喊出新世紀的身體願景，梁啓超持續在〈中國積弱溯源論〉（1900）為中國把脈，奮翮生更以〈軍國民篇〉（1902）倡導軍事化開發的身體運動，梁啓超進一步整合的〈新民說・尚武〉（1902）就明確將身體置入新民系統的操作，以至〈中國之武士道〉（1904）的書寫完整呈現身體背後的文化英雄譜系。這一波的身體論述明確勾勒出由「國體」漸進「身體」的歷程和準備。而「病理化」中國做為論述的起點，揭示了「身體」的時代癥結：

　　　昔中國罹麻木不仁之病，群醫投以劇藥，朽骨枯肉乃獲再蘇，四肢

〔註27〕以此往下延伸，二、三十年代的整理國故運動，也是以病理學的態度視之。「研究國故，好像解剖屍體」，相關言論見毛子水，〈國故和科學的精神〉，《新潮》，（第1卷5號，1919年5月1日）。

〔註28〕歐矩甲，〈論政變為中國不亡之關係〉，《清議報》，（第27冊，1899年9月15日）。又見成都體育學院體育史研究所編，《中國近代體育史資料》，（四川：四川教育出版社，1988年）。

五內之知覺力逐日增加。然元氣凋零，體血焦涸，力不支軀，行伫
起臥，顫戰欲仆，扁和目之曰：疾在筋骨，非投以補劑，佐以體操，
則終必至厥葳而死矣。人當昏憒於睡夢之中，毒蛇、猛獸、大盜、
小竊環而伺之，懼其不醒也，大聲以呼之，大力以搖之。既醒矣，
而筋骨麻弱，力不支，雖欲慷慨激昂，以與毒蛇、猛獸、大盜、小
竊爭一日之存亡，豈可得哉？中國之病，昔在神經昏迷，罔知痛癢，
今日之病，在國力孱弱，生氣消沈，扶之不能止其顛，肩之不能止
其墜。〈軍國民篇〉〔註29〕

當國體的衰頹傾斜無以應對節節逼近的西潮，「中體」化約為「中國身體」的
單一面向之際，傳統中國擺出的陣勢已回歸到原始的身體，一個子學與民間
傳統中既存的身體場域。繼經學之後被處理的傳統竟是歷代被儒家和理學壓
抑或懸置的身體，形而上的聖人之道轉降為形而下的七尺之軀，身體的軍國
民化取代心性良知的內聖外王成為新世紀的認知框架或運作單位。「國體」的
腐朽帶出「身體」的鑄造，兩者的相互貫徹與想像，已是下一階段「身體政
治」及「身體美學」的高潮。

　　國體／身體的系統化論述，從晚清以降到五四運動前後基本上都籠罩在
軍國民教育的範圍。這明顯擷取自日本、歐美強權的運動思潮，適時成為中
國的輿論主調與實踐方向，無異為接連吃敗仗的中國找到了希望的出口。而
身體躍升為結構性的圖騰和焦點，相對頹危國勢下的經驗結構也正歷經轉
變。原初的激情與衝動形而上化，不單是體格的無形壯碩，時代精神與論述
機制同時也在落實一種陽剛的美學追求。學者王斑以「雄渾」（Sublime）註解
這一波陽剛美學，意圖指陳近代中國正經歷「一套論述過程，一種心理機制，
一個令人嘆為觀止的符號，一個『身體』的堂皇意象，或是一個刺激人心的
經驗，足以讓人脫胎換骨」〔註30〕的精神轉型。1903 年軍國民教育會在東京
成立，隔年留日學生組成軍國民暗殺團將身體極致展示，1906 年清政府正式
宣布「尚武」列為教育宗旨，1908 年魯迅寫下〈摩羅詩力說〉，1909 年霍元

〔註29〕　奮翮生（蔡鍔），〈軍國民篇〉，《新民叢報》，（第 1、3、7、11 號，1902 年 2
　　　　月）。又見曾業英編，《蔡松坡集》，（上海：上海人民出版社，1984 年），頁
　　　　15～35。引文見頁 15。

〔註30〕　王斑（Wang Ban），*The Sublime Figure of History：Aesthetics and politics in
　　　　Twentieth-Century China*（Stanford：Stanford University Press，1997），P2。引
　　　　文為王德威教授譯文。

甲跟西洋大力士擂臺比武，1910 年霍元甲病故後弟子於上海創辦精武體育會，甚至 1917 年青年毛澤東著有〈體育之研究〉，這一連串的事項，無異畫龍點睛式的昭告近代中國的精神走向必然豎起的剛健、批判、革命路標。這精神轉型的基礎，恰恰是著力於身體。一個極至開發也急切消費的身體，既是強力回應著「中體」的衰疲，卻也可以被視為國族背後游離的載體。此後不論在新文化運動高舉的啟蒙大旗，或是各種政治運動的革命號誌下，身體總義不容辭的被予取予求。作為主導美學的陽剛敘事強勢形構了二十世紀文學、文化、政治等景觀；以「身體」中介所帶出的剛健精神，俠符號的運作是其中不能輕易忽略的目標。

　　經由國體的病理化引導出身體的軍國民化，身體論述與實踐蔚為風潮，並不止步於俠之譜系的完成。1905 年以後革命黨人尤其熱衷於身體血祭，暴力暗殺才是身體極致恐怖的操演。1904 年 11 月萬福華槍擊王之春事件拉開了一系列暗殺活動的序幕。雖然萬福華失敗落網，但冷血（陳冷血）隨即發表小說〈百年後之俠客談・刀餘生傳二〉〔註31〕呼應此事。暗殺賦予俠的文本意義已具體運作。爾後暗殺事件不絕於耳，革命黨人以俠之面貌行刺客之實，身體在時代語境中展現其極端的一面。1905 年 9 月 25 日的吳樾事件尤其將暗殺推向前所未有的顛峰。當天吳樾身懷炸彈準備以恐怖自殺的方式暗殺出洋考察的清廷五大臣。結果火車啟動，炸彈因撞擊而自動引爆，吳樾當場炸死，五大臣只有二人輕傷。暗殺的失敗卻掀起了極大的迴響。因為吳樾在行動前既已寫下〈暗殺時代〉一文，詳細論述了暗殺的動機與必然性。做為論述與實踐並行的暗殺典範，吳樾成就了一則悲劇性的傳奇。於是暗殺有如瘟疫蔓延，除了個人行動，東京留學生組成軍國民暗殺團，東京同盟會總部就有方君瑛主持的暗殺部門，劉師復等人也在香港成立支那暗殺團。暗殺團體的出現意味「肉身成俠」的一種極端身體姿態正緊密的跟政治掛勾。俠的現實基礎與需索毫不掩飾其恐怖生產的一面，近代中國的精神史到底無法規避俠的癥結：身體暴力是行俠之道。《民報》刊登大量宣傳暗殺的圖文，吳樾遺書、徐錫麟、秋瑾等人犧牲的事跡，揆鄭的〈崇俠篇〉與伯夔的〈革命之心理〉〔註32〕在俠者的脈絡中推進虛無黨的無政府主義思潮。不可忽略

〔註31〕冷血，〈百年後之俠客談・刀餘生傳二〉，《新新小說》，（第三號，1904 年）。又見于潤琦主編，《清末民初小說書系・武俠卷》，（北京：中國文聯出版社），頁 34～43。
〔註32〕揆鄭（湯增璧），〈崇俠篇〉，《民報》，（第 23 號，1908 年 8 月）。伯夔（湯增

的是，海外還有劉師培等人在東京創設的《天義報》與《衡報》，吳稚暉等人設在巴黎的《新世紀》都是無政府主義的大本營。他們吸收國內菁英與留學生，與西方無政府主義組織有聯繫，當然更鼓吹以暗殺為主的革命手段。《新世紀》就曾羅列西方暗殺活動的事蹟編輯〈世界暗殺表〉將暗殺宣傳條理化。然而，暗殺所彰顯的嗜血性一面，還得回到無政府主義被引入中國的關鍵性譯著《自由血》。該書為 1904 年金一根據日人煙山專太郎《近世無政府主義》的意譯本。就在緒言中，崇尚流血的激情赤裸裸地表露無遺：「國民爭以其無量數之腦血、淚血、頸血染紅革命之旗幟……而十步之內，劍花彈雨，欲血相望，八萬驍乘，殺之有如屠狗」〔註33〕。以血染紅革命做為身體魅力的訴求，梁啓勛與程斗就以極快的速度合譯了原名為「世界著名暗殺案」的《血史》（1906），而該書不過是三年前才在美國出版。可見當時的無政府主義者已迫不及待的昭告中國「暗殺時代」的到來。在這當中知識份子更為暗殺的俠者行為背書。時任光復會會長的蔡元培就相信「革命止有兩途：一是暴動，一是暗殺」〔註34〕。於是，在與朝廷對決的姿態中，革命黨人抱定必死決心，甚至想以一死來激勵革命都大有人在。1910 年 4 月汪精衛有感同盟會自鎮南關、河口諸役失敗後日漸消沈，於是偕伴刺殺攝政王載灃未遂，無異推動了辛亥革命前夕暗殺的顛峰。

在以下犯上的時代氛圍中，暗殺是因，革命是果，無政府主義則為其思想框架，以營造一個以暗殺起家的時代趨勢。這訴諸於身體的恐怖活動，迷戀個體能量的爆發力，在國族廣袤的視野下經由俠的姿態帶出身體鑄造國體的場域。無首（廖仲愷）譯的〈帝王暗殺之時代〉就留有這樣的名言：「十步之內，血火紅飛，而百萬勁旅進退無所施其技」〔註35〕，身體的魅力恰如其分的解決了國體的困局。無政府主義在中國的傳播固然是暗殺手段成為風潮的主因之一，然而暗殺之可行卻離不開俠的精神指標與身體動員的基礎。弔詭的是，無政府主義的暗殺目的在破壞政府與一切的社會制度，以追求個人的自由。然而，革命志士卻以暗殺來激勵革命，革命則以民族建國主義為旨歸。俠客假革命之名而行刺客之實，真正反映的並非手段，而是逾越的衝動。

壁），〈革命之心理〉，《民報》，（第 24 號，1908 年 10 月）。
〔註33〕 轉引自鄒振環，《影響中國近代社會的一百種譯作》，（北京：中國對外翻譯出版公司，1996 年 1 月初版），頁 185。
〔註34〕 蔡元培，〈我在教育界的經驗〉，《蔡元培全集‧第八卷》，（杭州：浙江教育出版社，1997 年 12 月初版），頁 507。
〔註35〕 無首，〈帝王暗殺之時代〉，《民報》，（第二十一號，1908 年），頁 85。

暴力的極致無可避免就有猙獰的面目。在動盪不安，渾沌困惑的年代，俠符號所形構的空間與形式應合了壓抑的心靈與情感。「肉身成道」的恐怖俠行不過是俠勇猛與確實的回應著近代的身體消費。

　　然而，這種非理性的身體展示卻在不久之前的中國已輪番上演。如果戊戌政變後犧牲的譚嗣同迷戀身體的血諫可以帶出革命與俠風還算是個案，1899 年以後在中國各地躁動不安的義和團則是一場集體的身體鑄造與操演。儘管義和團的歷史定位在二十世紀先後有過不同的解讀，但義和團鮮明的民間色彩和身體展示卻勾勒出近代中國身體場域的典型。以俠作為中國身體的顯像，俠的符碼運作對照於義和團，兩者落實於身體的實踐都有著同質的結構。同樣出於對外患的反應，同樣往傳統資源汲取養分，同樣為正義和榮譽而戰，當義和團將身體設定在宗教化的神祕運作，反映了世俗大眾本能性的從民間文化信仰中尋求應對模式。在謠言流竄、動亂不安的世紀交替時刻，身體被歇斯底里式的想像已是儀式化的表演，身體的實踐也就是政治的實踐。事實上，義和團的中心思想與政治訴求都奠基於身體的集中展現。不論是降神附體、神拳、金鐘罩、鐵不杉的硬功夫、抑或女陰陣、紅燈照的法術施展，身體即是力量的媒介以推向群體運動的高潮。但降神附體作為義和團汲取能量的普遍儀式卻不是其獨門功夫。降神附體的「通靈」結構已是深刻的民間傳統，甚至在太平天國時期還表現出其政治作用力。只是當義和團員再次透過降神附體獲取個體的無比能量，且更進入集體的催眠麻醉以塑造群體的無敵身手和剛健體魄，即已完成了想像性的身體建構與部署。戲曲小說人物作為降神附體後的化身，天兵天將下凡相助，義和團將身體投入宗教的運作，經由秘密儀式練就金剛之身，刀槍不入，那是中國人對付洋槍洋炮的絕對武器。這固然是義和團對抗帝國主義的姿態，卻又是最民間最本能的表演與戲仿。單就其中雜耍與戲劇的成分來看，義和團運動根本就是一場身體的嘉年華會。更有甚者，婦女的身體在這場運動中佔有舉足輕重的位置。法術作為義和團的另一種本領，其中就以少女的法力：紅燈照為最強的一種。相傳的紅燈照是由青春期的少女組成，她們在義和團的作戰中尤其以縱火與飛行術扮演重要角色。少女的關鍵意義，則是取自她們未經月事和婚姻性愛的純潔與清白。這種道德與肉體的潔癖，固然隱含著「裙釵之厭」的陽剛霸權，卻也是利用少女的天真無知包裝法術的神祕。相對的，義和團卻常常將法術的不靈驗歸咎於成年婦人所擺的陰門陣及月經穢物。婦女赤身裸體的陣仗及陰毛、經血、經布的展示，對於義和團戰事的失利卻是最好的辯解。兩

相對照，女性雖不在義和團的身體動員中缺席，然而，卻是無法擺脫其傳統的身體定位。義和團運動敞開的身體場域意味著近代中國的身體鑄造工程在其「雄渾」的背面，還有一個民間的源頭和脈絡值得探討。那訴諸於原始、草根與民粹的身體衝動，呈現了其張牙舞爪的想像魅力。

事實上，義和團運動的起源跟白蓮教等革命團體和秘密會社有密切的關係。整個運動原始的定調就是宗教性質的身體運作，以域外的身體操作反抗強權。然而，練功打拳終究只是民間的世俗運動，故不得不以宗教的儀式性為身體加諸聖的光環。這反映著聖與俗辯證的宗教本質〔註36〕。以聖的圖騰牽引俗的動員，義和團的身體現象在在突顯出身體在近代被強烈召喚的真實意義。當身體的顯聖落實於世俗社會，不但對應著體格瞬間壯碩的渴望，同時也藉由神聖臨在開展的存在秩序滿足亂世中群眾的游離不安。那以身體為基礎形成的空間聖化，意味著一個巨大庇蔭下的存有「中心」。但神蹟不可能久駐，身體終究回歸世俗。因此，義和團不得不經由一次又一次儀式性的降神附體以武裝身體，回歸「中心」。這不斷追求顯聖的經驗，成了歸返的焦慮。身體的鄉愁構成了「顯聖」的本質，卻也是歸返的「原型」。「原型」意味著典範的模式。爾後武俠傳奇無不重複這樣的典範：透過身體的異化與顯聖以創造「中心」世界。縱使武俠世界千種面貌，但俠客的鄉愁就是渴望經由身體的聖化復歸相對穩定的存有秩序，一個體魄剛健與中國性自足的封閉世界。身體的顯聖歷程所搭起的秘密通道使得重複經驗中國性的「純粹」成為可能。如此一來，武俠傳奇不過就是一則身體的鄉愁，一個「文本化」的義和團。

國破家亡之際，在面對最直接的外國敵人，義和團無法在知識層面消化和處理中國傳統捉襟見肘的窘境，所謂「中體」在這些由農民階級組成的義和團眼中，就是必須以鄉土文化資源想像的「中國身體」。如此一來，透過民間豐富的巫術和武術資源掛勾身體，想像中國，平民百姓第一次將「身體」推向時代前線，預告了身體單位的救亡圖存與審美價值。一個屬於庶民階層的身體接受史由此展開。

相對的，同樣出自對身體想像，知識分子階層的操作卻回到知識性的安頓。相較於義和團的降神附體，俠的召喚卻是另一種的精神灌頂。箇中差異

〔註36〕伊利亞德（Mircea Eliade）著，楊素娥譯，《聖與俗：宗教的本質》，（台北：桂冠出版社，2000年）。

只在於前者請來四方神祗及小說戲曲英雄叫囂，後者則召來先秦諸子與佛教哲學助陣。畢竟除了《史記》的〈游俠列傳〉，俠幾乎被摒棄於正典文獻以外，因此俠出自豐富的民間資源，也顯示了重新編碼的必要，以爲身體建立精神文化譜系。排除宗教神話而往儒墨定位，預告了精神剛健的文化場景正迅速建立以替代盲目的身體消耗。其中康有爲、梁啓超等人倡導的禁早婚、戒纏足、興女學等思想概念就注意到了女性身體在強國保種宗旨下的意義。雖不脫其附庸角色，但已明顯是知識的安頓及運作。

　　爲俠汲取儒墨的傳統資源，主要是近代諸子學擺脫經學的羈絆而復興，成爲一個龐大的資源體系。諸子學復興有個極爲現實的基礎，就是時代的大變遷帶出了儒學的窘境。那無法描述時代嬗變又遍尋不到答案的儒家經典，不得不讓出知識的中心位置而牽引了諸子學的進駐。佛學也在近代變革的契機中重生，以其入世的價值提供精神動力。其中楊度在爲《中國之武士道》寫的序中有一段話值得再三體會。其認爲日本武士道之強，全在於「以儒教爲正，以佛教爲輔」，而輕死尚俠的精神養成，則根源於「舍體魄而取精神」的超然生死的佛教哲學。這就明確指出了佛教在晚清的復興有其外在的背景：日本的佛教轉型〔註37〕。日本佛教自江戶時代進入明治時期是一個漸趨式微卻又不斷內在改革的過程。尤其佛教的新興勢力更注重其精神救贖與振興社會的作用，強調佛教與西方哲學科學的融通。甚至在明治時期爲爭取佛教的生存空間，在民族主義的框架下支持日本軍國主義及其戰爭行爲，隨軍出征海外，興辦慈善事業。在「發起信心」、「護國愛理」的形象下，佛教以其入世精神成了中國人眼中日本近代化的動力。不論是譚嗣同、梁啓超、章太炎、宋恕、康有爲、蔡元培等等一大批知識份子都在日本佛教譯著中獲得了精神力量，他們也從佛教吸取了應對西方科學哲學邏輯的知識資源。唯識學成爲知識份子的焦點即印證了這點。這段佛教在近代中國生根的背景基礎，所造成的影響是非常顯著的。譚嗣同以入世救贖的大無畏精神奠定了佛教的積極意義，章太炎更以佛教的「無我」入手建構革命所需的「無神教」以完備其革命道德。章太炎在這樣的脈絡底下提出的〈五無論〉體現了一個反面烏托邦。有趣的對應則是康有爲經由佛教的「苦諦」轉化出一個去除人生疾苦的大同世界，揭示光輝理想的正面烏托邦。至於投入無政府主義行列

〔註37〕　有關佛教在晚清之際的復興及其與日本佛教發展的關係，可參考葛兆光，《中國思想史·第二卷：七世紀至十九世紀中國的知識、思想與信仰》（上海：復旦大學初版社，2000年12月初版），頁650～670。

的社會黨黨員樂無，也就是後來成爲一代宗師的太虛和尚更堅信無政府的世界才能消除人間罪惡，達到自由平等的極樂地。

　　事實上，佛教在近代留下的種種知識痕跡對於「俠」的精神有如醍瑚灌頂。這對於俠的革命、浪漫性格而言是極有利的文化背景，爲俠的實踐敞開更大的空間。武俠傳奇之所以在俠的基礎上有所作爲，進而擴大格局至正反烏托邦；無可否認，佛教提昇了俠的精神修爲與實踐動力。

　　不論把俠引入哲學範疇，或是爲歷代仁人君子還原或附會俠之正義、俠之精神，也就不難理解爲一種治癒中國病體的「內功修爲」。這比義和團的身體表演來得高明，因爲以俠作爲單位結構進而繁衍成文化與歷史的界面足以導向更龐大的身體建構。不論雅俗階層都可以在這文化視野下充分利用本有資源想像身體、對抗外患，甚至重建中國。這重建中國的藍圖落在俠的身上明顯使得民族主義的情緒強壯起來。失意的個人經由俠的想像找到精神家園。民國前，那是以身體「圖強」的中國；民國後，那是以身體「復歸」的中國。俠貫通於歷史的斷裂處，在於其以新的文學形式完成了物質、文化和時間心理秩序的連接。爾後的武俠文學得以開花結果，俠形構爲文化符碼的知識與歷史基礎才是一個值得溯源的精神史歷程。

第四節　武俠傳奇：魂在與賦形

　　俠與武士道進駐爲近代中國的社會場景，在文化符號運作的背面，揭示了正歷經轉型的公共期待視野。從「中體」的穩定壯碩到無所作爲，歷史的擺盪與斷裂暴露了時代下無所適從且又必須面對的無奈心聲。由魂與中國身體連結上的俠之資本，適切塡補了群眾民族情感的空窗期。那從俠義公案的章回體小說切割出來的武俠形式，就在文本化的經營中帶動了一個自供自足的中國性場景，更準確的說，那是敘事者傳承下來的技藝。一種把書場擴充爲喧囂的民間廣場及保存記憶的敘事形式。事實上，武俠與小說的相遇還得回到說部的傳統。那自書場往案頭文本發展的敘事轉折，意味了說部「借闡聖教、雜述史事、激發國恥、旁及夷情」〔註38〕的「群治」功能在其書面化的歷程中漸進典雅化或經典化，以成爲可被隨時召喚兼具安頓功能的說故事形式。這就不難理解，「通俗」作爲晚清知識份子註解小說的標誌，不但將小

〔註38〕梁啓超，〈變法通義‧論幼學〉，收入《梁啓超全集》，頁39。

說拉抬到前所未有的崇高地位，且在其「通俗」所意味的「虛構、想像、群治」功能上完成了一套表述系統，確實負載時代的喧囂及回應時代的需求。平行對比梁啓超的〈論小說與群治的關係〉與〈論佛教與群治的關係〉兩篇文章，在其實務取向的精神結構中以出自佛典的用語清楚指陳了四種的小說力量：熏、浸、刺、提。在「群治」的旗幟底下，這四種力量無異說明了小說「通俗」的積極意義。然而，小說作爲敘事技藝的演進歷程，梁啓超從「說部」首要的俚語角度擴大至〈譯印政治小說序〉所言的「小說乃國民之魂」，正體現出小說包羅文化、歷史、政治等等故事題材，且訴諸紀實與虛構，娛樂與啓迪的多重功能〔註 39〕。這指標性的進展，意味小說的說故事姿態不但延續說部的傳統，且重新在情感意識的塑造與想像立下新的標竿。這一套敘事技藝的重新定位，拉開了章回小說的格局。爾後章回體武俠傳奇大興，實乃攸關這套技藝在晚清的調整。傳奇之特色不止「通俗」，另有時代精神的賦形。從俠義公案到武俠傳奇的進程，說故事者不斷變換姿態顯示他們無時無刻都在準備一個時代的故事。

　　清中葉興起的俠義公案小說，在「俠」基礎上所形成的一套想像機制，呼應了群眾的心靈寄託。士人的退場，寫實的削弱，這一批江湖俠客及草莽英雄卻是在另一層的「現實」基礎上啓動想像的可能與正義結構的辯證。在極權政治與封建社會被迫面臨轉型甚至有分崩離析之虞的時刻，流轉於知識階層與平民百姓的躁動不安，呈現了一個逾越本能的訴求。於是開展的俠義公案形式當中，朝廷、清官、俠客三者並存的結構凸顯了需要被解套的時代癥結。經由協商、合作、攤牌等等反覆的辯證，正義的伸張回應，精神的自主空間，恰恰落實了時代嬗變下群眾慾望的轉折。俠義公案作爲廣被接受的敘事結構，不過是從歷史的偏旁架起公共期待的視野。俠的成長、壯碩、浪遊、歸隱即可投射爲社會群體的精神現象，一個在時代隱喻中不斷流變和轉型的主體。

〔註 39〕梁啓超在〈中國唯一之文學報《新小說》〉廣告文中羅列了《新小說》雜誌的各種內容：「圖畫、論說、歷史小說、政治小說、哲理科學小說、軍事小說、冒險小說、探偵小說、寫情小說、語怪小說、答記體小說、傳奇體小說、世界名人逸事、新樂府、粵謳及廣東戲本」這無所不包的小說內容，間接肯定了小說的各種功能。該文出自《新民叢報》，（第 14 號，1902 年 11 月 14 日）。又見陳平原、夏曉紅編，《二十世紀中國小說理論資料（第一卷）1897～1916》，（北京：北京大學出版社，1997 年），頁 58～63。

　　然而，隨著清官退席，俠者獨挑大樑，自俠義公案模式重組零件的武俠類型，實踐了另種的賦形功能。國體衰疲而身體壯碩，武俠小說企圖創造的希望和記憶確實落在民間的廣場。那遍布傳統資源與鄉土材料的武俠世界，藉由奇幻裝置與俠的譜系牽引出一則完美的寓言。這樣的通俗寓言世界在武俠類型建構之初，即展現了兩種明顯可見的特質。一種是雅致的復返，在通俗之上必須一定程度的「嚴肅」。陳冷血的〈俠客談〉系列創作，隱約開展了五四「感時憂國」的文學範式，那即時與時代應答，處理時代情緒的寫作模式，處處流露西方的現代文學技巧。另一種則是將虛構拉到寓言的高度，以「江湖」開展烏托邦的空間、時間與心理機制。平江不肖生的《江湖奇俠傳》實踐的是五四以後被切除的通俗敘事傳統。然而，這兩種特質在爾後武俠傳奇的發展都呈現了某個程度的融合。金庸在五十年代的集大成作品就代表了這兩種特質的完美結合與展現。可是，有趣的地方則在於武俠傳奇形構之初似乎已預定了類型公式。以俠做為推動單位，進駐於俠之軀體的魂彷彿昭告了武俠的「魂在」格局。那樣一個國魂主導的俠之場域，意味著武俠必須處理歷史斷裂前的古典世界。未經五四健將驅趕的鬼在這裡優遊自在，又或在國故運動中被打的鬼經由武俠又回來了。不難想見，俠在近代勾通於魂，俠的格局除了家國革命情懷，還有延續世俗的審美情趣與文化鄉愁。那個五四新文學無法表述的文化場景，經由武俠傳奇的內在布置與腔調遁入懷舊的機制。所以，當葉洪生提出對「新武俠」的定義與期待時，羅列了以下的條件：「它必須在形式上保留中國傳統章回小說的古典美，而在內容上兼攝中國的歷史、地理、風俗、民情（一切以清末以前的故事題材為限）。它的文字必須是純中國式的……」〔註40〕，這些條件意味著葉洪生對武俠傳奇的迷戀全在於文化場景的魅力。於是，黃錦樹教授以「時間性的設定」進一步理論深化武俠傳奇的「代現原則」，強調不同的程式與文化建構在「假擬的古典世界」更易於搭上歸鄉的列車〔註41〕。武俠傳奇的文化場景，固然代表其「本質上內含了時間的中國性」。然而，二十世紀初俠的召喚就已寫下魂的基因圖譜，進而武俠傳奇的蓬勃無可避免的不斷回應著歷史終結後的精神狀態。武俠傳

〔註40〕葉洪生，〈論革命與武俠創作：《磨劍十月試金石》外一章〉，收入平江不肖生，《江湖奇俠傳》（卷一），（台北：聯經出版社，1984年），頁78。

〔註41〕黃錦樹，〈否想金庸──文化代現的雅俗、時間與地理〉，收入王秋桂編，《金庸小說國際學術研討會論文集》，（台北：遠流出版社，1999年），頁594～598。

奇始終得以區隔五四文學典範而保留「想像中國性」的傳統，畢竟在其興起的時刻早已「魂在」。

　　大時代變動下所浮現的身體焦慮和文化鄉愁不斷徘徊於學術場景、庶民生活以及時代流離者的背影。不論化作身體美學、文化掌故、幽黯記憶或是無數個傳奇故事，近代武俠形式興起之可能，除了可供借鏡的俠義公案傳統，主要還是武俠類型背後的歷史與知識基礎選擇世俗的呈現方式。那體現著廣大世俗大眾的想像共同體以通俗的說故事顯形。透過敘事的賦形，流傳於公共期待視野中的故事，一次又一次經由國族與歷史的隱喻完成美學的品味與批判。武俠傳奇所召喚的熱情和想像，就停駐於說故事者的角色：敘事者，便是有能力以敘事的細火，將其生命之燃燒殆盡的人〔註42〕。武俠的「魂在」與「賦形」留下了無數個說故事者的身影。

〔註42〕班雅明（Walter Benjamin）著，林志明譯，《說故事的人》，（台北：台灣攝影工作室，1998年），頁48。

第四章　晚清俠義公案小說的「武俠化」進程

第一節　一個臥虎藏龍的起點

一、「俠義公案」與「武俠」的類型辯證

　　當新派武俠的大興構成當代泛文化消費的賣點（影視、漫畫、電玩），這股熱潮確實為「武俠」類型塑造了一個成熟的「形式」界面。武俠元素經由多元媒介的操作搬弄，讓個人得以直接、立體的參於一似曾相似或信以為真的虛構經驗，其所彰顯的消費意義不純然只是一個懷舊或想像的休閒增補的美學烏托邦，反倒在「形式」的高度顯示出其內部文化特質的一致性。這樣的武俠世界透過物質形體、敘事腔調和情感向度的導引，有效的出入一個超自然、超時間、超歷史的時空，創造出一種文化氛圍和心理秩序以實踐世俗日常生活中想像性的漫遊。漫遊行為本身並非漫無目的，卻潛藏追尋的母題和釋放的能量。簡言之，這文化形式背後明顯分享／安頓著一種心靈經驗。緊隨而來的問題關鍵則是，為什麼武俠「形式」得以安頓心靈？在武俠表現形式多元和熟爛的當代，個人心靈與武俠都有許多精彩的對話與回應。但相對於過多華麗與絢爛的表演，一個武俠最素樸的年代，一個不一樣的觀察起點，卻更能說明「武俠」的存在方式。在晚清傳奇說部盛行，俠義公案系列小說大量繁衍成白話長篇的時刻，我們找到了一個臥虎藏龍的起點。

　　晚清俠義公案小說長期在文學史的類型定位，總是相對於譴責、狹邪、

諷刺三大類型而保有清晰的面貌。「俠義」和「公案」作爲鮮明的關鍵元素在一定程度上反映著集體大眾的精神性參與和想像。不論是「俠義」和「公案」的合流或分化〔註1〕的演化歷程，這類小說在往後的五四文學典範都遭到了批判。但當代學者在爲「武俠」類型溯源的同時，卻不得不回到晚清面對這些被詬病爲「俠義精神末流」的俠義公案文本。因爲相對於民國以後的舊派和新派武俠類型的確立，晚清量產的俠義公案系列小說卻是在諧仿和複製中開啓了一個武俠類型的契機。從1820年問世的《施公案》到1907年出版的《熱血痕》，在這將近一世紀的光景中所湧現的俠義公案小說多得不計其數。然而，在這些主題、題材、情節都類似相近的章回體作品中，卻有兩個值得注意的面向。一個是敘事，一個是類型。

　　首先，最清楚可見的自然是文本的厚度。這些大部分生產於書場的故事題材一旦轉換到書面的形式，卻也不厭其煩的將固定的清官俠義模式複製繁衍成數百回的厚度。雖然以續書模式產生的延續性創作並非俠義公案小說的專利，但對於俠義公案題材的積極性參於卻隱約透露了需要被滿足的集體心靈。在俠客傳奇和行俠主題的續寫過程中，無異是進行正義結構的編碼和想像空間的開拓。續書固然是商業化運作下的產物，但續寫動作在不同的作品中驗證了不同的心靈經驗，像是著名的標準清官俠義《三俠五義》（1879）就有《小五義》（1890）、《續小五義》（1890）、《續俠義傳》〔註2〕三部續書，總數超過360回。爲封建政權稱頌的《永慶昇平》（1891）也有前後傳的197回，至於奇幻類型的《七劍十三俠》（1897）三集共有180回，而更爲誇張的是循著《施公案》、《三俠五義》模子複製的《彭公案》（1892）一續再續竟有八個續本，最多續至341回。這些以續作的方式將故事延續或另行演繹的做法，除了說明了故事受到歡迎和暢銷，也同時呈現出文人敘事功力的有效轉換。從書場到書面，從互動式的「講話」到個人的「書寫」，文人舞台的轉換不但沒有失去其「講故事」的能力，且意猶未盡的在續書中再行發揮。這樣的書寫狀況在一定程度上象徵著更多的訊息需要在小說處理，甚至是小說家有意

〔註1〕 陳平原教授認爲俠義公案兩大模式只是同一傳統下的分化，二者在此之前並未眞正獨立，故不應視爲「合流」。參陳平原，《千古文人俠客夢》，收入《陳平原小說史論集．中卷》，（石家莊：河北人民出版社，1997年），頁974～992。

〔註2〕 《續俠義傳》爲晚清刻本，共有16回。本書情節主要緊接白玉堂誤觸銅網陣後另行敘述眾俠士的故事。這與敘述眾俠士後人的《小五義》、《續小五義》完全不同。故爲另一系統的續書。

識的以本身的思考和經驗參於小說的敘事。不難想見在書場中可以訴諸言
語，形之於色的經驗溝通到了小說已換作沈澱式的反思和代碼的置換。這樣
的敘事痕跡其實清晰可見。正義的辯證，俠與盜的反思，傳統儒教意識形態
的作用力與反作用力，這種種轉折的軌跡都呈現在俠義公案小說的進程。儘
管俠義公案的結構終究不脫封建意識形態的框架，但其中極爲尖銳的思考議
題卻很容易淹沒在「俠義精神的墮落」的制式批評觀念中。畢竟文人在情節
的諧仿與複製中不只是要講一個「好看」的故事，也同時分享著集體的生活
經驗與心靈感受。我們在情節的增值中所見證到的各種敘事元素的被借用，
正說明了更龐大的經驗需要技術性的安頓。如此一個敘事傳統的茁壯，標誌
著一個傳奇書寫的傳承。民國以後開展的武俠類型所以具備一個強而有力的
敘事機制，其實根源於晚清這一段進程。

　　至於類型的觀察，從清官俠義的《施公案》到革命愛國的《熱血痕》，隨
著時代的遷徙俠義公案小說的發展有了不同養分的介入。在這些煙粉、靈怪、
講史等等類型元素的注入下，俠義公案的敘事空間有了適當的調度，對應著
時代經驗展開不一樣的主題表現。一個極有趣也極爲重要的轉折應是奇幻元
素的介入。當然，在唐人傳奇的劍俠故事中就已有奇幻色彩的展現，但晚清
的長篇俠義以奇幻作爲故事演繹的主軸，明顯擴張了俠義的類型功能。當寓
言性的靈怪元素轉變成寓言敘事，一個幻想、變形的空間開始無限的擴張。
然而，也就在這個類型和敘事功能的轉變過程中，預告了一個武俠敘事的到
來。俠義公案類型因爲額外養分的吸收而茁壯，也恰是在俠義公案的臨界點
上自身的敘事機制將公案成份給稀釋進而切除，一個武俠敘事的基本程式漸
漸形成。但需要說明的是，晚清之際並沒有成熟的武俠類型。大部分作品的
基調都還侷限在俠義公案的精神框架，僅有的岐出也不過是轉型契機的閃
現。當代重新整理、論述出版的「中國武俠史」、「英雄俠義小說史」等等通
史類著作雖然都觸及明清俠義小說部份，但要從中切割出武俠小說的類別，
以清楚區隔於俠義公案小說；甚至以「武俠」取代「俠義」都有失偏頗〔註3〕。
畢竟，後設的「武俠」類型概念在當時並不存在。明清的英雄俠義、歷史演

〔註3〕 陳穎將「公案俠義小說」置入「明清英雄俠義小說」，而另立「明清武俠小說」
　　　　範疇。羅立群則直接以「武俠」代「俠義」，分出「武俠公案小說」一類。請
　　　　參見陳穎，《中國英雄俠義小說通史》，（南京：江蘇教育出版社，1998 年）；
　　　　羅立群，《中國武俠小說史》，（沈陽：遼寧人民出版社，1990 年）。

義、俠義公案系列小說都不脫英雄傳奇的格局和政治的辯證。這與政治（朝廷）並存的敘事本身，就預設了一套保守意識形態的基本結構。而隨著歷史經驗的斷裂而重構的「武俠」類型則有著相對政權而立的浪遊精神和母題追尋的寓言敘事。前者的類型儘管陸續加入「公案」、「神魔」、「才子佳人」的元素仍不出歷史演義的基調，後者卻有著現實意義的「總體性」文化再現特質。將「武俠」作爲泛論式的概念置入晚清脈絡，無助於釐清民國前後英雄俠義的相對特質。其實兩者各有懷抱，「武俠」基本元素形構的軌跡也有著清晰的歷史語境。民國以後日漸發展成熟的武俠敘事理應有一個歧出的起點。其不完全屬於「武俠」，卻啓動了「武俠」的開展。本章將焦點置於晚清俠義公案小說的「武俠化」進程，就意圖補充這段過渡的空隙。

二、英雄末路？──魯迅以降的批評總觀

　　從魯迅在《中國小說史略》﹝註4﹞以專篇討論俠義公案小說開始，其對該類型小說準確勾勒的一個基本特質：

> 故凡俠義小說中之英雄，在民間每極粗豪，大有綠林結習，而終必爲一大僚隸卒，供使令奔走以爲寵榮，此蓋非心悅誠服，樂爲臣僕之時不辦也。（頁 198）

這已清楚作爲後來批評俠義公案小說的標竿。雖然魯迅所論不過是陳述一個明顯可見的情節模式，進而提出一個該類型得以產生的理由。但對照於魯迅個人在五四新文學思潮中的革命地位，其對俠義公案雖無尖銳針貶，但「不背於忠義」、「樂爲臣僕」的斷語恰恰成了當時文學革命思潮下俠義公案小說反動面向的定位。在此框架之下，晚清俠義公案小說不論在文學史或俠的流變史上都招致「封建」、「墮落」、「末流」的批評。故而對其藝術結構也評價不高。甚至將其續書現象大肆批評爲「同一鄉下婦人腳，又長又臭，堆街塞路」，對其品質更視爲「滿紙賊盜捕快，你偷我拿，鬧嚷喧天，每閱一卷，必令人作嘔吐三日。」﹝註5﹞這樣的評價基本出自文人雅文學的立場，既是相對俠的傳統精神，也是相對文以載道的道德標準。

﹝註4﹞　魯迅的《中國小說史略》是第一部以文學史架構討論清代俠義公案小說的著作。後世的討論基本不出其論述的框架。參見魯迅，《中國小說史略》，收入吳俊編校，《魯迅學術論著》，（杭州：浙江人民出版社，1998 年）。

﹝註5﹞　石庵，〈懺觀室隨筆〉，《揚子江小說報》第 1 期，1909 年。

　　但有趣的是，這樣的批評觀念不僅來自新文學一脈，被視爲延續晚清一代通俗文學的民國舊派小說家，卻也發出相似的批評之聲。范煙橋在《中國小說史》中直指部份俠義公案小說「庸陋」、「不可卒讀」〔註6〕。張恨水對清官俠義的模式更是尖銳的批評：

> 以俠客而當捕快，可謂侮辱英雄已極，作者自己，大概也難以自圓其說，只有他們是擁護清官，便又寫了一批反貪污的強盜，也來投降當走狗。因之，他們的邏輯，是由反貪污當強盜，再由反強盜而當走狗這才算是英雄。〔註7〕

關於范、張二人的批評，其實指陳了一個極有意思的對立面，一個話語斷裂的事實。作爲民國舊派武俠創作行列的一員〔註8〕，范、張二人的武俠創作卻是來自於對晚清俠義公案小說的批判。這批判的視角指出了兩個重點。一是俠的質變，一是形式的破敗。這兩者同樣也是魯迅爲代表的新文學批評的重點。進入民國以後的五四文學典範和舊派通俗文學體系竟不一而同指出晚清俠義公案小說的共同缺失。這批判的路徑回到了一雙方共享的基礎——國民性話語。也就在「國」、「民」的框架下，俠被植入新的話語秩序，自然開展出一個有別於俠義公案模式的武俠向度。因爲俠的框架被重新確立，相對於晚清這一層斷裂的話語無異說明了英雄的末路。而後續生產的武俠史、武俠小說史在爲俠建立系譜或尋找傳統資源的同時，很自然的將視野建立在民間文化中的游俠性格〔註9〕，甚至建構一個「原俠」的先驗觀念，以安頓俠的「形式」，設定其理想氣質〔註10〕。這透過數量龐大的舊派、新派武俠文本建構的「俠」的範式，設立了重新檢驗「俠」的標準，從而釐清自己跟俠義公案小說的界限，並同時暗示了後者的傳統、保守格局。

　　至於在五四新文學的脈絡下，整個承繼西方小說傳統的視域對於俠義公

〔註6〕　范煙橋，《中國小說史》，（台北：長安出版社，1977年），頁192～193。

〔註7〕　張恨水，〈武俠小說在下層社會〉，收入錢理群編，《二十世紀中國小說資料（第四卷）1937～1949》，（北京：北京大學出版社，1997年），頁350～353。

〔註8〕　范煙橋和張恨水的武俠作品在歷來關於近代武俠小說的論述中都極少見到討論。范煙橋的武俠作品有《忠義大俠》、《江南豪傑》、《俠女奇男傳》、《孤掌驚鳴記》等。張恨水的武俠作品則有《劍膽琴心》、《中原豪俠傳》等。

〔註9〕　陳山，《中國武俠史》，（上海：上海三聯書店，1995年）；汪涌豪、陳廣宏，《游俠人格》，（武漢：長江文藝出版社，1996年）。

〔註10〕　徐斯年，《俠的蹤跡——中國武俠小說史論》，（北京：人民文學出版社，1995年），頁1～16。

案小說情節的公式化和枝節散漫也頗多責難。保守的封建意識形態和宿命的宗教觀則是另一被詬病的缺失。兩者合起來的結構性缺陷，就代表著整個俠義公案的形式破敗。而形式的破敗卻指向了一個檢驗的客觀標準——進化論式的西方敘事方法和寫實傳統。這自文學革命以降所形塑的新文學系統強而有力的衝擊著傳統小說的根基。在如此雅俗對峙的過程當中，興起的武俠敘事對於俠義公案模式開始有了質的轉變。他們主要建基於五四框架下的民族、革命等現實面的表現方式，進而發展出一個以姚民哀為代表的黨會武俠的次類型。這在審美與政治意義上的轉折，間接修正了俠義公案小說的精神，並企圖為武俠敘事建構一個新的形式和景觀。張恨水有一段話指出了這樣的方向：

> 倘若真有人能寫一部社會裡層的游俠小說，這範圍必定牽涉得很廣，不但涉及軍事政治，並會涉及社會經濟，這要寫出來，定是石破天驚，驚世駭俗的大著作。〔註11〕

簡言之，張恨水理想中的武俠小說就是「不超現實的社會小說」。這樣的發展路徑是相對新文學先鋒意義的世俗取向。而世俗的實踐卻同時懸張著一幅國族的場景。如此一來，對立的背後暗示了雙方共同的框架。在發揚國民性的前提下，雙方在不同的資源系統上有著迥異的展現，卻有著共同追尋的母題。儘管舊派武俠的大興對晚清俠義公案有所呼應，但這書寫傳統的繼承卻有著批判性的質變而另有發明。傳統小說往往是舊派文學援引參照的資源，但晚清俠義公案在舊派武俠的生成中倒顯得尷尬和曖昧。

其實，俠義公案小說的文學定位一直跟革命思潮脫離不了關係。從文學革命以降的新文藝建構至到新中國建立以後的革命文學，俠義公案小說的批評共識反映了其文學定位始終跟政治性的革命話語貼得太近。在新文學的理性啟蒙、批判傳統的旗幟底下，俠義公案小說在意識形態上遭遇道德性的譴責。新中國建立以後掀起的革命文學浪潮更進而全面封殺武俠小說。在政治正確的革命意識中，英雄俠客的事蹟成了可隨意代換的符碼。反動與進步之間的差別只在於對革命的詮釋。晚清俠義公案小說在舊小說系統中被加以貶抑清算，正是相對《水滸傳》是「一部描寫農民革命戰爭的小說」，而其餘的俠義公案小說則被定位在「為維護封建基礎服務的文化」〔註12〕。歷經武俠

〔註11〕 張恨水，《張恨水全集·寫作生涯回憶》，（太原：北岳文藝出版社，1993 年），頁 53。

〔註12〕 這種教條式的政治性論斷，源自於整個社會主義的建設工程。他們「堅決地

小說淨空的五、六十年代,《水滸傳》在文化大革命時期卻再度成爲政治話語的符碼並有了相反的命運〔註13〕。《水滸傳》的被攻擊和修正印證了俠義精神與革命話語的曖昧關係。從晚清開始《水滸傳》的被重新評價,進而將俠義小說傳統引入開啓近現代的武俠敘事,再到《水滸傳》的被批判,俠義小說這一路走來的波折指出了文學與政治的複雜關係。也就在這一層意義上,晚清俠義公案小說在文學史上的影響、流變與定位需要在一個更寬廣的視野下處理。俠義精神的裂變與重生,以及革命話語的介入,就是一個不可忽視的主軸〔註14〕。

至於在當代學者中,陳平原教授在其武俠小說研究的開山大作《千古文人俠客夢》以一個篇章處理了清代俠義與公案小說的源流和影響。龔鵬程教授更有專著《大俠》〔註15〕爲「俠」的生命情調正本清源,還原俠的民間本質。他在專文〈論清代的俠義小說〉〔註16〕就特別辯證了「清官俠義」形塑的流變過程,以釐清歷代論述中所忽視的「俠」的民間、現實色彩。從古代文人、近代知識分子到民國興起的武俠敘事,俠之正義、鬥爭的民族性形象有其長遠的發展脈絡。相對晚清俠義公案所承接「宋人話本正脈」的民間文學特質,種種「意氣之爭」、「盜俠難辨」,甚至俠義清官的合流都潛藏了重要的議題。

王德威教授對此課題的關注就另有獨到見解。王教授在其論述晚清小說的英文專著中特有一章以「未被伸張的正義」爲題處理了俠義公案小說〔註17〕。論述中極爲可貴的重點,在於指出俠義公案小說中隱而不宣的正

處理反動、淫穢、荒誕的圖書」,進而必須區分古典小說和武俠小說的界限。參見張俠生,〈《水滸傳》、《西遊記》和武俠神怪小說有甚麼區別〉,收入洪子誠編,《二十世紀中國小說資料(第五卷)1949~1976》,(北京:北京大學出版社,1997年),頁121~124。

〔註13〕有關評《水滸》運動的始末,可參考劉曉,《意識形態與文化大革命》,(台北:洪葉文化事業有限公司,2000年),頁516~521。

〔註14〕王德威教授對於俠義公案的符碼與當代文學／政治革命話語的符碼轉換有過精闢的論析。參見 Wang, David Der-Wei . Fin-de-siecle Splendor : Repressed Modernities of Late Qing Fiction,1849-1911.（Stanford:Stanford University Press,1997）

〔註15〕龔鵬程,《大俠》,(台北:錦冠出版社,1987年)。

〔註16〕龔鵬程,〈論清代的俠義小說〉,收入劉紹銘、陳永明編,《武俠小說論卷》,(香港:明河社出版公司,1998年),頁466~492。

〔註17〕「未被伸張的正義」乃宋偉傑譯,原文爲"Justice Undone: Chivalric and Court-Case Fiction",見王德威前揭書,頁117~182。

義辯證。這其中的意義並不在翻案工夫，而在於捕捉近代中國在現代性切割下那斷裂、壓抑的部份如何以俠義公案小說的形式浮現。那恰是一場法律、正義結構的調整與修正。這視角抽離了革命話語的框架，而試圖努力建構一個以近代心靈經驗爲基礎的詮釋視域，以安頓大量晚清相關文本中潛在的反思性議題，質疑與妥協的敘事張力。儘管當代重寫的俠義公案小說史都在還原、介紹一些被忽略的俠義公案文本〔註18〕。但論述的格局基本不出魯迅以降的批評范式。王教授的論點確實補充了歷代批評的盲點，而該文類生生不息的活力也就指出了俠義精神在民國以後如何與革命話語曖昧性的掛鉤。

三、正義的辯證──一個母題的緣起

回到晚清俠義公案小說的結構，在其歷史演義的基本場景中明顯貫穿著兩大主軸──俠義精神和政治魄力〔註19〕。俠義精神源自古老的文化傳統，政治魄力則指向正義結構的辯證。這兩者有著對話關係，也極有力地反思了俠與龐大體制的糾葛。俠作爲有價值的象徵性個體，在鋤強扶弱、以武犯禁的同時，必受限於體制秩序且與之摩擦和碰撞。傳統的禮教規範是龐大體制，政權下的法律正義又何嘗不是合法性秩序。俠在發揚俠義精神的框架下存在，體制的權力結構卻左右著行俠的程序正義。自宋代以來的傳奇說部處處烙印著俠跟政治相抗衡或妥協的敘事路徑。這之中或有相對廟堂而居的綠林好漢，或有民族戰爭英雄及亂世梟雄，還有依附清官而行俠仗義的民間俠客或仙界的劍俠劍仙。但其中的革命事業或行俠主題在遁入晚清之際遭遇政治的同時，卻往往有了結構性的整頓。在「忠君愛國」的旗幟下，俠所完成的已非純粹的個體正義，而是必須爲傳統文化意識形態──忠義，有所負責和交代的集體正義。集體正義奠基於封建政權和社稷福祉，執法公權力模糊了俠客行俠的一己原則，進而將其導引入體制內的共謀關係，以完成一個雙方在表面並不衝突的正義追求。於是在野的草莽英雄失去了革命正義的著力點。在無法歸順政權或被收編的過程中，革命勢力終究被設計淪爲邊緣的叛亂團體。這結構性的調整無異暗示著敘事的正當性。當俠向體制傾斜，其所靠攏的忠君愛國的精神體系非常有彈性的適度調節著行俠仗義的路徑。於是

〔註18〕曹亦冰，《俠義公案小說史》，（杭州：浙江古籍出版社，1998年）。另外還有
　　　　陳穎的著作《中國英雄俠義小說通史》。
〔註19〕援引自王德威用語（宋偉傑譯），見前揭書，頁122。

清官必定成爲中介,俠客上對朝廷有著忠君的想像,下對各方惡實力卻有了行俠的正當允諾。尤其關鍵的是,朝廷滿足了俠客慣性對體制的反抗。一個有待清肅的邪惡或謀叛的貪官或藩王成爲敘事要件。於是俠客伴隨清官左右展開了集體正義的塑造工程。由此政權可以被針貶,俠客也可以自由地鋤強扶弱,而其中的正當性恰恰來自於程序正義。

俠與統治階級之間弔詭的互動關係,間接說明了一個已浮出地表的正義結構正歷經前所未有的檢驗。以俠之個體意志衝撞體制進而被涵攝到集體正義的塑造,晚清俠義公案鋪陳如此過程絕非僅是魯迅指出的官方話語的意識形態困境。反而就是這樣的話語結構所釋放的敘事能量預示了斷裂的可能,或謂之爲轉型的契機。所有的俠義公案元素遭到了檢測和重新定位,因爲本來藏身於綠林或神出鬼沒的俠客必須老老實實面對統治階級,隨之而起的正義辯證已沒有迴避的餘地。當清官與俠客共同幹起一番事業,傳統正義結構也遭到了修正,而招安幾乎被預告爲每篇俠義公案小說的必然結局,俠的存在已是窮途末路必須另覓天地。追尋集體正義的背後隱約暗示功名富貴的交換,俠的質變已達潰散的飽荷點。在如此一個極度正常(在朝之被肯定與擁護)也極不正常(俠之馴服與歸順)的狀態中,清官俠義的敘事有其潛在的矛盾面,而這當中則釋出了一個相對招安的俠之出路——俠隱。當常態性的招安結局意味官方意識形態下正義的完善,俠所代表的心靈經驗並不在此完善的官方正義下得到安頓。恰是在這制式政治狀態中,俠所追求正義的心理秩序和基礎變得岌岌可危。一個政治以外的空間顯得迫切需要。於是神魔奇幻元素的適度介入,啓動了寓言式的想像空間。儘管俠客的歸隱在晚清俠義公案小說並不多見,但一些劍俠劍仙的漫遊狀態有序的出現已預示了下一波武俠敘事重整時的重要方向。在往後開展的武俠類型,其敘事要素得以重新整合,正是因爲晚清俠義公案類型的破功所導致的結果。

綜觀晚清俠義公案小說的整體結構,從其主題展現和敘事話語中可以有以下三個思考的重點。第一個思考的方向是將「武」和「俠」兩個武俠小說的基本要素置於晚清俠義公案小說的脈絡,推演其作爲心靈與境界的操作的轉折進程。第二個探討的重點則在於俠義公案模式的根本母題——正義結構的辯證。由此分別就「招安」與「俠隱」的正反出路檢測其文本的實踐性意涵。最後,武俠天地最大的虛擬建構——江湖,在晚清俠義公案的形式中就已進入修辭性的演繹。儘管其框架相對舊派新派武俠都來得稚嫩和單純,但

也因爲框架的純粹才得以見出江湖本質性的存在原則與開展。對比於後世江湖繁複的表演性，這個素樸的世界確實是晚清俠義公案所提供有趣的觀察視角。從以上三點展開的論述所企圖勾勒的「武俠化」進程，將有助於釐清民國以後武俠敘事啓動的根源和軌跡。

第二節　喧囂的美學

一、俠的躁動與不安

　　武俠蔚爲時代風潮，除了文化、文學層面的醞釀歷程，更有不能忽視的現實脈絡。辛亥革命以前種種祕密會黨與國民革命運動的結合訴諸的武裝鬥爭，無異成就了大時代下最直接的武俠實踐。天下興亡、救國救民的時代重任配合刺殺赴難的浪漫情懷，到底成了俠義文本的最佳範式。就在這動盪的十餘年間，湧現的俠義小說大部分都出自激進的知識分子〔註 20〕。他們或以革命情懷塑造武俠夢，或以俠義形式寄託革命寓意，卻無形中在清代俠義小說的傳統上完成了「武」、「俠」的質變和轉型。「武」、「俠」這兩個關鍵元素在新的表現方式中補充了時代內涵，以爲更大的敘事結構預作準備。當革命悄悄進駐爲武俠的框架，我們卻在「俠」的質變中見到了辯證的軌跡。

　　在歷經拳匪事件、八國聯軍入京的時代災難後，海上劍癡在新世紀之初出版的《仙俠五花劍》（1901）首先拋出了一個俠盜辯證的問題。以「大俠」形象的塑造脈絡而言，儘管龔鵬程教授和陳平原教授在其論述中都不約而同還原了俠盜混雜的本來面目。但俠盜在清代俠義公案小說中本來就是清晰的角色分野，不論是俠客聯合清官來伸張正義，還是反政府的俠客終究被招安以服膺體制內的正義，俠盜之間並不混淆，也不被質疑。然而，就在這俠被急切需求的時刻，俠盜卻也被要求重新界定，以維護（塑造？）一個「正統」的俠之傳統。俠盜重新劃分的動作，很自然的可以被視爲是回應庚子事變中義和團的角色定位。這被朝廷利用且訴諸草根民粹的民間力量體現出亦俠亦盜的正義實踐與革命方式。就在義和團降神附體儀式中附身的戲曲小說俠客

〔註20〕在清末民初祕密會黨投入革命陣容與知識分子投入俠義創作行列的雙重影響下，爲新一代的武俠傳奇開拓了新的表現向度。知識分子參於武俠創作的名單可參考葉洪生，〈論革命與武俠創作〉，收入氏編，《近代中國武俠小說名著大系》，（台北：聯經出版事業公司，1985 年），頁 61～81。

卻有著荒腔走板的行俠路徑，怪誕的身體展示進一步指陳了扭曲的俠與身體的群眾想像。清廷面對洋槍洋砲的妥協和無能更激化嚴峻的民族危機，時代的矛盾成了文本想像性解決的潛在主題。因而《仙俠五花劍》就在這樣的脈絡下，託言秦檜當道，世間著述俠盜不分，而重新號召已登仙界的黃衫客、崑崙摩勒、精精兒、空空兒、古押衙、公孫大娘、荊十三娘、聶隱娘、紅線女、虯髯公等古代劍俠重歷紅塵，重建俠之正統。這從唐代俠義傳奇借來的十位劍俠，代表著輝煌的俠義傳統。故事從虯髯公有感南宋奸臣秦檜禍國殃民，且認為過往書中俠盜不分，於是連同聶隱娘、紅線女、黃衫客、空空兒共五位劍俠持公孫大娘煉就的五把飛劍分別下凡授徒。在收徒過程中，空空兒卻不慎收了採花大盜燕子飛為徒，就此埋下一個衝突的高潮。《仙俠五花劍》以此故事演繹，無非是行真實俠義，以說部流傳後世。如此大陣仗就為「俠」正名，匡扶俠之正統，倒是一個有趣的切入視角。

　　回顧《三俠五義》、《彭公案》等俠義公案系列小說，清官俠客的結合所混淆的兩個相排斥的傳統，卻是「大俠」形構歷程中所極力區隔的。頂天立地的「大俠」不是「插身多事、打架尋仇」的草莽性格，更不可能妥協、馴化於封建體制下。這就不難理解《仙俠五花劍》搬弄眾仙俠入凡授徒，就是有意跳過清官俠義部份，以古代劍俠的範本接續一個斷落的傳統。固然劍俠作為俠義小說的重要角色，自有其傳承的脈絡〔註 21〕。但世紀初俠的確立卻回到奇幻系統尋找根源，與其說是另一支俠義傳統的表現，不如視為俠的內在質變的轉折點。這暗示著劍俠不純然只是奇幻的表演者，而是在「大俠」的經驗結構中反思一種時代需求下被安放的心靈空間。搬演古代劍俠以借用其超凡入聖的身軀表現出神入化的劍術、幻術，實際也在維持處於斷裂邊緣的清官俠義話語。國家在一連串的現實挫敗後頹靡不振的心靈經驗無不滲透於俠義公案小說，當中的俠客馴化標誌著「一種醞釀之中、到處瀰漫的無名怨恨」，甚至是「對正統權力之無望的一種更為現實的看法」〔註 22〕。換言之，正義結構的不穩定狀態預告了劍俠的介入，以超自然的體質完成民間俠客無力維護和整頓的社會、國家正義。《仙俠五花劍》最後以十大劍俠的齊聚展現

〔註21〕劍俠傳統的演變脈絡，有其人格特質的轉折與蛻變，但到底反映著俠的原始精神面貌——一個不可忽視的幻化、神魔色彩的超自然體質。相關研究可以參考，楊清惠，《從原始劍俠到仙俠——古典小說中「劍俠」形象及其轉變》，（台北：淡江大學中文所碩士論文，1999 年）。

〔註22〕見王德威的前揭書，同註 14，頁 139。

威力，所實踐的偉大正義竟是為剷除一個心術不正的叛徒（背叛正義與誡律）。如此大費周章演繹這樣粗糙的結局高潮，顯然展現了俠者定位的時代焦慮。既有劍俠的真傳和寶劍在手，俠的衝撞威力無以倫比，卻更需要正確的導引。燕子飛的個案教訓，寄寓著身教戒律和不嗜血濫殺的正義之俠。這無非是強調俠的崛起實有其更深刻的道德內涵必須被重視，一個「超強」的俠的時代來臨應有正統的俠之精神為其背書。譜系的追蹤來到唐傳奇的俠客，倒是有為晚清俠客重新洗牌編碼的企圖。以唐代俠客的人格自主和行為魅力擠開清官俠義的餘緒，且又以殲滅犯戒的叛徒的情節豎立新的正義道德指標。俠的躁動體現在「換裝」的過程。然而，劍俠的投入終究只是提供俠的轉型契機，真正俗世「大俠」的召喚才是下一波武俠敘事的重頭戲。

從劍俠劍仙的傳統對俠義小說的影響來看，自立於清官之外的俠的世界已略顯雛形。俠雖為自由個體，但在武俠化的進程中，最終是要完備一個武俠世界。從《仙俠五花劍》的十位劍俠自足完備的武俠空間往回追溯，一部成書於甲午戰爭後，同時也被歸類為神魔劍俠類型的《七劍十三俠》（1897）也呈現了豐富的武俠元素。這部由桃花館主唐芸洲創作的長篇俠義小說雖不脫以清官為中心的行俠仗義公式，但從書名的「七劍十三俠」來看，二十位以「子」和「生」來命名的劍俠再配上十二位的民間俠客，就已是一部俠的譜系的完成〔註23〕。這些俠客劍仙各有師徒關係，也有結拜關係，他們相偕作伴鋤奸除惡，隱約可見完整自足的武俠世界。大量的劍俠藉著未卜先知、口吐飛劍、憑虛御風的本事，成了俠客行俠仗義路上的貴人。儘管小說仍受限歷史演義的格局，但俠客得以碰上劍仙、妖怪都是固定的江湖行中可能開啟的奇遇。劍俠劍仙以超能的體質在虛擬江湖不定點的游移，相較於民間俠客以清官為中介的江湖行，更凸顯了劍仙應屬民間俠客俗世價值以外的理想投射。畢竟劍仙不受限於朝廷、清官，摒除世俗名利，雲遊在一個純粹寬廣的武俠世界。是故，劍俠劍仙參於一個長篇的俠義故事，在消化豐富的民俗信仰、觀念、文化之餘，試圖引導著一個漫遊者的形象，在建構自足的生存法則和心理秩序中安頓心靈經驗。在此漫遊者的身上無形中見識了世俗大眾

〔註23〕 當然，這俠之譜系跟民國和新派武俠所建構的俠客來歷、出身的巨大譜系不
　　　　能同日而語，甚至新派武俠以「傳奇收編史實」的譜系擴大工程，更是象徵
　　　　整個武俠傳奇的成熟。相關討論可參張大春，〈離奇與鬆散——從武俠衍出的
　　　　中國小說敘事傳統〉，收入王秋桂編，《金庸小說國際學術研討會論文集》，（台
　　　　北：遠流出版社，1999 年），頁 499～517。

經驗結構的轉變，那應對歷史、現實的內在體驗所造成的失落或焦慮，透過想像及佛道色彩深化的浪漫形象重建了一個敘事架構。與其說那是心靈的避風港，還不如視其為有價值的心靈安頓。劍俠劍仙所保有的「游離性」、「個體性」、「神祕性」成功將「俠」導向一個更為純粹的時間和空間向度經營，這就是晚清關鍵性的武俠化進程。

　　從劍俠劍仙的漫遊者身影回到俠盜主題，俠盜的極致辯證反映了與現實對應的精神特徵。其中最值得玩味的應當是陳冷血撰寫的〈俠客談・刀餘生傳〉〔註24〕（1904）。這篇吸收了現代小說技法，全篇不見俠客，只有盜賊；沒有武打，只有對話的小說，雖已溢出傳統俠義小說的保守框架，但俠客談的篇名卻又指涉了以俠自詡的盜在滔滔不絕的敘述其俠行。這有趣的視角，拋出了一個省思的問題：當盜者也是為國為民，是否也可視為俠？小說從盜賊帶領擄來的旅客參觀匪窟，敘說其祕密的機關開始，一層一層剖白其對於擄獲的平民百姓如何棄殺淘汰精揀人種、強奪而來的白銀如何再生貨幣、如何培訓兒童、授資人才各地營業、考察、甚至保送出國留學。這如同地下政府又或祕密會社的組織，有著高效率且分工細的行事制度。殺人庫就分有「洗剝處」、「斬殺處」、「剖解處」、「燒沸處」以求「化無用為有用，生財而益民」，培訓孩童按性質、身體教之，還設有研究室供研究員繪測地圖、計人口、貧富，甚至還進行科學實驗。這所有的一切裝備貫徹的就是一個「救國救民、立國立民」時代呼籲。如同梁啟超在《中國之武士道》自序中痛批國民性，嚴復在達爾文進化論的引進中將個體競爭置換為種族鬥爭，且進一步在《天演論》的翻譯注釋中傳播人種優劣的線性生物進化觀念〔註25〕，《俠客談》在消化這樣的背景思潮時直指其殺人譜的執行就是「劣根去，善種傳」的自我淘汰機制的建立。自我淘汰的動機明顯回到一個二元對立的進化模式概念——進化或退化。也就在民族「退化」的過敏性焦慮中，「與其聽天演之淘汰，不如我人力之淘汰」。於是殺人譜洋洋灑灑列下二十八種必殺之人：

　　　鴉片煙鬼殺、小腳婦殺、年過五十者殺、殘疾者殺、抱傳染病者殺、

〔註24〕冷血，〈俠客談・刀餘生傳〉，收入于潤琦編，《清末民初小說書系・武俠卷》，（北京：中國文聯出版公司，1997年），頁 8～30。（原刊載於《新新小說》第一號，1904 年 9 月）

〔註25〕關於近代知識分子對「種族進化」、「保種」等觀念的論述和傳播，可參考馮客（Frank Dikotter），《近代中國之種族觀念》，（南京：江蘇人民出版社，1999年），頁 90～114。

身體肥大者殺、侏儒者殺、軀幹斜曲者殺、骨材瘦無力者殺、面雪
白無血色者殺、目斜視或近視者殺、口常不合者殺。（其人心思必收
檢）齒色不潔淨者殺、手爪長多垢者殺、手底無堅肉腳底無厚皮者
殺、（此數皆為懶惰之徵）氣足者殺、目定者殺、口急或音不清者殺、
眉蹙者殺、多痰嚏者殺、走路成方步者殺、（多自大）與人言搖頭者
殺、（多予智）無事時常搖其體或兩腿者殺、（腦筋已讀八股讀壞）
與人言未交語先嘻笑者殺、（貢媚已慣故）右膝合前屈者殺、（請安
已慣故）兩膝蓋有堅肉者殺、（屈膝已慣故）齒常外露者殺、（多言
多笑故）力不能自舉其身者殺、（小兒不在此例）（頁 21）

　　這種種被殺之人都是在優生學標準下的被淘汰者。事實上，這極有趣的
回應著俠被召喚的知識場景。近代知識分子鼓吹優生學之聲不絕於耳，譚嗣
同、康有為、梁啟超、章太炎都在民族生存的前提下論述了種族的改良。嚴
復甚至以進化論為其批判傳統，改革社會的工具。頓時進化論成了知識分子
把握近代精神的方法論，並以此思考民族的改造與自強。恰是在這一點上，
〈俠客談・刀餘生傳〉與進化論的對話指向了俠的不穩定狀態。作為東方精
神傳承的俠與西方知識生產的進化論在「種族改良」的基點上遭遇，不難看
出以俠為單位結構的召喚國魂，強身健體的民族再造工程有著水土不服的症
狀。在以危機感為核心主幹的近代知識場景中，俠急切的從邊緣角色躍升為
政治明星，為求索其體質、正義、個體性、民族性等等思想養分的同時，卻
忽略了在此精神標竿背後有著錯置的脈絡。俠的傳統角色與現實的生存空
間。那生產於近代龐大的游民階層和民間勢力的「盜」才是「俠」在近代被
消費的根據。相對於官方體制的崩潰，相對於知識分子籠罩於挫敗的情緒，
遊民是當時最龐大的流動社群，結合著地方團體而成為最有活力的階層。然
而，這巨大的民間勢力卻是傳統官方意識形態下的異端，叛亂份子，社會的
惡勢力。換言之，俠的不穩定狀態指的是其懸浮的話語特質。俠與盜的辯證
主題，指陳了進化論的接受語境是自尊受創的中國病體。進化論的修正以作
為自我改造的理論基礎，所衍生出偏差的種族觀念自然在俠盜辯證的脈絡中
遭到質疑。於是，當偏差的種族觀念以極端的手段展現，其義正辭嚴的殘酷
無情與暴力正是對近代國族建構的戲謔。這種將激進時代思潮轉化實踐於異
質空間的做法，提供了一個時代景觀下極有價值的觀照側面。這訴諸於反
諷、荒謬、嘲弄的形式搬弄時代議題，呈現了被壓抑的身體和正義實踐。當

俠與盜的對立價值，竟然同時投映在同一焦點，這質疑了俠之正義的必然面向，甚至急迫的想以盜的殘忍暴行置換俠的正義凜然，只因兩者的時代任務都在於民族生存。對於大俠的形塑過程而言，這與《中國之武士道》同年面市的作品無異在跟大俠進行弔詭的對話。當俠以剛健與正氣塑造新中國，盜則以殘酷與無情手段承擔時代的焦慮。兩相對造，竟來到徐剛先生的疑問：「難道陳冷血真的是另一個『感時憂國』的例子嗎？」〔註26〕

　　這其實回應了俠作為近代文化符碼的重要特質。俠的被召喚或被質疑都無法迴避一個現實的脈絡。近代武俠是應對近代憂患的產物。當俠之正義氣節、愛國情操、人道關懷，以心靈經驗模式植入武俠話語，主導整個武俠敘事的框架，〈俠客談・刀餘生傳〉則質疑了俠的話語的合法性。以盜者的傳奇冠上俠客的篇名，盜者形象被反覆的質疑，竟因為盜承擔了俠的時代任務，完成了另類的正義實踐。小說中的正義實踐固然荒腔走板，但這極端的展現不也釋放出明確的訊息：俠的存在狀況是一個民族生存的理性與合理化實踐過程的結果。故而俠被視為身體的正面實踐，整個時代被壓抑的身體卻也呼之欲出。當身體可以在殺人庫中被簡潔俐落的處理，培育孩童可以在「祛害」及「增利」的原則下訓練身體，再按性質進行「用器」、「動作」、「談論」的練習，以求零缺點，盜者對於人的身體的全面操縱和品管，以小說的荒誕情境反映出近代身體政治（Body Politic）的扭曲和荒謬。俠的召喚在堂而皇之的表面背後，潛藏了龐大的身體消費，生命個體與政治身體的合而為一，就是整個武俠傳奇的壯麗景觀的內在肌質。

二、武的美學與謀略

　　武學炫耀作為武俠傳奇不可或缺的功能性元素，在晚清俠義文本早有大量的實踐。儘管民國舊派和新派武俠將武功視為啟動武俠敘事的關鍵動力，並有恢弘的武功境界展現。但這所有構成武學境界的零件在不成熟的俠義文本中已有實驗性的操演。固然武學零件的整合是民國以降武俠傳奇的大工程，但回到晚清的俠義文本卻不能忽略這些散置的武學要素的運作。從《七劍十三俠》、《仙俠五花劍》集神魔靈怪、朴刀杆棒精華的特色來看，其對於俠義小說的「武俠化」就是一個明顯且重要的進程。單純從武功層面來看，

〔註26〕徐剛，〈江湖：歷史與小說的舞台〉，收入《金庸小說與二十世紀中國文學國際學術研討會論文集》，（香港：明河社出版有限公司，2000年），頁267～285。

劍俠相對一般的俠客而言，明顯高出一層。他們是武學中至高的境界，源於他們劍術已出神入化。劍俠修成得道就成劍仙。這樣的等級劃分，在替俠的武功位階、層次立下循序漸進的標竿之餘，其實無非是強調「劍」在武俠世界中至高無上的意義。因為佩劍者應為正氣凜然、鋤奸除惡之大俠，這象徵著江湖權力需要同等的武學境界來平衡。暫且撇開劍術被賦予的幻化功能不談，「劍」被視為武器至尊，因為俠客在習得劍術過程，必有一道家的內在修煉。這內功修煉除了煉丹、煉劍也是煉心。修成正果，則摒棄俗務、俗世價值，得以心劍合一，運劍自如。使劍者，同時被要求以內在修為，透顯的意涵正是劍在武林中的規範價值。但劍俠的厲害劍術，卻充滿奇幻色彩。這自唐代俠客以降就已非凡的劍，到了晚清俠客則進一步擴展其工具價值和謀略意義。所謂口吐飛劍、劍光殺人、飛劍傳書、劍光隱體，劍遁、劍丸等等犀利的劍術，實已超出一把握在手中的劍。劍本是中國武學中的重要兵器，卻也在這時成了萬用的工具。憑劍得以傳書、隱遁，甚至將劍煉成子彈似的丸般大小藏於身上，這當中難免有對於西方神勇的槍炮的想像性回應。甚至高來高去的飛劍與鬥劍行為，還可視為模仿著槍砲的攻擊速度與爆破威力。相對於唐代的俠客大多著眼於法術而非劍術，晚清的劍俠則以奇幻的劍術張羅了詭異離奇的正邪世界。劍作為「道」的象徵 [註 27] 卻訴諸於的工具性意義的開展與提昇，顯然是有意以「道」之尊務實地回應與解決世局的紛擾。縱橫俠客世界的劍與劍術有如絕對武器，其神秘與威力成功整合和建構起一個正義的意義世界，且是相對被西方槍砲轟垮的現實世界。但煉劍到底是修養的歷程，劍與心之結合，由內到外所散發的威力，直指武之境界往內提昇的原則。所以，《仙俠五花劍》最後勞動十位劍俠下凡以對付不肖之徒，只因之前誤傳授其芙蓉劍。劍的神聖與威力在武的境界中成為不可替代的關鍵元素。

　　劍俠雖與傳統劍客大有出入，但聯想力之奇特卻是開啓後期武俠的武功想像的重要角色。儘管張恨水在武俠敘事寫實化的過程中，試圖削弱劍的奇幻色彩：「原來所謂飛劍，並不是把劍飛了出去，不過是舞得迅速，看不出手法罷了。古人又曾提到甚麼劍聲……現在聽得這種呼呼的劍風響，也就明白甚麼叫劍聲了。」〔註 28〕但奇幻的劍術仍是武功境界的代表性標誌。平江不

〔註 27〕此「道」指向道教中的哲學宗教精神。相關討論請參考福永光司，〈道教的鏡與劍：其思想的源流〉，收入劉俊文編，《日本學者研究中國史論著選譯・卷七》，（北京：中華書局，1993 年），頁 386～445。
〔註 28〕張恨水，《劍膽琴心》，（太原：北岳文藝出版社，1993 年），頁 27。

肖生在《江湖奇俠傳》將相鬥的崑崙和崆峒兩大武林派別視爲氣派與劍派的
不同修煉，金庸在《笑傲江湖》中將華山派分爲劍氣兩宗，更強調劍氣合一
的威力。這可看出新舊派的武俠作者對於奇幻劍術的繼承。《七劍十三俠》中
劍俠們由內到外的運劍之法，實可視爲劍氣合一的雛形。只不過飛劍奪命是
將此威力誇張的具體化而已。

　　劍以其內在的修煉基礎提昇了武的境界，同時也在美學的層次上有所發
揮。《仙俠五花劍》顧名思義所指的五把劍，就是以芙蓉、葵花、榴花、薜花
和桃花命名。五花劍作爲這篇小說的關鍵信物，引導著五位劍俠下凡傳劍授
徒，也成了劍俠最後大開殺戒的原因。這種以信物作爲敘事中追尋的母題，
無疑啓發了爾後的武俠創作。舊派新派武俠傳奇以「劍」、「武功秘笈」爲敘
事信物／道具多不勝舉。然而，《仙俠五花劍》的鑄劍過程，才是最有美學意
味的開展。

> 此五花劍，我在丹房採日精、月魄、電火、霜花、並雷霆正氣而成，
> 其質非鋼非鐵，乃是落花之液釀成。每花只取乍落的第一瓣，故得
> 先天第一肅殺之氣，和以鉛汞，計凡千煉始成。劍質可以吹毛使斷，
> 濡血無痕，削鐵如泥，砸石成粉。（頁 426）

雅緻、詭媚的煉劍過程，不但增添了其傳奇特質，同時也是武俠敘事經
營的暴力美學的縮影。劍雖爲兇器，卻在文化內涵與美學的操作下轉變爲武
學意象，進而牽引著武俠世界中所有的暴力相向都往美學的境界提昇。爾後
武俠小說湧現的神奇兵器皆大有來歷和名堂，何種的人物必配何種兵器，甚
至以兵器爲篇名，以兵器爲敘事主軸都間接形構爲江湖美學的成規。畢竟武
的正當性都反映在武的境界與美學。這敘事法則透顯出兵器作爲武俠小說中
的道具不純然只是武打的工具。其所烙印的美學標記在輝映人物的內心世界
的同時，也爲武俠傳奇留下瑰麗色彩。當代大陸先鋒派作家余華在其戲謔武
俠的小說〈鮮血梅花〉中，以一把劍身盤踞仇人鮮血如綻放般梅花的傳世梅
花劍，即言簡意賅的回應了武俠傳奇的美學象徵。一把代表權力與境界的梅
花劍終在無意義的復仇意識所驅使的流浪中相互抵消了意義。劍的美學意象
在架空了武學內涵和武俠主題的同時，卻得以窺見武俠傳奇的原點。

　　劍在《仙俠五花劍》、《七劍十三俠》的「魔幻」高度到了新派武俠也另
有實際的功能性價值。劍往往可能成爲江湖的焦點，也只因爲它是一把削鐵
如泥的寶劍，或劍內藏有武功秘笈或密件。但放在舊派武俠的《臥虎藏龍》

來看，青冥劍成爲焦點，卻在於劍的倫理意義。這有趣的現象進一步說明劍已爲武學境界留了位階，也爲用劍之人立下了江湖的道德標準。《仙俠五花劍》和《七劍十三俠》的劍已是兵器之神，劍的輕巧、靈氣在此表露無遺。後期俠客用劍講究的速度、勁道和身法輕盈，相信都可以看到這些早期劍俠劍仙的影子。

晚清俠義文本中的武功展現另外也有虛實之分。除了飛劍之外，劍俠飛簷走壁、一步數十丈的輕功，甚至御風而行都算是「虛」的武功招數。但一般俠客之間的技擊對打，卻是近身的肉搏戰。有的徒手過招、有的兵器相向，還有使用點穴、暗器、迷香等等招數。同時在技擊招式上更有「風擺荷葉」、「寒雞獨步」、「霸王敬酒」、「毒蛇出洞」等等雅化的攻守名目。甚至在《仙俠五花劍》更進一步將「落花風」的套拳以詩化的句式「蝴蝶穿花」、「狂風拂柳」、「寒鴉繞樹」、「露凝仙掌」、「殘風掃葉」等一招接一招演練完畢。另外，《七劍十三俠》還用了相當大的篇幅鋪陳俠客攻城拔寨的經過，俠客領軍作戰，騎馬過招，所有的武打元素在民國以後的武俠小說都清楚可見。這些虛實交錯的武打場面，當然豐富了俠義公案小說一貫的武打規模，同時也是一個武俠化的進程。儘管民國舊派武俠小說常有劍仙、技擊類型的虛實之分，但新派武俠融合虛實的成熟武打陣仗，彷彿跟《七劍十三俠》等晚清俠義文本又是一脈相承。

還有值得一提的，就是內功的修爲。《七劍十三俠》中的「養性煉氣，採五金之精」，吐納飛劍，龜息靜坐等等都是劍俠內功的表現。尤其脫胎凡骨的修煉法，更是凡夫俠客修煉上乘劍術的必經之路。《七劍十三俠》的焦大鵬還須受劍仙的煉魂方可脫胎學成劍術。但《仙俠五花劍》的白素雲已直接服食換骨丹，「渾身三百六十骨節一節節皆須換過，此後便可身輕於葉，縱跳自如」（頁 444），以最快的速度改變體質練成劍術。雖其精神不出道家修行之法，但卻釋放了極爲關鍵的訊息。一個在短時間改善體質，練成武功的時代渴望隱約可見。這其實爲新派武俠指引了一條武學之途。爾後新派武俠在氣功知識基礎上進一步想像的內功絕學，就有所謂打通任督二脈，內功隔體傳輸，甚至如吸星大法般強取搾乾敵人內力的武功速成法。這相對於修煉數十年以上才有所成就的劍俠劍仙，更說明了新派武俠世界裡的俠客需要更迅速的武功成長來應付江湖的變局。這樣的江湖自然要比《七劍十三俠》充滿更多的衝突點，種族、民族、國家、文化，甚至人心、人性，錯綜複雜的正反面江

湖無法像《七劍十三俠》裡安分的民間俠客和神乎其神的劍俠劍仙劃分。變化莫測的江湖裡俠客需要成長，成為大俠，而頂天立地的匡扶正義。這是世局變化中需要被滿足的心靈。

另外，武的美學施展到極致卻有詭異的轉折值得重視。歷來國家機器執行嚴刑酷法的集體暴力，在個體意義的俠被期許擔負「武」的正當性之際則有了反思性的暴力效仿。「武」作為絕對手段在美學包裝之外實有一暴力的內涵。對應著國勢危急，綱常失序所連帶蔓延的無盡暴力，義和團以法術蠱惑的偽身體對帝國主義做了一次最本能卻脆弱的對抗，為無限上綱的暴力實踐做了確切的身體示範。於是更大的殺戮隨之而來。八國聯軍攻破京城後被擊垮的清廷官兵流連於民間對百姓施展暴行，而義和團的被抓被殺更是行使暴力的正當性。於是，暴力的恐怖想像在小說呈現出怵目驚心的場景。一部記載庚子事變的小說《鄰女語》以系上紅布的義和團人頭懸掛於樹林代換了大雪紛飛下桃花林的烏托邦意義〔註 29〕。作者連夢青以「憂患餘生」為筆名道出了寫作動機，卻以孔子的「不教而誅，是為虐民」的思考將血腥殺戮導引到教化的功能。不論是袁世凱軍隊慘無人道的屠殺，還是義和團愚蠢的攻擊，連夢青無力應對暴力潛藏的危機卻仍對禮樂教化殘存希望，暴露出讀書人苟且卑微的無奈。

相對的作法則是陳冷血的〈俠客談・刀餘生傳〉。當俠者出沒於紛亂之世，卻以「盜」的姿態行使恐怖暴力，應是頗有意味的回應著集體暴力的無所不在。無論是極權統治的國家暴力或是學術社群的知識暴力，陳冷血筆下的盜者則冷酷無情的對優生學標準下的淘汰之人肢解：

> 兩人扶之置床上，轉機用鐵幹將腰部、肩部、四肢，扎束住。將頸與刀刃相對著，整備後一人趨至床後扳斬機，斬機動，只見雙刀如電合，頭已落。床頭原有盛頭銅網器，一人趨前攜盛頭器，置受血器中，一人即拉轉床活機，床座即向左轉，頸恰正對受血器。（頁 11）

對比於「官府殺人，用鈍刀，使懦夫，一刀不死，兩刀；兩刀不死，三刀；四刀，五刀，六刀，至於無窮盡，筋斷骨碎，皮脫血流」，陳冷血的科學、理性和再生循環的對腦髓、人皮、人骨、腑臟的處理，暴力顯然有著效率與內涵之別。由此觀之，以「俠」之名行「盜」之實，指出了俠者終究無以避免

〔註29〕該場景出現於第六回。連夢青，《鄰女語》，收入董文成、李學勤編，《中國近代珍稀本小說・卷捌》，（瀋陽：春風文藝出版社，1997 年）。

盜者的冷血暴力。陳冷血對暴力的批判性反思，卻寄寓著《天演論》〔註30〕所帶動的進化觀念訴諸於政治、社會領域所引發的革命性影響與潮流。這由人的進化以確立倫理的意義的現代性思潮無可否認有著暴力的辯證。同時提醒俠者風潮的興起，往往也是暴力伴隨而至。這不純然是古老俠客的嗜血性格，卻清晰可見時代意義下的應對策略。

第三節　詭譎的正義：招安、俠隱與革命

一、招　安

　　歷來俠義公案小說最被苛責的主題——招安，一而再的現身於這瀕臨崩潰的封建社會，這透過文本傳達的訊息一直以來都處於模稜兩可的狀態。論者慣用的觀點不外乎視其爲封建餘毒的奴性展現，或試圖還原生產於遊民階層的俠客務實求生存求自身利益的本來面目。然而，俠客必須依附清官來行使正義，清官俠客所代表兩個對立傳統的攜手合作，卻隱約暗示著讀者當中潛藏一個追尋的母題。若輕易地將清官俠義的現象視爲粉飾太平的封建意識的迴光返照，倒忽略了俠的介入政權，就是直接掀開了封建統治岌岌可危的不太平狀況。縱使清官俠客經由文本達成了表面正義，但誠如王德威教授所言那不過是「詩學正義」（poetic justice），一個不完善且傾斜的「正義」，因爲「其代價是敘事秩序卻講述著任何一種正義（無論是想像的還是實際的）的不可能」〔註31〕。這意味著「正義」並不從此完備，而俠客面對政權時爲求安頓的心靈經驗終究落空，甚至白忙一場。從俠客最初被引導回歸體制、協助政權的鞏固，俠義公案模式無非是在解決一個本質性的問題：俠之正義結構如何實踐於封建政權？《水滸傳》以前，這個問題不受重視。《水滸傳》以後，這成了一個主要的議題。從《水滸傳》集結一百零八位俠客在體制外武裝形成龐大勢力，俠與政權的關係已無法視而不見。《水滸傳》之所以歷經論者、當政者、續書的分歧解讀，都是企圖回答、界定俠與政權的關係。這本

〔註30〕必須注意的是，這本譯自赫胥黎《進化論與倫理學》講演的著作，可謂是嚴復爲反赫胥黎的「勝天說」而爲斯賓塞的「任天說」立場辯護與闡述的策略性論述選擇。在中國的存亡危機意識下，嚴復鼓吹後者「進化的倫理」乃從弱者的出發點尋找圖強與安身立命之道。

〔註31〕引文出處見王德威前揭書，頁 121～122。

來就是既定的老問題。但當《水滸傳》首先以招安試圖爲這個問題解套，俠的正義結構隨之經歷反覆的辯證。清代俠義公案的成功結合，乍看是穩住了形勢，但結構的裂變已悄然進行。而晚清俠義公案文本越演越烈，所有問題的討論也就浮上檯面。王德威教授對俠客的馴化所下的註解——「標誌著晚清思想中一個更爲不祥的轉折點」〔註32〕，其實道出了兩者的緊張關係。在挫敗與腐敗的雙重認知經驗裡，俠被召喚回歸體制指出了正規權力的失效，也將俠客推向了應變的第一線。面對皇權即將崩毀，意識形態可能解體的重大危機，俠的正義如何實踐於體制，又如何相對體制而立，倒成了其所處的位置的兩難。招安的儀式不過就是以不正常的狀態揭露俠的正義如何實踐於政權，尤其是世紀之交無望的封建政權。那重重的矛盾與調整，就是俠的重建之路。

　　當「官逼民反」、「忠君」、「輔國」左右著《水滸傳》精神定位的同時，兩個龐大的體制也降臨俠客面前使其不得不正面逼視。一個是禮教，一個是法律。這兩大體制在《水滸傳》的評點本及續書中，都成了極有力的整頓依據，重塑了整個俠義精神的體質結構。金聖嘆腰斬竄改七十回的《水滸傳》和俞萬春的《蕩寇志》都不一而同將俠客推往體制面前審判。金氏以禮法名教調整俠的忠義觀，卻遭致雙重標準的質疑，俞氏以正統法律劃清皇權與叛逆者的界線，卻使得叛逆者的正義得以完善實踐〔註33〕。俠客遭遇體制反而釋放出模稜兩可的訊息，可見兩人極力反對這些體制外的俠客被招安的同時，又顯示他們爲俠客服膺體制的安排有些捉襟見肘。這一連串的動作表明了清代流行的俠義公案模式是延續另一種俠與體制的對話契機。招安的政治動作不再是困擾的問題，跳過俠義精神遭扭曲或正統法律遭褻瀆的疑慮，清官俠義不過是坦白地把不能再規避的俠與政權的關係呈現出來。回到五四一代對俠義公案小說的批評，他們所以詬病的招安，以鷹犬文學嘲謔之，其實都爲了俠義精神遭到背叛而有所不滿。換言之，俠的理想氣質在清官俠客的合作下陷入了空前的精神危機。這危機意識形成於晚清俠之召喚的風潮當中，顯得合情合理。俠正是憑藉其理想的人格特質扛起所有的內憂外患。然而，晚清以降俠的文化形塑果眞是跳過清代的俠義公案而接續《水滸傳》或

〔註32〕同上注，頁139。
〔註33〕王德威教授對於晚清俠義公案小說中重寫《水滸傳》的現象，特別針對金聖嘆的評點和俞萬春的《蕩寇志》加以討論，且有不落俗套的見解。見前揭書，頁125～137。

更早以前的俠之正統？答案恐怕不是那麼簡單。

晚清俠義公案小說的演變過程，其實有一個不能忽略的現象，就是公案成份的稀釋。從俠客伴隨清官左右再到清官成為敘事的配角，武俠化的進程意味著一些元素在進行結構性的調整。顯而易見的，透過清官為中介溝通俠與政權的曖昧關係，目的就在尋求一個雙方可以共享的正義結構。因為俠被賦予的道德理想還得回歸體制內安頓。這是俠客成長為「大俠」不得不選擇的著力點。「忠義」貴為體制內的傳統文化法則，不但是士大夫的精神格局，也是政治官僚塑造的社會人格。俠與統治階級的複雜關係根本在於他們共享著一套文化思想體系。忠義與名教在實踐上的矛盾，源自體制外蠢蠢欲動的反抗勢力。當這些反抗勢力以俠的面貌展現，他們所代表的民間特質在衝撞體制之餘，也在妥協的尋求共存的空間。如此一來，俠所代表的自由意志落實於行為手段的同時，無形中也不得不尋求體制內行俠的合法性依據。清官的作用力，往往是以法的廉潔公正促使俠客不得不就範的程序正義。而程序正義的有效性，恰在於行俠的正當允諾。這是俠的傳統茁壯成熟以後，面對權力結構所追求的轉型。歷經鴉片戰爭、太平天國、甲午戰爭、庚子事變等等一連串的局勢變動，俠客與政權的互動關係都較歷朝歷代來得格外不同。俠客不再純粹遊走民間，所伸張的正義也上綱為國家民族的福祉。於是行俠的正當允諾，很自然的來到俠客與清官結構性的契約關係。他們在忠君愛國的前提下，共同完成皇權內的正義伸張，也為廣大百姓維護了社會福祉。然而，正義是否就此完善？清官俠客共同締造了合法性的社會秩序？這些充滿不確定的答案，王德威教授已作了極具思辨性的論述。其中可以補充的是，清代俠客依附於清官的行俠路線，意味著當時建構的江湖必須往一個龐大的價值體系靠攏。那是忠孝節義，相對於朝廷而一樣「政治正確」的江湖，就是俠客道德理想的實踐處。後期大俠形象之頂天立地、憂國憂民，這「民族英雄」的根源恐怕跟清代俠客在體制內的「忠義化」有密切的關係。

我們不妨透過幾個例證來說明調整中的正義結構如何落實俠與體制的必然關係。在《永慶昇平全傳》（1891）和《彭公案》（1892）兩個文本中，對於封建政權的謳頌和堅持是清楚可見的。他們對於體制內的忠義觀的形塑，反映在不容混淆的體制內忠臣義士和體制外反叛勢力。對於正統政權的維護，其象徵性意義不只是保守的鞏固封建社會，卻同時透顯了貪官汙吏橫行、反叛勢力革命起義的動盪不安的社會現實。清官俠客所要共同創造的，就是

以國為單位基礎的正義結構。在正統、穩定的家國遠景之中，俠客本身已沒有太多迴旋的空間。當所有的除暴安良、為民伸冤不過是回歸康熙盛世，那是俠客被推往時代精神前線時自然選擇的應對策略。正因為體制的破敗，俠客的進駐倒挺住了整體正義實踐的正當性。清官俠客的聯袂登場，屢破奇案又鋤奸除惡，俠客既可避免流於名教觀念中的盜匪，政權也可洗刷殘暴的汙名。當雙方以各自的精神特質相互背書，正義的伸張獲得重新定義。

另外，刊刻於1893年的《乾隆下江南》講述乾隆微服私訪江南，以俠客形象一路延攬豪傑、結識英雄，同時懲治貪官汙吏，各方惡霸的故事。這皇帝俠客化的形象，透顯著正統皇權直接介入江湖，重整江湖結構以挽救岌岌可危的封建秩序。捨棄清官為中介，當俠客換裝為握有絕對權力的九五之尊現身，所有的疑難雜症全然解決，正義得以伸張，法之正統頓時凌駕於江湖之上。如此一來，江湖固有的非法性也失去生存的空間。這樣的故事情節暗示了俠與體制的微妙關係，合法性與非法性之間的拉扯。為皇帝進行俠客的包裝，無異要打破朝廷與江湖的分界，以法之權力行使俠之正義，為招安取得更具說服力的立場。俠需要體制內的權力正義，而皇帝需要俠客的民間形象，這兩種身分的相互置換，象徵正反權力落實於江湖的正義追求都各有考量。儘管小說另有一條主線敘寫武林門派的鬥爭，但其中反政府的俠客勢力仍遭到標榜執法公權力的俠客的殲滅。如此一來，正統皇權終究吞噬了俠客的正義實踐空間，反映了時代背景下的忠義觀念終需完成於體制當中〔註34〕。

招安的強勢話語，指陳了俠義小說的穩定結局。無論是俠客馴化於清官，成了名正言順的鷹犬；還是清官求助於法外的俠客顯現出體制內正義實踐的岌岌可危。兩者的說法都意圖說明個人和體制的辯證關係已漸次浮現檯面。就連著意凸顯遊俠性格的《七劍十三俠》最終都不能免俗受封於皇帝的招安儀式，可見俠者的意義安頓無可避免的落實於體制。時代需索下的膨脹個體見證了體制正義的空轉，卻又以一己之力延續與完備體制的正義實踐。從早

〔註34〕相關的聯想，可以來到同樣以乾隆為故事主角的金庸第一部武俠小說——《書劍恩仇錄》。這回乾隆面對的是天地會的總舵主陳家洛，一個以反清復明為終極性正義追求的江湖俠客。乾隆則代表合法性的正統皇權，雖然其有真實的漢人身分。這樣的矛盾卻無礙於乾隆一再的進入江湖，在美學運化下消弭其背負的權力正統，小說最後竟以香香公主作為陳家洛與乾隆的對決目標，即規避了兩者相對立的忠義觀。俠情作為關鍵性的開展元素，中和了正義結構的實踐。

期俠客助清官斷案到晚清俠客掌控行事的主動，箇中的轉折彰顯了俠的時代角色。

於是李亮丞寫於 1907 年的《熱血痕》，在藉由越王勾踐的歷史題材抒發愛國精神之際，俠的形象已完成時代的過渡。俠客當下的正義實踐，已是標準的國仇家恨。俠的忠義觀念不再模稜兩可，一個時代的大俠在漸漸形成。然而，以家國為正義前提的行俠之道，在俠盜之間卻有了反思的空間。招安對於在野的盜匪勢力竟是效力國家的渴望。其中盜匪臨刑前就留下了這樣的辯白：「就算恃著兵力，一一除盡，誰不是朝廷的子民？多殺一份子民，實傷一分元氣，究竟於朝廷何益？……須知優在草野目為悍賊者，用作干城，即是勁旅。」（第二十一回）辯白之中，迫不及待拋出國家求才的現實聲音。甚至對於招安所可能暗存的利益輸送，更明言：「官爵是朝廷的懸以待天下士，人臣荐賢，份內之事。」（第三十四回）俠與體制的密切關係，不再曖昧，而是相互需要。民國以後宣揚的俠之精神固然有著革命者的色彩，但其以家國定位的大俠形象，卻清晰可見晚清俠義公案小說所處理的俠與政權體制的影子。

二、俠　隱

在俠客遊走的江湖裡，「俠隱」相對招安作為另一種的出路，其實並非常見的現象。在一個表面法度森嚴、秩序井然的封建世界，俠客的角色侷限顯然比民國以後武俠小說裡的「浪游者」來得單純和宿命，他們活在龐大的正義追求當中，以回應俠的傳統所賦予的「鋤強扶弱」的制式角色。他們也在堅持皇權正統的前提下，以維護四海昇平的局面。不論以體制外的在野勢力或與清官勢力結合，俠客本身的自主性顯然都比較薄弱。然而，當招安與俠隱作為天秤的兩端置於晚清的俠義公案文本之中，俠客所釋放的兩面價值卻很有意思的回應著俠義文本創作背後的現實脈絡。俠所代表的正義完善與心靈安頓，其實表述了俠義公案文本的創作與消費過程中一種普遍經驗的有效實踐。常態性的招安固然把俠客的正義實踐推向了最高點，俠客也經由這政治性動作找到了依附於體制的據點。但由此推演而出的官方下的正義終究無法填補心靈的缺口。那瀰漫於時代的頹敗、失措、驚恐的複雜情緒不只是表現為對正義伸張的渴望，俠隱作為一個文本中的指標，倒成了極有價值的心靈安頓形式。常見的論點總會將俠義公案或劍俠劍仙的文本視為安撫群眾心

靈的逃避文學形式。但其中的涵意，不純然只是娛樂性、消遣性的文化消費。
處在一個文學、出版、閱讀觀念皆歷經世俗化轉折的時刻，晚清的劍俠劍仙
小說已對內在的想像的意義世界進行書寫。這樣的書寫傳統在晚清尤其茁壯
成長，引領下一波武俠敘事的新風潮，所凸顯的意涵無異是想像性的心靈實
踐空間的落實。在時代需求的壯碩體格背後，劍俠劍仙的飄逸身影，入世出
世的漫遊狀態，無形中暗示了俠隱的有效出路。

　　劍俠劍仙的傳統自唐以降的演化歷程中，只在晚清的《七劍十三俠》和
《仙俠五花劍》有長篇格局的展示。這兩部作品中的劍俠劍仙形象在往倫理
化、道德化的方向過渡之際，明顯著眼於其佛道色彩的浪漫形象。佛道資源
固然是其超凡入聖的技藝不可或缺的元素，但浪漫化、藝術化的生命境界卻
預示俠客生命成長歷程中超越人間權力結構的可能發展方向。遠離與體制糾
葛的宿命，劍俠劍仙仍以濟世情懷實踐正義，服膺忠孝德目以成其俠之正統。
但出世入世的不定點漫遊狀態，相對有序的俠義世界而言，說明了一個體制
外的虛擬江湖已隱然成形。俠隱作為一種心靈姿態，不但是文學想像，也是
俠客需求於時代的轉型當中，潛在的心靈反應。《七劍十三俠》的七子十三生
在形式的尊封以後即雲遊四海而去，這出世、虛無、淡泊名利就預示了士大
夫在家國之外可以別有懷抱。世外之浪游才是心靈的安頓，一個被想像的意
義世界在這關鍵點上指出了時代的處境。那可以被理解為世紀之交近代的集
體經驗的迂迴展現。在召喚俠的脈絡裡，俠的理想氣質需要被有價值的安頓，
俠所代表的心靈經驗也需要想像性的安放空間。故而，俠之可能實奠基於其
虛構中想像現實的一面。

　　「俠隱」作為俠者文本化的選擇性出路，應該不能忽略的是一個更大的
「學隱」脈絡。就在章太炎 1900 年初刻再版面市的《訄書》中，可以跟〈清
儒〉並看的〈學隱〉篇，卻頗有意味的提示了清儒的漢學歷程一如「朝隱」，
有其不得已的現實政治處境〔註35〕。而學之所「用」，卻必須顧及所服務的對
象。回顧章太炎割辮明志的漢滿不兩立的發言位置，「處無望之世，炫其述略，
出則足以佐寇。反是，欲與寇竟，即網羅周密，虞候迦互，執羽籥除暴，終
不可得。」這番為清儒漢學的辯白勾勒出有志之士進退兩難時的安身立命處
境，且以「學隱」的高風亮節回擊了像魏源者流的「小者」〔註36〕。進而 1914

───────────────

〔註35〕 我們還可以回到 1814 年龔自珍〈尊隱〉將歷代隱逸思想納入儒家系統的論述。
〔註36〕 〈學隱〉的寫作其實回應著魏源在《武進李申耆先生傳》對乾嘉漢學「錮天

年被袁世凱囚居北京期間所增刪更名的《檢論》更直接補充說明清儒有其三善：「遠於欺詐」、「遠於徼幸」、「遠於偷惰」。對應世局，今文學派的服務於政治也就難免落入章太炎的喟嘆：「三善悉亡，學隱之風絕矣！」。

章太炎以「學隱」概括乾嘉漢學的實踐性格，所謂「其學不應世尚，多悃愊寡尤之士」倒指陳了知識份子應對世局的知識性格。相對章太言以儒兼俠的論述，以儒者之質附庸俠之風采，俠者的特色顯然有了超然尊貴的形象地位，一個集高度實踐力和權威的學人身影。而俠義公案或武俠文本中鋪陳的俠隱現象，更可以回到一個世間無道，則學隱的知識應對脈絡。從清儒的「學隱」到儒俠的「俠隱」，俠的社會象徵性行爲又何嘗不是一以貫之的學人性格，且又是時代變局下無可奈何的處身之道。只是學隱彰顯的學人風骨，到了俠隱則是落寞的背影。

「學隱」所代表的時不我予的安身姿態，多少也道出了近代中國儒俠並舉以來，「俠隱」的宿命與特質。相對於唐代傳奇中俠客隱身而去的身影，「俠客辭決，不知所之」（〈義俠〉）、「忽失所在」（〈紅線傳〉）、「爾後終莫知其音問也」（〈賈人妻〉）等等言簡意賅的「俠隱」情結，往往指向恬淡無爲、自然無爭的道家境界。但「俠隱」發展至晚清的情境，顯然多了一層無以改變任何事實的無奈。劍俠的雲遊四海固然是飄逸的澹泊情懷，但其中卻難免透顯幾分歷史心事。

《七劍十三俠》和《仙俠五花劍》都是在特定歷史背景下演繹劍俠劍仙的故事。其中《七劍十三俠》將內容設定爲明武宗正德年間討伐逆籓的經過，後者則以秦檜擅權的宋代爲背景。兩部小說在完成文本內正義的伸張的同時，都留下了伏筆。《七劍十三俠》在俠客劍仙共同維持正統政權的同時，卻也藉由被擒的寧王朱宸濠之口痛斥歷史上荒淫無度的武宗「朝歡暮樂，寵嬖閹官；巡幸不時，政事不理」（頁 675）。《仙俠五花劍》對於刺殺秦檜的結局也只能以「氣數未終，不曾刺得，卻被薛花劍的劍尖在背心上暗刺一下，將來應主患發背而亡」（第三十回）來草草收尾。雖然兩篇小說選擇的歷史時空對應著甲午戰爭後皇權的腐敗危機和庚子事變後皇權的潰敗及「扶清滅洋」種族抗爭等複雜時局，但留下的伏筆卻道出了其中的無可奈何。無可改變的歷史事實，無以應對的時局現實都彷彿預告了結尾的意義——「已成事實的

下智惠爲無用」的批評，且進一步討論了學者品格的問題。相關討論可參考朱維錚，〈魏源：塵夢醒否？〉，收入氏著《音調未定的傳統》，（瀋陽：遼寧教育出版社，1996 年），頁 192～210。

結局反過來成為這樣的武俠敘事中角色的歷史宿命」〔註37〕。這樣的角色宿命在晚清階段也許還不鮮明，但文本中的招安和俠隱就指出了俠的雙重性格，那是集體價值認同的據點，也是個體有價值的出路。但劍俠劍仙的漫遊狀態無異成了武俠敘事的趨勢，爾後武俠世界的浪游者隱約呼應了這樣的時代心靈。無所適從、無所去向的心靈經驗是俠隱的起點。透過《七劍十三俠》和《仙俠五花劍》所開啟心靈奔放的缺口，俠義小說中隱而不宣的「現在」變得清晰可見。

三、革　命

　　除了招安和俠隱的價值出路，俠客還可以直接訴諸於革命的姿態以回應俠者被期許的時代任務。晚清之際局勢危急，人心浮動，俠客介入時代的手段顯然以革命最見績效。於是對應暗殺風潮的興起，小說文本同樣敷衍著男俠客女豪傑的英勇事蹟。從羅普《東歐女豪傑》（1902）、王妙如《女獄花》（1904）、海天獨嘯子《女媧石》（1905）、靜觀子《六月霜》（1911）等等革命主題系列的小說來看，顯然都是以女性主體的塑造為其革命精神的先鋒。這些女俠客、女革命者或女刺客是有別於傳統的紅線女之類女劍俠形象，她們既無神奇武功，也並非謹守儒家教化下的道德原則，反倒在一定程度上是跟《兒女英雄傳》的女俠角色逆轉進行批判性的對話〔註38〕。這些投身於革命浪潮的女俠，對於美人襯托英雄的傳統觀念有著革新與進步的意義。相對於俠骨柔情所凸顯的浪漫化英雄情懷，這些女革命家卻是時代新女性轉型過程中想像性的角色揣摩與安頓。

　　英雄俠義與才子佳人作為中國古典小說的兩大類型傳統，在晚清出現整合性的調整與辯證顯然並不稀奇。晚清以來伴隨康有為、梁啟超等人倡導的啟蒙精神，女權運動也應運而生。只是以革命作為突破的關口，女俠形象的轉變難免不是思潮底下的產物。蔡元培等人創設的「愛國女學」就相信「暗殺於女子更為相宜」，於是課程安排就有軍事訓練，試造炸藥，成就一批「預

〔註37〕黃錦樹，〈否想金庸——文化代現的雅俗、時間與地理〉，收入王秋桂編，《金庸小說國際學術研討會論文集》，（台北：遠流出版社，1999年），頁602。
〔註38〕這些以女革命家為主體的系列作品，往往是以姊妹情誼的獨立自主扭轉傳統兄弟色彩的俠義敘事，甚至儒家道德律令對女俠的束縛。就此觀點的重要討論可參考王德威前揭書，頁156～174。

備下暗殺的種子」的時代女性〔註 39〕。另外俠骨柔情的抒情傳統由詩詞領域進駐俠義小說可以被視爲浪漫化的敘事動機，其強調作品的感染力與人倫價值。而箇中整合的高潮要到民國以後的武俠傳奇才有完整的呈現。至於晚清以革命號召的女俠轉型，卻底定了女性在俠義敘事中的主動位置。好比《女媧石》中的妓院竟是花血黨的大本營，裡面的女學堂與科學裝置彷如現代社會，而女眾的延續竟是體外受精的現代科技的想像。這訴諸於知識建構的女會黨還有「生殖自由、永斷情癡、毋守床笫，而誤國事」的潔癖教規，意圖爲革命事業敞開新奇趣味。事實上，女俠的革命形象仍在「二萬萬女子」投入保種救國的知識脈絡下運作〔註 40〕。革命作爲有效的行俠路徑，女俠的轉型與定位不過是時代景觀下的岐出。相較於民國後的俠情整合，特立獨行的女俠固然可以在世紀初的革命型態中找到原型，但其柔情浪漫顯然取自才子佳人一脈，並不像這群知識建構的革命女俠。故而，革命姿態既是歷史情境下的集體實踐，在文本的運作則體現爲女俠的辯證性角色轉型。

第四節　江湖的修辭性建構與開展

　　俠義公案小說在經營「武」、「俠」的基本元素之餘，一個更龐大的虛擬建構也隨之進行條件的整合。那是俠的立足空間，浪游天地，也是相對體制而立的巨型「異域」。江湖，就是如此一個非法、非正統的俠之正義實踐，也是俠之心靈隱遁的無限延伸空間。然而，江湖作爲民國以後武俠小說最龐大的內在支撐與消費，在晚清俠義公案文本中卻仍不過是「奇幻事物」的有限佈置，以及「舞台與佈景」的簡單搭建。但關鍵性元素的浮現，卻是這段俠義公案「武俠化」進程中值得重視的部份。一個奇幻的文學類型，尤其落實於劍俠劍仙的書寫傳統的幻化敘事策略，左右了一個忠奸分明、倫常秩序井然的江湖歧出的「虛擬空間」。劍俠劍仙成了俠客固定江湖行的奇遇，他們未卜先知、撒豆成兵、方術布陣、斬妖除魔、詭媚的煉劍過程、引經據典的擒獸製藥的種種才能，確實在爲江湖的「異域」特質加分的同時，留下了伏筆。

〔註39〕蔡元培，〈我在教育界的經驗〉，《蔡元培全集・第八卷》，（杭州：浙江教育出版社，1997 年 12 月初版），頁 507。

〔註40〕對於「二萬萬女子」與國族建構的修辭性權力關係，可以參考劉人鵬，〈「西方美人」慾望裡的「中國」與「二萬萬女子」〉，收入氏著《近代中國女權論述：國族、翻譯與性別政治》，（台北：學生書局，2000 年），頁 129～197。

　　這浮光掠影般展現的才能固然是民間想像性、誇張性的創造，但背後卻隱約可見其中知識性操演的痕跡。這奇幻文學的養分本來就是經由知識脈絡的耙梳進行扭曲、誇張、剪裁而成。這樣的奇幻傳統一旦進入俠義文本，就化成想像性的精神養分壯碩了江湖的體質，啓蒙了舊派新派武俠傳奇的演繹。在民國舊派武俠小說中，民間消化再現的「文化知識庫」成了江湖的當然背景。而雅化寫作的新派武俠甚至搬出歷史文化掌故及民間知識以黃錦樹教授所稱的「（僞）百科全書」的存在方式替江湖世界塡入無數的「中國細節」〔註41〕。這一路發展下來的修辭性建構，即以奇幻元素營造了一個極有意味的編碼空間，回應了武俠傳統的演變。那在晚清，甚至唐代的劍俠身影，以其奇幻色彩爲整個江湖撐起的天地，雖然跟後期的浪漫江湖或正反面烏托邦操作有相當差距，卻潛藏無限想像的可能。

　　對於如此一個虛擬空間的刻劃，其實不能忽略其中的現實對照面——京畿之外寬廣流動的游民空間。那是眞正游俠活動的場所，自然也是三教九流人物聚集之地。當中的買賣勾當，交際文化被借用爲文本中江湖的舞台佈景，早在《七劍十三俠》就清楚可見。小說中甚至詳細介紹了江湖的種種行當角色：

> 凡在江湖做買賣的，總稱八個字，叫做巾、皮、驢、瓜、風、火、時、妖。……那巾、皮、驢、瓜，是四樣行當，都是當官當樣，不犯法、不犯禁的。這風、火、時、妖也是四樣行當，卻只都是犯法違條。……那巾行，便是相面測字、起課算命，一切動筆墨的生意，所以算第一行。那皮行，就是走方郎中、賣膏藥的、祝由科、辰州府，及一切賣藥醫病的，是第二行。那驢行，就是出戲法、頑把戲、弄缸甕、走繩索，一切吞刀吐火，是第三行。那瓜行，卻是賣拳頭、大對子、耍槍弄棍、跑馬賣解的，就是第四行了。……若是打悶棍、背娘舅、剪徑、嚮馬、一切水旱強盜，叫做「風帳」。還有一等：身上十分體面，暗裡一黨四五個人，各自往開，專門設計，只用唬詐二字強取人的錢財，叫你自願把銀子送他，還要千多萬謝，見他怕懼。說他強盜，卻是沒刀的；說他拐騙，卻是自願送他的。此等人叫做「火帳」。至於剪絡、小賊、拐子、騙子，都叫「時帳」。那著末一行，就是鐵算盤、迷魂藥、紙頭人、樟柳神、夫陽法、看香頭，

〔註41〕見黃錦樹前揭文，頁604～605。

一切驅使鬼神，妖言惑眾，都叫做「妖法」。（第二十二回）

這些如假包換的江湖角色，作爲江湖世界的基礎台柱使得其體制外的特色越是鮮明。結合實際的地理意義與民情風貌，江湖經由文本的修辭性搬演與實踐，其無限延伸的想像意義已塑造了標準的法外「異域」。這些行當文化作爲關鍵的編碼元素，爲虛擬江湖佈下了程序語言。民國後武俠傳奇得以開展更龐大的江湖世界，其實就是承接、茁壯了這一套的程序語言以轉換爲寓言敘事的執行。民國後盛行的會黨武俠則是另一套有著異曲同工之妙的程序語言的編碼。這爲江湖所奠定的基調成就了爾後武俠傳奇中更爲龐大的文化中國的想像性建構。

在江湖的體質結構當中，「異域」作爲美學意義的運作之餘，其凸顯的非法性特質是相對體制內正統權力的極度誘惑。那是俠客實踐浪游精神的基礎，也是武俠文類在敘事策略上保有的姿態。因爲喪失正統，相對的離散、邊緣、非法、異化使得所有的敘事母題因此染上傳奇色彩。那是體制崩毀前／後的美學處理，以引導敘事的復歸或延續想像性的心靈空間。然而這樣的敘事姿態，在晚清的俠義公案文本卻還是呈現得比較貧乏。劍俠的奇幻類型固然嘗試切割出一個非法性的異質空間，但聚集的元素始終有限，劍俠劍仙出世入世之間仍拘泥於體制權力。〈俠客談・刀餘生傳〉的匪窟雖然是一個標準的非法江湖世界，但其中夾敘夾議的政治性對話，始終圍於反烏托邦的傾向而欠缺更多的開展。但也就因爲這些晚清作品所顯露的特質，標誌著一個真正在文化、心理層面運作成功的異質江湖誕生於民國後的武俠。

第五章 民國武俠傳奇的「寓言化」現象

第一節 紀實與虛構之間

　　民國武俠傳奇大興，取決於書寫傳統與身體政治的近代轉型。隨著晚清俠義公案小說的稀釋，俠者立傳，技擊登場，新的類型公式已蓄勢待發。政體──身體的整合所投射的國族危機與文化情境，進一步構築了武俠傳奇的舞台。作為俗文學譜系的大宗之一，武俠傳奇的生命力見諸於類型公式的靈活度，既可在接近於傳奇說部的自足統一的整體性世界基礎上運作，也可鋪陳傳統民間素材，紀實風土民情，塑造才子佳人，完成一則集懷舊、抒情和娛樂於一體的寓言。其中別具一格的，還是那彰顯歷史迷魅與文化鄉愁的氣質。那被視為中國小說傳統中獨具「中國風」的類型特色〔註1〕，呈現了心靈

〔註1〕　歷來武俠小說的研究總會有「武俠小說與中國文化」、「武俠小說是中國精緻文化的反映」等等論調。其中，又以陳墨《金庸小說與中國文化》的分類歸納為箇中典範。書中詳盡羅列金庸武俠小說與中國思想、文化、藝術、社會等等面向的密切關係。但另一個有趣的觀察點是著名翻譯者閔福德在將《鹿鼎記》英譯後的感想：「查良鏞的小說對於中國讀者來說，是對中國文化的慶祝，對中國性的慶祝……我們不能期待翻譯後的武俠小說的新讀者們也分享這種歡愉」。言下之意，對不懂中文、不懂中國文化，沒有中國「經驗」的局外人而言，武俠之不可譯恰恰在於其屬一個群體共享的美感經驗、文化感觸與思鄉情懷。那彷如秘密經驗的傳承，一套通達「中國性」的武功秘笈。就在羅列的「中國細節」之上，武俠發生意義的所在卻是近代中國歷史與傳統的斷裂處。就這層而言，武俠已是「形式」。引文見閔福德，〈功夫的翻譯，翻譯的功夫〉，收入 Liu Ching-chih, ed. The question of reception : martial arts fiction in English translation. （Hong Kong :Centre for literature and translation, Lingnan College,1997）, p30.

經驗與時間向度的擬古典情境。當完備的俠之譜系爲武俠世界建立起人脈，鄉土材料堆積普遍的物質基礎，技擊與奇幻裝置大肆張羅場面之際，傳奇故事牽引著情節設法描述出近代家國變革中的文化圖景與心靈視野。那擱淺在歷史裂痕中的心事與記憶，也就悄悄潛入了武俠小說的封閉體，載浮載沈於武俠世界形構的新秩序。國族場景下的心靈經驗固然值得大書特書，而五四的文學典範以「感時憂國」的框架探測其中心事，也不乏可歌可泣的事蹟。但對於武俠傳奇而言，遊走於紀實與虛構之間的武俠機制，更便於說故事。在寓言體當中，想像馳騁而隱喻處處，時間與空間啓動魔法裝置，「敘事者總爲一道無可比擬的光環圍繞」〔註2〕，不論記憶或啓示都更親近於時代轉折下的經驗結構。

　　民國武俠傳奇興起的時刻，平江不肖生在 1923～1924 年間完成的兩部作品：《江湖奇俠傳》與《近代俠義英雄傳》〔註3〕成功奠定了武俠作爲類型小說的基本框架。那著眼於商業的寫作動機，雜誌或報刊的連載方式，幾乎設定了以讀者爲取向的寫作態度。進而內緣的敘事公式部署，就以「奇」和「傳」爲主軸，再佐以鄉土民俗材料及技擊知識佈下程序語言。「奇」作爲敘事的主要精神，無異是牽引情節，推動轉折高潮，不斷引導讀者進入虛擬實境，在寓言的向度完成時間與空間的整合。而「傳」的意義，則另外爲武俠貼上被認證的身份標示，在俠的譜系基礎上設法建構廣大的人脈，相互牽制又互相背書，在以假亂真的「現實基礎」上推演一個得以憑藉且又想像力豐富的武俠傳奇。雖然平江不肖生所進行「奇」與「傳」的整合成功推展出百餘回的長篇巨構，但以史實姿態立傳的動機卻左右了奇譎詭異的情節發展，敘事往往失了準頭，旁生枝節而流於鬆散與漶漫。作者本身就從不諱言這種進退失據的窘境，並提出辯解：

> 雖是小說的章法稍嫌散漫，並累得看官們看的心焦。然在下寫這部奇俠傳……凡是在下認爲奇俠的，都得爲他寫傳。從頭至尾，表面上雖也似乎是連貫一氣的，但是那連貫的情節，只不過和一條穿多

〔註2〕 班雅明著，林志明譯，《說故事的人》，（台北：台灣攝影工作室，1998 年 12 月初版），頁 48。

〔註3〕 《江湖奇俠傳》1923 年 1 月開始在《紅雜誌》（後更名爲《紅玫瑰》）連載，1924 年 4 月由上海世界書局出版單行本。該小說共有 160 回，平江不肖生執筆 106 回，後由編輯趙苕狂續完。《近代俠義英雄傳》也在 1923 年 6 月發表於《偵探世界》，1924 年由上海世界書局分集出版。

　　寶串的絲繩一樣罷了。這十幾回書中所寫的人物，雖間有不俠的，

　　卻沒有不奇的；因此不能嫌累贅不寫出來。(106回)

平江不肖生因俠之「奇」而執意立「傳」，卻也在這番轉折中以「傳」之實爲
「奇」事背書。這相互支援的寫作意圖雖明確不過，卻難保技術上的駕馭不
出軌。

　　然而，也正因爲寫作上的敗筆，凸顯了武俠傳奇的企圖心。在那自供自
足且又高潮迭起的封閉世界，爲「奇」俠立「傳」意味著替虛構接上「現實」
的界面。所謂俠者傳奇，並非憑空捏造。司馬遷的《史記》早有「列傳」傳
統，不論是近代的梁啓超以《中國之武士道》進行俠之譜系的編碼，抑或知
識份子召喚黃帝魂時羅列對抗異族的英雄系譜，爲俠正本清源，標榜戶籍身
份已是近代培養愛國意識，激盪革命情懷的知識運作。不同的是，武俠傳奇
選擇在純粹的文學操作上立「傳」，確實留有幾分野史稗類的意味。近代知識
份子崇尚刀光俠影，擁抱身體以修正國體，那徘徊正史之外的俠必得回流，
在國族危機中獻上一己之力。作爲知識份子的精神指標，晚清志士替俠找到
了知識單位，也意味其獲得行動的依據。不論流血革命、召喚國魂、保種強
國，俠的出場即吹響時代的號角。其激勵了知識階層，卻在平民百姓形成偶
像崇拜。那俠者事蹟經由口耳相傳，繪聲繪影，從書場到劇場，從報刊雜誌
到傳奇說部，隱然成形的武俠世界承載了無數的幻夢與想像。因此，武俠傳
奇的成熟意指虛實相間的世界正是俠客詩意的居所。進而俠者有傳，既可演
述奇異事蹟，又自成格局。作者不自覺的傳達了這樣的訊息：這是「眞實」
的傳奇，在有地理背景、身份來歷的武俠世界，當中演繹的身體、國族、歷
史都可以往「寓言」面向解讀，畢竟它們都內含「現實的隱喻」〔註4〕。然而，
「現實」意味著什麼又指出了什麼？誠如作家張大春所言：「現實世界本來就
是一個結構鬆散的世界」，偏偏「這個鬆散性質也正是中國傳統書場的敘事特
質」。言下之意，說故事者不過是拉拉雜雜的述說著家國社會的幽黯心事。「傳」
就是搭上「鬆散」的空隙以連接「現實」的法則，那有史實依據儼然使讀者
「信以爲眞」的敘事機制。但，「現實的隱喻」卻另有一個側面。它意指以「隱

〔註4〕　有關俠與傳的現實歷史關係，可參考張大春，〈離奇與鬆散——從武俠衍出的中
　　　　國小說敘事傳統〉，收入王秋桂編，《金庸小說國際學術研討會論文集》，(台北：
　　　　遠流出版社，1999年)，頁499～517。本章部分論述深獲張大春先生的觀點啓
　　　　發，特此致上謝意。有關張氏的發言，請參考張大春先生在誠品講堂的「說書」：
　　　　「縱橫江湖，所爲何事？——武俠小說裡的現實隱喻」，2001年10月11日。

喻」進駐的「現實」經由武俠傳奇的通俗詮解是別有懷抱。詭譎離奇的佈局，就是在「現實」的正面反襯出俗世的小市民眼中的萬花筒世界。那充斥想像、預言、凝視、沈醉的世界，有如從望眼鏡到顯微鏡的歷程，以隱喻代現的現實，就是那由挫敗而自強的時代精神狀態，暗影下的深邃困頓或歡欣激昂。尤有甚者，隱喻織就的系譜更可能進一步使得「傳奇收編史實」。這在張大春先生看來，就是「另行建構一個在大敘述、大歷史縫隙之間的世界，而想要讓大敘述、大歷史看起來像是這縫隙間的世界的一部份」。換個角度說，世俗的俠傳奇事的龐雜與整合也正是瓦解大敘事的關鍵，使得隱喻佈滿時間與空間的向度。一個寓言的操作因而誕生。於是，弗萊（Northrop Frye）為傳奇產生的基礎所下的註解：「渴望傳奇就是力比多本能或欲雇用自身尋求某種滿足，這種滿足從現實的焦慮產生，但仍將包含那種現實。」〔註5〕正說明了隱喻與現實的糾葛。如此一來，善與惡、美麗與哀愁或正反烏托邦的對立也自然應運而生。

回到「奇」和「傳」的兩端，平江不肖生遊走在紀實與虛構的天秤。這番技藝不因為平江不肖生無法取得平衡點而曇花一現。儘管他在同時段創作的《近代俠義英雄傳》已收斂奇事的鋪陳，而著眼於俠客的「分傳」。但「奇」與「傳」的兩大敘事機制與精神卻點出了武俠傳奇啟動的根源。無可否認，武俠傳奇在看膩了的言情小說、戀愛小說後登場，意味著其企圖取悅上海市民階層的閱讀品味。作為近代通俗文學的大本營，武俠傳奇迎合上海市民的世俗消費並不稀奇。有趣的是，什麼樣的文化氛圍和知識條件造就了武俠傳奇的生成。在近代中國革命思潮風起雲湧之際，上海的喧鬧有其指標性的意義。隨著政論報紙的盛行，黨團林立，革命黨人聚集於此運籌帷幄，上海的喧囂也只限於紙上談兵，而真正大型的流血革命在上海並沒有登場。儘管武昌起義後蔓延到上海的起義風潮也僅以攻打江南製造局為唯一的一場硬仗，但十六小時的戰鬥也不過是少數傷亡作結。在整個中國陷入革命高潮之際，上海是顯得相對的不暴力也不流血。這種距離的凝視，使得俠者傳奇只是流行的寓言，在現實邊緣被想像性的塑造。雖然欠缺實際參與的場景，上海對

〔註5〕 引文取自王逢振的譯筆，參弗雷德里克‧詹姆遜，《政治無意識》，（北京：中國社會科學出版社，1999 年 8 月初版），頁 97。原文可參諾思洛普‧弗萊，《批評的剖析》，（天津：百花文藝出版社，1998 年 11 月初版），頁 235。由於該文譯者為強調 Romance 與浪漫主義的語源關係，故捨通譯的「傳奇」而以「浪漫故事」代之。本文採「傳奇」譯名。

於近代中國轉折的身體知識建構，卻有積極的響應。1909 年霍元甲在上海擺擂臺力戰西方大力士掀起了以武力自強的愛國旋風，1910 年其弟子在上海創辦精武體育會更敵開了全民武術的習武風潮。1923 年全國武術運動大會在上海召開，更普及的武術資源應該是大量的武術研究著作出版。不論拳譜、拳師的語錄傳記、國術理論等等武術論著，都在身體「軍國民化」的時代潮流中進一步地知識建構。武術熱所帶動的身體想像自然是不言而喻，但俠者組成的法外勢力更可以直接對應上海蓬勃的幫派活動。那意味城市在法制進程中另類的社會權力重構，人身與精神的自主空間。然而，上海的現代化進程牽動了幫會的轉型。於是訴諸於神秘儀式、身體與江湖道義的運作模式，或近代以來流傳的俠者人物，甚至拳師、各派師傅高人的傳奇就自然轉入敘事者筆下的世界。透過文學想像的建構，俠者傳奇無可避免的回應著時代的現實場景。《江湖奇俠傳》著眼於湖南一代的傳奇俠客，《近代俠義英雄傳》則直寫時代英雄都處於同樣框架。但與其說是時勢造就了武俠傳奇，還不如說武俠傳奇培養了一批新興俠客。源源不絕的俠客陸續登場，他們既烘托氛圍，也成就時代。武俠傳奇的閱讀口味實根植於現代性背後潛藏的時代伏流。

武俠傳奇以「奇」與「傳」的面貌出現，急切地想勾住現實場景，那一個個存於世的奇俠，就是現代性背面龐大的活動群體。他們搭著傳統資源、鄉土民俗材料，以不可思議的奇異事蹟彰顯俠之譜系，在域外世界重建的時間心理秩序想像身體。故而，其迎合大眾的閱讀品味正取決於市民階層對現代性的另類思考。在漸進法制化與都市化的現實情境中，武俠傳奇以身體為流動界面實現了遊走的慾望。出入虛實如同進出租界，人們測量生存空間的大小，希冀在廣闊的幻化天地寄存自主的精神。那不應該被視為逃避現實的出口，但卻是單調的都市進程中逸出的另類社會時空。也就在附著魔力的時空體中，人們得以藉由詭譎、誇張、懷舊的目光度量歷史的心事與時代渴望。武俠傳奇在這意義上詮釋的力比多烏托邦，回應了都市節奏的冷漠，以及那無以挽回的不論私密或公眾的氛圍氣息。

事實上，「奇」與「傳」不只是武俠傳奇的敘事招牌。放眼當時流通的武術著作，在記述拳師的生平事蹟與武功套路時，立傳仍不失獵奇筆法。1923年國技學會出版了向愷然（平江不肖生）等人合作編著的《國技大觀》〔註6〕

〔註 6〕　向愷然、陳鐵生、唐豪、盧煒昌，《國技大觀》，（上海：上海書店，1923 年）。又見《民國叢書》，第四編第 47 冊，（上海：上海書店，1992 年）。

就有將武術神化的意圖。同樣在標榜身份來歷的「傳」體中，〈拳師言行錄〉
〔註7〕分傳記載俠者種種的奇異功夫：「金超更以兩只持牛脊如執雞然」（樸庵
〈金超〉），「老人立眾人中，身體渺小，面如枯蠟……直至樹下，以兩手抱
之……樹葉皆枯焦而死」（樸庵〈黃傑〉），「人握豆，盈把塗以朱墨而擲之。
飛（金飛）禦以劍，豆盡而身無痕，乃命徒拾豆視之。凡豆上皆著劍痕。」（善
之〈鄭澍〉），「劍一拂，白光出，劍芒若秋月蕩水。須臾，光四合，如流冰圍
雪。」（善之〈絳綃女〉），「以指一一向眾胸膈點之，眾殭立不能動。」（塵因
〈白氏拳術紀聞〉），「兩臂抒折有風，偶擊巨石，掌尚距石尺餘，彼石已碎。
有時手擎百數十斤之巨石，輕如拾芥。」（塵因〈吳辰晉軼事〉），「力不敵氣
也。殺人也，膚不傷而骨粉焉；指樹也，皮未損而樹斷焉。」（二郎〈吳俊〉），
「門首署李友山館四字方額，鑄精銅為之。尼（浙東尼姑）飛足作旋風舞，
以足尖畫其上，則李字加一筆成季字形。」（懺癡〈李友山〉）然而，這些以
「授徒篇」、「尋師篇」名堂收入的文字，在發揚與推廣的前提下意味著一種
犀利武功的傳承。強種保國的技藝必須神乎其神，卻又其來有自。俠的師承
關係點破了其時想像中國內在體質自我膨脹的現實策略。相對已被視為屍體
的國故，這一門超級厲害的國粹才值得發揚光大。於是，回頭檢視編輯者的
態度就更顯趣味：

> 本發揚國粹，普遍武術之意志，搜集古籍，校定新著，苦心孤詣，
> 慘澹經營，歷時數載，始克成茲巨帙，定名《國技大觀》。分四大類：
> 曰名論，以徵士大夫之卓見也；曰專著，以禪練習者之研究也；曰
> 雜俎，以供社會之參考也；曰軼事，以資同志之借鏡也。立論務求
> 精當，搜羅務求宏富。〔註8〕

他們據實認真的編著方針，昭告了讀者信實的基礎，卻更印證了這些跟
小說如出一轍的情節別有敘述意圖。這些奇人異士有如史實般的被記載，言
下之意是證明了神奇武功並非杜撰，更為武俠傳奇的玄想留下紀實的引據。
當然，《國技大觀》的現象不只是個案。當時流通的武術論著既有《國術理論
概要》著重國術與科學的關係，也有《國技論略》就武術源流、辨偽、考異

〔註7〕 《國技大觀》內容分為名論、專著、雜俎、軼事四大類。其中軼事類收有〈拳
　　　　師言行錄〉，且內分篇目為「授徒篇」、「訪師篇」、「尚義篇」、「任俠篇」、「誅
　　　　奸篇」、「警頑篇」、「復仇篇」及「鑣客篇」。

〔註8〕 姜俠魂，〈《國技大觀》序十五〉，收入《國技大觀》，頁18。該書作者雖為向
　　　　愷然等人，但編輯為姜俠魂。

的嚴正論述。然而，萬籟聲編的《武術匯宗》〔註9〕根本就是一本武林秘笈。
其中介紹了無數武俠傳奇中輪番上演的武功。部分武功還配上圖譜說明練功
方法以供習者按圖索驥，但諸如點穴、輕功、神功、五毒神砂手、五雷掌等
離奇想像的描述卻又令人難以置信。就像五雷掌的練法：

> 有習五雷掌者，凡於大雷電而起霹靂時，即念咒出雙掌習之，平日
> 不操，功成打人身上，有如火焚，如徐師祖是也！（頁 284）

五毒神沙手的練法則是：

> 鐵沙以五毒煉過，三年可成，打人於身，即中其毒，遍體麻木，不
> 能動彈，掛破體膚，終身膿血不止，無藥可醫，如四川唐大嫂即是！
> （頁 283）

　　這番論述下來，彷彿義和團神功護體的時代又回來了。但這種武功秘笈
與武俠傳奇並行於世的現象，固然算是左翼文人批判的「灌迷湯」的癡狂想
像的衍生行為，但傳奇武功訴諸論述所意指的正當性，間接說明武俠傳奇的
發生不是沒有現實基礎的。只不過左派意見以「生活的出路」窄化其現實意
義，倒顯得忽略了消費群體背後的心靈轉折。想像的意義不僅是現實困局的
置換，而是一個改變現實的過程，一則追尋夢想的寓言。職是之故，武俠傳
奇與武術論著的相輝映，不但成了相互支援與參照的體系，同時模糊了虛實
界線，且一如佈滿細節的世俗日常敘事，形成了武俠傳奇接受史的內在基質，
一條牽引著生活與歷史的線索。這樣的敘事姿態大有深意，當俠者傳奇與武
功秘笈得以出入虛實，紀實與虛構的拉鋸暴露出武俠類型進行程序編碼的意
圖。傳奇元素已清晰可見，其虛實不可辨卻帶出寓意的效果，誠如弗萊徹
（Angus Fletcher）定義寓言是「我們言語編碼的基本程序」〔註10〕，武俠傳
奇設定的時空體就是一個編碼空間，虛實相互滲透而引發的張力，反而創造
了魔法般的超自然特質。武俠的本質、精神、世界觀就是寄寓其中需要被深
層揭示的部分。如此一來，武俠傳奇的生成就不能只是侷限於市民階層興起
後世俗化消費的框架，而應該進一步追問其精神分析的基礎。

〔註9〕吳志清編，《國術理論概要》，（上海：大東書局，1935 年）。徐哲東編，《國技
　　　論略》，（上海：商務印書館，1929 年）。萬籟聲編，《武術匯宗》，（上海：商
　　　務印書館，1929 年）。以上三書又見《民國叢書》，第一編第 50 冊，（上海：
　　　上海書店，1992 年）。

〔註10〕Fletcher,Angus，*Allegory：The Theory of a Symbolic Mode*（New York：Cornell
　　　University Press，1990），p3。

　　其實武俠世界鮮明的俠客傳奇、身體塑造與江湖秩序構成的基本格局，可以被視為近代中國的內憂外患的折射。在一個屬於想像、夢幻的節奏當中，集體的無意識更容易有序、系統的顯現在自強與自足的精神狀態。當傳奇元素注入小說，歷史留下的線索往往填充在縫隙之間，寓言的張力開始瀰漫，閱讀的共鳴就取決於這樣一個封閉的時空體。從平江不肖生以降，民國的武俠創作者都在繼承這樣一個傳奇時空體，在虛實積累的譜系中接續講不一樣的武俠故事。《江湖奇俠傳》作為成熟的開山之作，當然是本文不能略過的起點。但武俠傳奇再歷經各家各派的著墨之後，四十年代以「鶴－鐵」五部曲形塑另一武俠高峰的王度廬卻值得納入討論的範疇。儘管歷來研究者以「俠情」標舉王度廬的作品特色，但俠情結合的武俠傳奇，卻拋出了一個文人化的進程。這在「寓言」的視角下有著重要的轉折意義。爾後金庸的集大成恐怕還是緣起於此。固然俠情結合的歷程，可以從近代劍氣簫心、俠骨柔情的文人傳統說起。期間還有葉楚滄創作的武俠小說《古戍寒笳記》（1914）、顧明道的《荒江女俠》（1929）、李定夷部分作品的過渡。但王度廬的成熟，卻將現實的對立面整合在武俠傳奇的世界。其帶動的寓言空間更饒有趣味。故此，本文的論點闡釋將以平江不肖生的《江湖奇俠傳》與王度廬的「鶴－鐵」五部曲為主要的分析文本，以期清晰完整勾勒出武俠傳奇的「寓言化」現象。

第二節　身體：內在時鐘與外在戒律

　　1899 年當梁啟超在其旅美日記中採用西曆〔註11〕，時間意識真正在中國內部發酵，在屬於菁英知識階層中進行了時間的轉換。時間意識指向了人們心目中都有了一個時鐘，一個自鴉片戰爭以來就應該存在的時鐘。時鐘作為「近代」在中國發生的意義，它浮映出「做為侵略者、殖民主義者、帝國主義的象徵的『西方』」〔註12〕所引發的強迫性時間轉向，「回到未來」的時間錯置使得中國在追趕發生於此的「西方」時間，因而必然是「一種急迫、急切，是一種被撥快的時間」。這所勾勒的「近代」視野意味著穿越歷史閘門都將是一趟時間旅程，不論是「回到過去」或「回到未來」。時間懸浮的特質意

〔註11〕梁啟超，〈夏威夷遊記〉，收入《梁啟超全集》，（北京：北京出版社，1999 年初版），頁 1217～1222。

〔註12〕對於時間與近代性在中國的發生意義，黃錦樹教授有過辯證性的討論。參考黃錦樹，《近代國學之起源：相關個案研究》，（新竹：清華大學中文系博士論文，1998 年），頁 1～5。

謂實體把握的需要。物質性的搬弄於「過去」或「未來」，近代性指向反覆的解體與建構歷程。可是，時鐘內在於中國，並沒有內化於普遍的政府官僚、知識群體和平民百姓。1840 年的鴉片戰爭以來，時鐘僅是間歇性的發生作用，「中國」時間仍如牛步的緩緩行進。這一切恐怕是要到 1895 年的甲午戰爭以後，人們才聽到時鐘滴滴答答的快速轉動而猛然覺醒。而一直所堅持的「道統」、「中學」、「中體」也頓時配合著撥快的時鐘歷經轉型。於是，身體取代了意識型態而從知識的譜系中登場，隨著時鐘的快速轉動揮舞。

其實，身體成為時代的主題並不偶然。當一切的形而上趕不上時間的列車，形而下的最基本單位「身體」必須跟時間賽跑以克服存亡危機。近代中國的身體政治基本都在這個鐘擺的面向操作，值得注意的是當身體消費落實於世俗社會，時鐘現象反而有極致的發揮，或是更有趣的展演。近代中國最集中的一次身體展示，恐怕非義和團運動莫屬。那一場集體性的運動將傳統累積的身體資源做了最有力的消耗，也是最民間與本能的表演。這樣的身體場域有別於知識群體以工具理性為主的身體操作，而是在宗教的滲入中凸顯身體的「光暈」（Aura）〔註13〕，那有如聖光臨在的身體感性形式。訴諸感性意謂捕捉停駐於身體的時間，將其扭曲為身體的內在時鐘，一個可以透過儀式隨時啟動以追趕「未來」又能復返「過去」的萬能時鐘。身體與時鐘成了相互依存的實體。

對照尖船利炮的威脅，近代中國破敗的物質景象中赫然可見的竟是龐大流動的身體。不論農民、飢民、難民、流民、亂民甚至義和團的拳民，他們最本質的身體更有效說明國族的存在。於是，西方時間作用於身體帶出了慾望的時鐘。他暴露出身體的兩個面向。一個是基本的存亡，另一個是國體的想像。身體的光暈源自於時間意義下的身體焦慮，即克服亡國滅種的當下急迫感及強化個體以追趕西方的本能慾望。「顯聖」的宗教儀式介入，恰好替身體找到表述的形式。時鐘在那一刻瞬間啟動，以搭起時間的界面，身體的空

〔註13〕這取自本雅明（Walter Benjamin）的概念，本來是傳統藝術對照於現代機械複製藝術時所附予前者的審美特性。而身體的「光暈」則意圖指出身體在儀式性的基礎上同樣具備神秘經驗和審美價值，也就在自主自律的特質上內含歸返的時間與記憶。Aura 也譯作氣息、韻味、輝光等詞彙。相關概念可參考本雅明，〈機械複製時代的藝術品〉，收入氏著，張旭東、王斑譯，《啟迪：本雅明文選》，（香港：牛津大學出版社，1998 年初版），頁 215～248；本雅明著，張旭東、魏文生譯，《發達資本主義時代的抒情詩人》，（北京：三聯書店，1989年 3 月初版），頁 123～175。

間聖化以自主自律的秩序形構，就在時間與空間的向度，身體的光暈「極度地麻醉了時間感。一種氣息的光暈能夠在它喚來的氣息中引回歲月」〔註14〕，記憶與心理陷入不由自主的復返，壯碩的身體無限上綱為國體，自立自足、外侮不侵的天朝大國而衍生的一切物質建構，歷史懷舊，甚至世俗日常生活。言下之意，身體帶出的光暈淬煉出獨一無二的「中國性」〔註15〕。光暈的經驗說明了身體的「時間意識」啟動了所有裝置，也就在距離的凝視中達至神交默契的滿足感。然而，義和團的身體展示過於戲劇性而消耗過度，就在一連串的政治衝突中光暈的經驗顯得支離破碎，往往不能貫徹始終。於是，身體的顯聖效果進入到晚清的俠義公案小說和民國的武俠傳奇尋找變體，在文本的距離感中再次經驗光暈。但秘密通常隱身在武俠文本的背後，沒有直接的政治和歷史，武俠不過就在說故事。不過，身體的鄉愁卻是武俠的本事。當宗教元素進駐俠義體系，在身體的塑造過程中內在時鐘又滴滴答答響了起來。宗教性物質作用於身體且實踐於武俠文本，預告了一個寓言式的解讀。身體的光暈使得讀者不能不注意其中的言外之意。在《江湖奇俠傳》中，正邪兩派的大鬥法在身體幻化的對決下演述了一場國族的災難性縮影。就在幾近明喻式的國族寄託的景象中，身體的姿態倒隱喻了武俠的基本結構。法術的極致即肉身成道，內在時鐘已撥至盡頭，過去未來盡現家國的幻境。這由趙苕狂完成的續筆，固然寫過了頭，卻暴露出武俠的底蘊。

　　《江湖奇俠傳》本來在平江不肖生的筆下就只是奇俠的傳奇。從清末崑崙、崆峒兩派劍俠介入瀏陽、平江兩縣爭奪趙家坪的紛爭中說起，兩派俠客各書來歷，各敘傳承，偶有衝突不過是連結兩派譜系使得傳奇的體積更為龐大厚重。不論人脈門派，譜系的擴充是《江湖奇俠傳》體例的創設。然而，俠客煉鑄身體、各顯神通之餘，始終不見崑崙崆峒兩派的對決。兩派的水火不容雖非絕對的正邪之別，但情節發展所營造的好惡卻牽引著讀者期待恩怨的了斷。就在兩派譜系醞釀飽滿之際，平江不肖生偏偏在總清算的時刻現出說書人的本尊，主導敘事的戛然而止：

〔註14〕同上註，見前揭書《發達資本主義時代的抒情詩人》，頁156。
〔註15〕中國性在這裡的定義，是有異於新派武俠傳奇所建立的文化中國性。在義和團「扶清滅洋」的政治訴求背後，扶持的固然是岌岌可危的國體，卻也是扶持「中國」、「中國性」的純粹。洋人洋物的被妖魔化，尤其指控洋人教民的淫亂雜交、肢解人體、買賣器官等等行為的不道德與攻擊性，也就反映了中國性（道德主體）失守的焦慮。

　　至於兩派的恩怨，直到現在還沒有完全消釋。不過在下寫到這裡，
　　已不高興再延長下去，暫且與看官告別。以中國之大，寫不盡的奇
　　人奇事，正不知有多少！等到一時興起，或者再寫幾部出來給看官
　　們消遣。（106 回）

對比於趙苕狂的續篇，平江不肖生規避掉結局莫非是怕說漏底蘊？俠者傳奇
說到盡頭就回到身體的動機。武俠的餘味就在身體的隱喻。恩怨了結，何去
何從，牽動著身體的定位。趙苕狂的續篇照搬現實置入身體的對決中，已迫
不及待揭露俠者傳奇的本色。

　　故事在第 125 回以後發展，崑崙派的笑道人卻多了一個邛崍派的哭道人
與其為敵。本來勢不兩立的崑崙、崆峒兩派卻成了哭道人聯合長春教的鏡清
道人共同剷除的目標，正邪對決自然登場。兩派人物陰錯陽差的在這危急時
刻攜手合作對抗妖道，這種結合第二敵人對抗主要敵人的結構，顯然是戲劇
性轉折的傳奇手法。而別有寓意的，則是哭道人單獨挑戰笑道人的一場決鬥。
哭笑的感官情緒反應成了決鬥的功夫法術，想像固然奇特，但正反的對立卻
有意彰顯苦與樂、困頓與豁達、哀痛與希望的時代情緒。決鬥的規則就是以
哭笑的技法感動對方就算獲勝。哭道人首先一哭使得風雲變幻，宇宙間事物
頓時陰森森悽慘慘，哭聲尖銳刺痛神經，笑道人受其麻木眼前頓時恍惚：

　　只見一大群披頭散髮的男子，墜珥失鞋的女人，狂啼悲叫的小孩，
　　都失了魂魄似的，從那邊奔逃了過來；在他們的後面，卻有一大隊
　　高而且大、猙獰無比的夷兵，不顧命的在追趕著。……見了男人，
　　舉刀便砍，舉矛便刺……見了小孩，把他一刀殺死，還是一種善良
　　的舉動，大一半是把來挑在矛尖或刀尖之上，玩弄他一個夠，然後
　　將矛尖或是刀尖，向著上面或是四下一伸，將這小孩遠遠的拋擲了
　　去……不管他是六七十歲的老婦人，七八歲的小女孩，總得由好多
　　人把他們輪姦了一個暢，然後執著兩腿，從中一分，分成了兩個半
　　身！（第 139 回）

這一段戰亂的悲劇縮影使得笑道人悲憤異常，還見夷兵撂下狠話：「要你悲憤
些什麼！這也是亡國奴應受到的一種浩劫！」而倖存的男婦老幼則哭訴：「這
是亡國奴應受到的一種浩劫麼！可憐我們一個個都做了亡國奴麼！」就在淚
珠滴落之際，笑道人靈光一閃而醒悟，自魔法中跳脫出來。

　　輪到笑道人發招，先仰天打了三個哈哈，驅散烏雲惡霧，呈現出春暖花

開、仙樂飄飄的極樂境地。接著一聲哈哈傳入哭道人耳中，他在迷糊間：

> 忽見有一群的婦女，蓮步珊珊的，從繁花如錦的山徑上走了下來。
>
> 這一群婦女，生長得美麗極了；而且一個個都赤裸著身體，一絲兒
> 也不掛，把他們豐富的曲線美完全呈露了出來。

這一番活色生香的場景在勾魂之際，還特意營造了統一武林的讚頌：「恭賀我
主！不特做了邛崍派的教主，並做了統一各派的教主，所有什麼崑崙派、崆
峒派，以及同在本省的峨嵋派，都已為我主所掃平，而以隸屬於帡幪之下了！」
就在哭道人不自禁的要放聲縱笑的當下，前來援救的鏡清道人放出胡蜂將其
叮醒，免其敗下陣來。

　　事實上，單從這場對決來看就已涵蓋了武俠傳奇的重要隱喻：國族危機
的脈絡，武學的肉身成道，稱霸武林的自強慾望。儘管國族危機以幻影敘述
顯得過於淺露，但身體的修道煉法籠罩于國族情結卻是武俠的起點。國仇家
恨對照色香美人，身體的鑄煉指向了情慾的潔癖，這固然有「裙釵之厭」的
傳統，更重要的是身體本身就是一則陽剛的敘事。而哭笑現象在晚清小說更
是常見的主題和隱喻。從《老殘遊記》的淚水到吳趼人、李伯元的一系列譴
責小說的引人發笑，哭笑已成時代情緒的宣洩口，不論國家、社會、個體都
由此找到情感的表達模式，並因而獲得集體的共鳴。而共鳴的基礎恰恰是以
個體寄託群體的經驗，那被梁啟超等人所體認的「小道」，既通俗且兼具感染
力的小說，就是晚清時刻個體往國體過渡的重要中介。哭笑的感官本能竟練
就出大有深意的法術，出入魔境幻境，感動投入與超然解脫，而笑還是壓倒
性勝利的一方，無形中反映出笑的詭異時代魅力：「笑其實比淚更有道德顛覆
力」〔註16〕。身體的考驗與劫難很難不令人聯想到煉丹寓言。道教方術的宗
教性元素遍布文本，幻化玄妙的光彩使得傳奇魅力無限。《江湖奇俠傳》並非
箇中首創，宗教元素進駐章回體小說其來有自。《西遊記》以降的神魔小說就
有著精彩的傳統，至到晚清劍俠劍仙縱橫天下，又大抵固定了神魔色彩的俠
義小說框架。然而，民國的《江湖奇俠傳》再次採宗教方術、集俚俗傳聞敷
衍武俠傳奇，其中的確有值得注意的轉折。身體作為練功練法的場域，聖光
是救贖歷程中身體的力量。《西遊記》孫悟空的火眼金睛既可識破妖魔原型，
也能見證得道真界。晚清劍俠劍仙有劍光護體，自有其超然地位。《江湖奇俠

〔註16〕 王德威，〈沒有晚清，何來五四？——被壓抑的現代性〉，收入氏著《如何現
　　　　 代，怎樣文學？——十九、二十世紀中文小說新論》，（台北：麥田出版社，
　　　　 1998年），頁37。

傳》的崑崙、崆峒兩派俠客更大肆擴充方術幻術的神奇，儒釋道的資源集中展現，奇幻功夫體系的落實將身體的聖光推向極致。宗教元素有其神秘與玄妙的作用，身體的成長鑄煉無可避免的由此尋找資源。方術作用於身體的速成與威力最明顯可見的自然是神功的練就。甲馬術運用在雙腿，居然使得唐采九健步如飛、身不由己，想要抱住樹木止步的時間都沒有。（第26、27回）歐陽后成與楊宜男結合的雌雄劍斬妖除魔奪取玄玄經（第 36、37 回），這些神功展示的情節，在爾後的武俠傳奇都被大量的擷取和轉換，化作武功秘笈代代流傳。

　　另有一種武功無關方術，卻有如同神功般的威力。《江湖奇俠傳》塑造向樂山練成無敵的辮子功，不但纏住大樹能將其連根拔起，攢上敵人身體則能將其摔往數丈之遠。（第 13、14 回）辮子也能練成功夫，其實隱含深刻的寓意。近代中國經歷的剪辮子運動距離平江不肖生的創作還是不久以前的事。但辮子到了武俠卻大有作為，並不能簡單視其為遺老姿態。辮子對於中國人而言固然不只是髮式的單純意義，從清朝統治初期就發生了「留頭不留髮，留髮不留頭」的流血事件，辮子與政教的密切關係象徵了異族被統治的俯首帖耳。然而，隨著辮子闖入了西服的世界，辮子卻成了落後、愚昧和頑固的形象。十九世紀六十年代以後清廷官員拖著長辮子出使西方歐美國家，小留學生也留著辮子在異國展開學習生涯。偏偏不辨男女的大辮子卻成了文化衝突的焦點。走在西方世界的中國男人往往被戲稱誤認「中國美女」，辮子還被譏諷為「豬尾巴」，但留辮子卻是「天朝上國」子民的本來面目，一個認證的標準。一個亡國危機日漸深重的政府到垮台滅亡的時刻仍舊擁著留辮的祖制一同陪葬，有形無形的辮子整整影響了數代中國人的身份認同與文化情感的糾葛。剪辮子、戒纏足固然是反政府與求自強的革命姿態，但留辮子的一代卻是對舊倫理、舊習俗的緬懷。辮子的政教意義已非原來的民族色彩，卻隱約滲透了中國文化的普遍性特質，但卻是相對西潮而立的特殊性。辮子曾經作為夷夏大防的重要標誌〔註17〕，其中國性的表徵對於西潮入侵顯然是宣示性的堅持。因此，民國武俠傳奇的擬古典世界選擇在清朝的背景做文章，辮子的想像既無以迴避也合情合理。於是，《近代俠義英雄傳》就有留著辮子的霍元甲戰敗西方大力士，拆毀中國人「東亞病夫」的稱號重鑄民族英雄。武

〔註17〕隨清使志剛出訪的張德彝對於在美國剪髮易服的中國人曾如此訓斥：「汝已剪髮易服，則吾不以華人視汝矣！」，參考張德彝，《歐美環遊記》，（長沙：岳麓書社，1985 年），頁 657。

俠電影中一再複製的黃飛鴻更是廣爲傳頌的拖著辮子的愛國志士。辮子不是武俠傳奇的障礙，在《江湖奇俠傳》卻成了自強的武器。或許向樂山對於無用的辮子生起練就辮子功的念頭，算是廢物再利用。但辮子功的靈活與威力倒是中國本有體格既有尊嚴的膨脹。拖著辮子搖頭晃腦是遺老的身影，辮子舞動身手騰空卻是俠客的傳奇。武俠傳奇的動人處就在幽微的懷舊目光中窺見壯碩的身體。身體因此在想像的界面運作，光暈來自文化中介下的超能體質。

在神秘的玄思中，超現實的時空體仍有現實的時間座標。神功的裝置內含時鐘的快速撥動，不論是救贖身體或超越精神，時間是其關鍵，恰恰在追趕快速自強的中國。寓言的可能就在於屝弱的中國身體與犀利的洋槍洋炮之間的衝突。聖光的臨在就是身體寓言發展的先決條件。神秘宗教經驗賦予身體的魔幻力量對應著體內的魔幻時間，身體的瞬間壯碩與成長形構爲武俠世界的基質。就在身體的內在時間線性的追趕西方視窗下的自強中國，卻也是在阻擋一個中國視窗下古典世界的消逝。而得以保存這個世界的恰好是這一則身體寓言。回頭對照壯遊的〈國民新靈魂〉，當晚清「孔子司爐，墨子司炭，老子司機」的鑄煉國魂場景不過是換上各門派的祖師爺，而祖師爺往往還是活了兩百多歲的大明福王的嫡孫。武俠世界請來民族傳奇人物開山創派，敘事企圖已非等閒。甚至哭道人擺擂臺的對聯就這般寫道：「肩擔孔子，手攜釋迦，將爲吾老祖拓大舊根基」，身體轉換國體，俠者的煉丹寓言不但救贖身體，還豪情壯志的開拓武林霸業。不論先秦諸子或儒釋道長老都將煉國魂世俗化爲掌門傳人的志業，「率黃族以與他種戰」轉換成俠者的正邪對決，自強慾望膨脹爲武林傳奇也不足爲怪了。煉造國魂之際，武學道術的極致就在國族危機的解除。武俠世界因而荒誕神奇、光怪陸離不難理解爲身體寓言的特質。神乎其神的光暈是奇俠的身體，也是古典世界的中國身體。那是精神狀態、物質基礎與心理秩序的綜合體。就在俠客身體有序且系統的在武俠世界中成長、壯碩、追尋，身體自然往寓言靠攏。畢竟，「對事物瞬間性的理解以及蓄意要拯救從而永久保存它們，正是寓言最強烈的願望之一」〔註 18〕。本雅明的寓言概念說明了身體圖強中國之際的「固守中原」意義。

身體被內在時鐘掌控的另一面，是武林門派駕馭身體的外在戒律。身體的時間性焦慮對應著龐大的國族場景，身體／國體的代換預示著無法規避的

〔註18〕瓦爾特・本雅明（Walter Benjamin），陳永國譯，《德國悲劇的起源》，（北京：文化藝術出版社，2001 年 9 月初版），頁 185。

「現實」座標。然而,「現實」在武俠傳奇中僅是一個意義的世界。那相對朝廷政權以外的價值所在。武俠世界門派林立,入門拜師皆有不同的戒律儀式需要遵守,也就指向自足、道德且正義的域外空間的形成。近代中國是身體國家化的歷程,自然也是身體美學的最佳註腳。但武俠傳奇的鑄造身體卻企圖在國族的隱喻之外另闢戰場。《江湖奇俠傳》第 56 回述及峨嵋派大弟子因犯淫戒而自焚了斷。峨嵋派掌門人方紹德定下的戒律有三:不許干預國家政事、戒淫、戒仿盜。戒律的本身規範了武俠世界的基本秩序,俠的流動個體有其行事原則的索引。門派的地位在牽引出俠的譜系的當兒,其實也在建構倫理道德。峨嵋派的三條戒律言簡意賅的說明了俠者相對朝廷之外安居於道德正義的理想世界。傳承的武功秘笈凸顯了俠者追求身體成長的歷程渴望的詩意的居所,俠者武功都有來歷,門派意味著一個其來有自的「家」,一個崩毀於近代國難卻必須重建於武林的居所,甚至可被視為動力的源頭。那是一個家學淵源,私學傳統的延續,被現代性侵蝕而碎片處處的文化餘光反而在武俠傳奇找到表述的格式。神龍見首不見尾的門派掌門彷彿上幾代的文化宗師,傳承的武功秘笈就是私家藏書,調教武藝則在償付以身體中介的古典傳統。武俠世界的具足和隱喻恰如其分安頓了時代採珠者記憶的想像性建檔〔註 19〕。武林門派就如一個個記憶的資料夾,俠者歸檔的同時也在召喚一個超自然傳統的誕生。

另外,門派的定位不純然是俠者登場的根源,在其「身份認證」意義之外卻有倫理秩序重構的意味,那賦予俠者縱橫武林的行動守則。近代新儒家的工程移置武俠傳奇,倫理的規格在內聖開舉外王的心體、性體的超越規模下縮小為身體的單位。作為「中國最後一個儒家」的梁漱溟就以「中國問題」歸納出新儒家的問題意識〔註 20〕。梁先生對中國文化的特殊性與出路進行思考,武俠傳奇的身體觀卻是在回應同樣的脈絡。身體的運作源自門派的背書,師承、寶劍、武功秘笈不過是關鍵的串連,使得身體維持在特殊性的運作。

〔註19〕這對照的應是近代中國的無數學者、文人、知識份子。他們搜索古典記憶、文化素材彷彿在傳統斷裂後的知識廢墟上進行採珠活動。相關討論可參考黃錦樹,〈採珠者,超自然傳統,現代性〉,發表於「兩岸青年學者論壇:中華傳統文化的代價值」學術研討會,法鼓人文社會學院主辦,台北,2000 年 9 月 16～17 日。

〔註20〕梁漱溟晚年以「人生」與「中國」問題概括一生的思想歷程。參考汪東林,《梁漱溟問答錄》,(長沙:湖南人民出版社,1988 年),頁 31

因而武林門派被視爲俠者譜系的閘門，攸關譜系體積的擴充，卻也形同道德的關卡。戒律作爲俠者回歸「家」門的通關密碼，落實了武俠世界心理秩序的重建。相應於梁漱溟、熊十力等人援引佛儒資源整合「人生」與「中國」問題，同處時代氛圍的武俠傳奇衍生的門派戒律自然不脫道德理想。

　　峨嵋派的大弟子了斷之前面對師弟勸阻改投儒、釋、道三條大路時卻暗自喟嘆：

> 我若願意走那儒、釋、道三條大路，早已不從師傅學道了！現在的
> 儒，我心裡久已不覺得可貴，並且科名不容易到手；不得科名，在
> 我們這一教，是不能管他爲儒的！釋家的戒律更難遵守，至於此刻
> 的道家，比儒家更不足貴，都不過偷生人世而已！

弔詭的是，正因爲以俠者爲「道」之必然，偏偏俠者戒律又回到儒釋傳統的窠臼。這表面的矛盾，卻隱喻了信念與激情之間的張力。斷裂中的傳統無以維繫安身立命之道，俠者的出位指向了激情的生命形式，企圖衝出時代，擺脫困境。但禮樂教化卻是生命的道德本體，傳統的格局是唯一信念。戒律生根於武俠世界，卻清晰的印證著時代的生命應對。俠者以刀劍平恩怨，卻同時以道德理想自詡，箇中意味可隱約見到歷史斷裂處浮現的新儒家身影。若細心檢視，戒律生根於近代武俠並非個案。晚清的《仙俠五花劍》的結局高潮竟是號召仙界十大劍俠下凡翦除犯了色戒的叛徒，就清楚透露道德自律的基調。俠者負載著殺出血路的時代期許，他既是激進的生命型態，也是保守的道德主體。俠之身軀是膨脹體格，手中寶劍是絕對武器，俠者守在禮樂崩壞處自然寄寓著不能含混的角色。然而，時移事往，王度廬在四十年代經營的「鶴鐵五部曲」系列，《鶴驚崑崙》老拳師鮑崑崙誅殺犯了淫戒的徒弟，《寶劍金釵》俞老鏢頭手刃仇家竟也是犯了淫戒之人，二人謹守倫常禮教以致引來一連串的復仇情節。念茲在茲的戒律招惹了愛恨情仇，道德主體越是緊繃越有崩毀之虞。以致到了《臥虎藏龍》李慕白和俞秀蓮還在迂腐的禮教邊緣磨蹭之際，玉嬌龍卻以決絕的姿態告別禮教，追求愛情的自我自主而遁入江湖。愛情恐怕只是幌子，五四浪漫個人主義告別的是禮教森嚴的「家」，而武俠傳奇的俠者卻是縱橫門派林立的江湖，投入於鑄煉身體，超脫精神的丹爐。「鶴鐵五部曲」以三代人的故事終結了以戒律包裝的道德主體，解放的不純然是個人主義，而是精神自主空間。被撕裂的道德主體擴散爲更廣泛的人文價值。就在《鐵騎銀瓶》玉嬌龍生下即被掉包的孩子韓鐵芳雖在父母臨死前

都未能相認，但憑著一股助人的義氣卻陰錯陽差的讓父母羅小虎和玉嬌龍死在自己懷中。這抒情的人道佈局仍不出道德理想。

「鶴鐵五部曲」跟五四浪漫個人主義的對話，固然調整了武俠傳奇的格局。但既定的人倫價值從來不在武俠世界缺席。門派留下戒律痕跡，師承有著督導之責，武俠譜系的完整與傳承規範了武俠傳奇的面貌與精神。歷代創作者筆下的江湖承繼前人的精髓，搬演重組武俠零件的同時，卻無法捨棄身體的界面。相對習法練武作為武俠傳奇入門的身體歷程，門派戒律自然也可被視為另一種的身體儀式。《江湖奇俠傳》冷泉島的長春教雖有邪魔外道形象，但對於旗下女弟子的入教，卻請來三山五嶽道友見證一場身體受戒儀式大典。掌門鏡清道人立下三條入教資格：不怕死、不怕痛、不怕羞。以咽喉刺入尖木樁、以手臂印上烙鐵、以裸體展示眾人前（第 110、111 回）。這詭異怪誕的教條儀式企圖挑戰人體人性的極致，卻是赤裸裸的將道德教誨自人身剝離。就在純粹的身體意義上檢測、批判偽善、貪生怕死、藏污納垢的世俗心靈。這以極端的身體姿態展示（反）道德理想，儀式與戒律的背後意指身體與道德的曖昧關係。前述的身體光暈不只是飛揚蹈屬的練武之軀，還是戒律制衡的道德身教。武功的極致是暴力的顛峰卻也是抒情的境界。在刀劍平恩怨處隱然可見的往往是道德光輝，但烏托邦背面卻潛藏一個反道德身軀。《江湖奇俠傳》的崑崙、崆峒兩派始終未能開打，武藝高強的邪教居中攪局和天外高人酒俠的武功展示，都適時提醒了武功背後正面的道德力量以消弭仇恨。內置的時鐘與外在的戒律拉拔了身體的潛能和想像，整體回應了晚清以降身體國家化的歷程。故而，雄渾溝通於身體這一堂皇意象，灌輸正面陽剛之氣實乃期待以道德力量平恩怨。但梁漱溟以降的新儒家念茲在茲的心性主體的內在超越作用於大俠的形構，其超然物外，悠遊武林的姿態到底有著成長的磨難。王度廬的「鶴鐵五部曲」完成了大俠心智成長歷程的過渡。民國武俠的身體啓示到了金庸集大成的展示會有身體的抒情美學與哲學意境也就不足為奇了。戒律被視為入門入派法則，讓身體在儀式性的部署中落實於建構性的倫理秩序。然而，身體的瞬間壯碩卻鋪陳了更為龐大的成長主題。

第三節　成長：神秘奇遇與少年中國

當《江湖奇俠傳》的故事起點始於一場奇遇，傳奇時間的進駐預告了魔法空間的運作。俠者與身體從此被賦予奇特和神秘的吸引力，而武俠的傳奇

時空體自然適宜成長主題的完成。從其貌不揚卻有過目不忘本領的柳遲混在丐幫三年，這一趟獨走江湖的經歷，卻也混得馱七個袋的資格。然而，奇遇一旦啓動，柳遲接連遇上清虛觀的笑道人和崑崙派的元老金羅漢呂宣良，並得以拜師學武，崑崙派的譜系就此展開。奇遇固然抓住了一個譜系，同時也是身體轉型的契機。誠如張大春先生指出的譜系結構性功能：倫理、教養、允諾〔註21〕。俠者投身其中，身體往往有了成長意義。然而，當焦點著眼於身體和奇遇的關係，譜系的價值就可擴大爲冒險的主題、體質和成規。身體尤其在冒險的歷程中，俠者傳奇才有完整的磨難、掙扎、轉折和覺悟。畢竟，奇遇的魅力與神秘感體現於人格化的或善或惡的魔法師。他提拔了俠者的境界與經驗，而總體「冒險」的精神，指向了超越世俗的成長寓言〔註22〕。

當奇遇啓動譜系的串連之際，張大春卻也指出了譜系的先天宿命：俠者傳奇的完成必得在譜系內有個結局。因而，最後的高潮或決鬥往往在期待之中。另一方面，譜系的負擔恰恰在於其龐大的人物檔與物件體系，因而譜系牽引著人物，透過奇遇或機遇卻又抓著一個又一個的譜系，顯然這種演進性的形式導向了一個冒險的歷程。弗萊清楚定義這種冒險爲「追尋」（quest）〔註23〕，一種衝突的期待。而追尋的節奏意味成長的企圖。因此，最高潮的冒險結局顯然在最初的部署中就已聲明。武俠世界的時間本來就碎做系列的傳奇片段，奇遇搭上時間序列的縫隙，反而成爲武俠世界的常規。這意味著俠者存在於這樣的時空體中，經由或善或惡的「美女」及「魔法師」形象的指引，身體或經驗的成長自然隱含在武功的最後展示，又或冒險主題的最後了斷。故而，奇遇每抓住一個譜系，就預告了一個高潮的結局。

不過，柳遲在《江湖奇俠傳》很顯然只是引子的角色。經由他所帶出的崑崙、崆峒兩大派系恩怨，終究沒有柳遲登場大展身手的機會。俠客個體的成長還不是《江湖奇俠傳》的主軸，倒是譜系的最後高潮結局竟是兩派高手

〔註21〕見張大春前揭文，頁 512。三者關係環環相扣，卻是武俠傳奇運作的關鍵。由起點到終點的機制設定，武俠傳奇無形中表現出其終極關懷：一個成長的路徑。

〔註22〕武俠小說隱含著成長主題並非新鮮話題。早在戴俊等人歸納武俠敘事的核心場景：「仇殺、流亡、遇險、拜師、習武、尋寶、豔遇、受傷、療傷、情變、結友、復仇、被害、復生、奇遇、得道成眞、歸隱……」就可見出俠客成長的演繹。但攸關成長的關鍵元素與成長背後的意義才是本文關注的重點。戴俊的研究可參考氏著，《千古世人俠客夢：武俠小說縱橫談》，（台北：台灣商務印書館，1994 年），頁 92。

〔註23〕諾思洛普・弗萊（Northrop Frye），《批評的剖析》，頁 226。

的集體覺悟。平江不肖生沒能解決的恩怨，趙苕狂的續筆就來了一個大圓滿
收場。轉折的箇中原由，恐怕還是平江不肖生在傳奇時空體不斷地引入歷史
時間，「刺馬案」〔註24〕的介入就是最大的歷史標記。儘管平江不肖生搬弄了
說書系統中常用的「傳聞」、「聽說」技巧，以審理「刺馬案」的刑部尚書鄭
敦瑾的女婿躲在屏風後竊聽到審訊的「真相」而傳奇式地為張汶祥平反，但
「刺馬案」已有一個不算傳奇的結局：俠客必死。理所當然，「已成事實的結
局反過來成為這樣的武俠敘事中角色的歷史宿命」〔註25〕，再有「傳奇」隱
情的「刺馬案」終究是一個已解決的譜系，完整的歷史時間生硬的介入未完
成的崑崙、崆峒兩派的「傳奇」，奇特的世界換上寫實場景，附著魔力的壓縮
時間被迫回歸常態，兩個時空體的緊張關係，終究發生排擠效應而體現在譜
系的預掐。張大春先生點破了平江不肖生筆下的「刺馬案」解決不了，在於
傳奇譜系接收動作的不完整。這隱約指出了傳奇寓言體的特質，一個春與冬、
黎明與黑夜的大自然循環運動，或用詹明信的說法：「傳奇完全是那種世界的
世界性揭示或展現自己的形式」〔註26〕。因而，「某種內在的、非概念的意識
型態功能」所意味的成長或道德啟示就在「追尋」的冒險歷程中發生。而歷
史命運的解決往往可以在傳奇時空體的邏輯中獲得全新的意義。然而，「刺馬
案」的失足在於其未能抓住「寓言」特質，且未能有效完成兩個譜系的整合，
連帶使得崑崙、崆峒兩派的恩怨也阻絕於這一場的循環體系。平江不肖生不
能完成的成長，趙苕狂同樣以柳遲起筆接續另一個奇遇，牽引出另一個邪惡
譜系，部署衝突的善惡對決條件，終究使得明顯的善惡決鬥，完成了崑崙和
崆峒兩派的大領悟、大成長。

　　奇遇所意味的冒險旅程，在其節奏性的過程中見證了成長。這樣的發展
模式在中國古典小說傳統中並不稀見。學者余國藩視《西遊記》為煉丹寓言

〔註24〕 「刺馬案」為閩浙總督馬新貽遭張汶祥刺殺的滿清四大公案之一。事件發生
　　　　於 1870 年 8 月 22 日。歷來野史、筆記、戲曲、小說不顧官方說法而對此案
　　　　件多有附會，以致流傳了一個桃色糾紛的版本。平江不肖生的創作乃依據此
　　　　版本。事實上，這應為一件攸關湘軍黑幕的政治謀殺。相關研究可參考高尚
　　　　舉，《刺馬案探隱》，（北京：北京圖書館出版社，2001 年 4 月初版）。
〔註25〕 這是歷史小說的敘事宿命，而武俠傳奇引入歷史演義的成分，意圖透過傳奇
　　　　時空體在史實的界面做文章，其「寓言」的特質也就昭然若揭。黃錦樹，〈否
　　　　想金庸——文化代現的雅俗、時間與地理〉，收入王秋桂編，《金庸小說國際
　　　　學術研討會論文集》，（台北：遠流出版社，1999 年 12 月初版），頁 602。
〔註26〕 弗雷德里克·詹姆遜（Fredric Jameson），《政治無意識》，頁 99。

指出了一個歷經身體磨難與精神歷練的成長文學典型。晚清《七劍十三俠》和《仙俠五花劍》的凡間俠客奇遇劍俠劍仙，帶動的更是身體經驗的全面成長。故而，晚清知識份子的招魂體系仿如煉丹般的鑄煉身體，到底寄寓著一個脫胎換骨的新國魂，付諸武俠傳奇實踐則是少俠歷經身體與精神雙重成長的經驗，甚至成就一代憂國憂民的大俠。《江湖奇俠傳》發展奇俠的譜系仍算接手晚清劍俠劍仙的餘緒，但其中柳遲、向樂山等少年拜師學藝雖未竟全功但已有成長之旅的雛形。《近代俠義英雄傳》敷衍大刀王五、霍元甲等近代俠士拳師傳奇，但受限於紀實的脈絡，倒是現成的「大俠」形象。眞正完整的俠客成長之旅，恐怕是到了王度廬的「鶴鐵五部曲」才有三代俠客的新陳代謝。俠者之循環應驗了肉體與精神的代換及淬煉，一個比一個更有道行的師父，一個比一個更有作爲的少俠成了武俠傳奇的魅力所在。這「追尋」的冒險歷程實乃演繹成長的靈魂，最大的衝突高潮還在於少俠壯碩以後的實力展現與精神發揮。武俠的「雄渾」氣象牽制於成長的完成。

「鶴鐵五部曲」縱橫三代非常細緻的鋪陳了幾段俠客的成長歷程。從《鶴驚崑崙》掀開序幕，少俠江小鶴逃過仇家鮑崑崙的毒手毅然走上報父仇的獨行路，並奇遇九華山老人而學成絕世武功，爾後又經幾位少年英雄紀廣傑、李鳳傑的挑戰與相交，最後徘徊於跟鮑崑崙孫女鮑阿鸞的初戀與復仇意志之間，導致鮑崑崙自盡、鮑阿鸞殉情而黯然歸隱。這是非常典型的俠客成長，「復仇啓動──奇遇武功──江湖洗禮──事成歸隱」，其中再加上友情、愛情、正邪種種的對立與困惑，新派武俠由此借鑒了整個敘事框架。《寶劍金釵》的少俠李慕白爲李鳳潔之子，學藝於紀廣傑，但不甘在叔父家寄人籬下，遇上鏢師女兒俞秀蓮發生曖昧情愫，但俞有婚約使得李要進京謀事，卻從此走上江湖路。中途發生俞的未婚夫孟思昭因救李而死，李俞二人終究未敢逾越禮教。金釵爲孟以死酬知己的遺物，寶劍爲李在獄中被江南鶴（已成一代奇俠的江小鶴）救走時留劍以結緣。媒灼之言的金釵對比自由愛戀的寶劍，俞面對的愛情抉擇，卻預告了下一波禮教與江湖的衝突。《劍氣珠光》以李慕白盜走靜玄和尚的點穴秘笈而展開武功追逐之旅，而俞秀蓮則追蹤楊麗英姊妹下落而牽引出其兄楊豹（羅小虎）的脈絡。《臥虎藏龍》以九門提督千金玉嬌龍與大漠山寨羅小虎的愛恨糾葛鋪陳了跟李、俞兩代人因盜劍引發的衝突對立。終究玉嬌龍在捨棄禮教桎梏與江湖世故以跳崖的絕決姿態孤身避走大漠。《鐵騎銀瓶》的故事以玉嬌龍生下即被掉包的兒子韓鐵芳及養女春雪瓶的

成長相遇為主線，陰錯陽差的使得韓鐵芳跟羅小虎及玉嬌龍結識為忘年之交，而二人最終得以死在兒子懷中卻來不及相認。至於韓、春二人也有情人終成眷屬。

從以上五部曲繁衍的故事情節來看，俠客的新陳代謝異常明顯。這恰似家族譜系的格局，開啟了三個世代的愛恨情仇與江湖糾葛。鮑崑崙做為一代武師終究淪落到避走江小鶴，最後自行了斷的地步。江小鶴行走江湖縱有「初生之犢不怕虎」的豪氣，中年以後作為奇俠江南鶴也只能黯然隱居九華山。李慕白大鬧北京的意氣風發卻囿於迂腐的禮教只敢跟俞秀蓮以兄妹相稱。俞老鏢頭刀法威震江南卻病死於仇家追殺的路上。玉嬌龍任性妄為、敢愛敢恨的撕裂禮教與江湖的虛偽，卻因為深深傷害了父母的心，與羅小虎的一宿纏綿後背負愧疚離去。少俠一代又一代的更替，人生的成長卻處處留下痕跡。雖然俠者退場的身影不見得漂亮，但少俠的接續登場卻是萬眾期待。這似乎說明了武俠傳奇的敘事宿命。一個進行式的成長才是情節的引人入勝之處。少俠的出位，標誌了成長的典範。但成長的儀式卻鎖定在一個最初的關鍵動作：「闖」。

江小鶴背負仇恨四處拜師「闖」出復仇路，李慕白離開俗世的家業而「闖」入北京的地方勢力，更因點穴秘笈而「闖」出武功爭奪之戰。玉嬌龍覬覦青冥劍「闖」入權力糾葛，更直接告別豪門禮教「闖」入江湖。俞秀蓮接替父親的鏢局獨「闖」天下。羅小虎自幼流離而「闖」出戈壁大漠的寨幫。「闖」在武俠傳奇中往往是「激烈地告別」，告別未經涉世的青澀、告別老朽的傳統，告別孱弱的身體；同時也是「熱情的期待」，期待一個自強自足的開始、期待一種意志的完成、期待個體的浪遊與精神自主。這些顯露的對比在武俠傳奇清晰可見。但箇中的寓意，卻值得發掘。晚清時刻《七俠五義》白玉堂的「闖」揭露了俠義公案小說的正義法律的不穩定狀態〔註 27〕，但民國此刻少俠的「闖」卻推向了歷史、傳統的裂變。如果白玉堂的「闖」是個人英雄主義挑戰政治機器，那麼民國少俠們的「闖」卻是成長的跨步以建構「少年中國」。「闖」就如同成長的靈丹，跨上一步就走向了時代的不歸路。因為「闖」的同時，意味著斷裂。斷裂固然是近代中國的歷史傷痕，但訴諸武俠的通俗想像，卻極力以成長的速度來彌合傷痕。在武俠場景中對秘笈武器的追求是最

〔註27〕關於《七俠五義》白玉堂「闖」的內涵探究，王德威教授有精彩分析。參考
Wang, David Der-Wei . *Fin-de-siecle Splendor : Repressed Modernities of Late Qing Fiction,1849-1911.*（Stanford:Stanford University Press,1997），p139-146。

清楚對應的成長渴求。另一個面向則是斷裂背後的啓蒙光輝。五四新文化運動健將切割傳統、追求現代性在武俠傳奇卻有批判性的擷取和轉折。

　　相對飛劍法術等等奇幻色彩較濃的武學場景，「鶴鐵五部曲」是偏向寫實路線的技擊場面。當代武俠小說的研究成果對「武學」、「武器」已有細緻論述。其中陳平原教授針對武學的演進點出了一個「從『寶劍』到『寶劍加暗器』再到『寶劍加暗器加內力』」〔註28〕的由外轉內提昇至武學境界與精神的發展歷程。這大抵說明了近代武俠傳奇的武學意義。但武功武器的意象卻有一個成長的側面價值需要說明。「鶴鐵五部曲」的第三部《劍器珠光》出現了新派武俠傳奇中常見的信物：寶劍與武功秘笈。這部被葉洪生視爲「半路殺出程咬金」〔註29〕的突兀之作主要是因爲李慕白一反之前的俠義形像成了盜取「點穴秘圖」的不義之俠。然而，這嗜武若狂的「不義」，卻開啓了武俠傳奇的固有常態。武學秘笈和武器做爲俠客成長的必備工具，往往有著「速成器」的意義。這對應於身體的內在時鐘倒是一種具體化的顯像。《江湖奇俠傳》中還需門派師父傳承的絕學，到了俠者獨走江湖，經歷個人成長之際，卻是取之於外自求自尋的結果。走出門派或不在門派的俠客，就在追尋武俠傳奇中的信物，一個連結超能體格的信物。意外取得、強行奪取或高人指點，都是成長歷程的意外助力。然而，這往往也是武俠魅力的所在。不論寶劍、武功秘笈或劍術都體現了神秘物的光暈。不管有無來歷，古老的劍俠傳統已是超然的能力與技術。武功與兵器從來都遙遙指向這樣的神秘體系。況且中國歷代的鑄劍不乏記載，武功秘笈在二十年代還曾大量湧現。故而，這些眞實存在過的寶劍和秘笈相對於王度廬創作時的現實世界已是民俗學意味的懷舊物。偏偏俠客超能的體格卻是讀者迷戀的依據，寶劍與秘笈在神秘懷舊的意義下顯然是成長的附加價值。讀者隨著俠客覓得寶劍與秘笈的過程，根本就是移情作用下的自我主觀境況的展現，尤其它內含過去超能傳統的記憶。俠者成長的意圖並不私密，讀者浸淫於寶劍與秘笈的追逐，使得武俠世界的信物獲得了公眾生命。武俠傳奇的曖昧魔力，就取決於遊走在夢與現實之間的成長願望。

〔註28〕陳平原，《千古文人俠客夢》，收入《陳平原小說史論集‧中卷》，（石家莊：河北人民出版社，1997年），頁1037。

〔註29〕葉洪生，〈「悲劇俠情」哀以思：細說王度廬《鶴～鐵》五部曲〉，收入氏著《武俠小說談藝路：葉洪生論劍》，（台北：聯經出版公司，1994年11月），頁297～299。

　　李慕白迷上靜玄和尚的點穴功夫，卻私下盜取「點穴秘圖」自學。這盜取的追尋動作，預示著冒險歷程中的衝突。他們在俠客行中遍訪成長的技術與機遇，只是一個日後新派武俠稱霸武林慾望的縮影。秘笈或寶劍作爲武俠世界的信物和契約，提供了認證程序以標誌俠者的成長，甚至統馭武林的象徵。當然更是一個譜系的傳承。《劍氣珠光》李慕白意外取得的青冥劍成了《臥虎藏龍》玉嬌龍盜劍闖江湖的起點。這樣的因緣標示了玉嬌龍的成長之旅，一個繼李慕白之後的少俠開始上路。憑著青冥劍，她獨步江湖掀起風雨。賴著那習自九華山的武藝，幾番失手的劍她硬是追回。偏偏那九華山的武藝，還是她放火燒屋以獨佔先生高朗秋無意間獲得的《九華全劍全書》才能學會。爾後被李慕白奪回的秘笈，卻在玉嬌龍處留有一手繪本，最後經由《鐵騎銀瓶》的玉之養女春雪瓶交還玉嬌龍親生兒子韓鐵芳。這經由信物串連起來的譜系，卻是漸進的推演出成長的衝突高潮。代代接替登場的少俠並不始於同樣的起跑點，倒彷彿接力賽似的延續一個成長的公眾生命，一則公共期待視野下的成長寓言。然而，成長寓言總有其冒險的節奏。「鶴鐵五部曲」經營的成長高潮就在《臥虎藏龍》中玉嬌龍一個激烈的「闖」。徘徊世俗規範與精神浪遊之間，玉嬌龍藉還父願跳下捨身崖，從此禮教江湖兩相撕裂。俠者的自主自由就此展開〔註30〕。

　　《臥虎藏龍》可謂近代武俠傳奇中極有意味的典型作品。從晚清的斷裂到五四的切割，傳統與個體的關係在武俠傳奇有了一次統一的處理。老朽的國體、封建的禮教在五四文學作品中淪落爲被批判或剔除清理的對象，卻在武俠傳奇有了不一樣的處置。當身體替換國體，自由意志替換禮教，五四作品處理少年的方式，到了武俠傳奇卻有另一番的行動意志。玉嬌龍現象，不純然只是女性問題。在一個少年的脈絡下，玉嬌龍上演的個體與規範衝突的戲碼，較五四作品別有深意的，是一個「以武犯禁」的逾越衝動。封建禮教、世故人情在在都是銅羅壁網，玉嬌龍以一己之自由心靈意志所要挑戰的，不僅是女性的傳統角色，而是體制。玉嬌龍的盜秘笈盜劍都是一個不安於室的

〔註30〕一個有趣的對比是李安在 2000 年導演《臥虎藏龍》電影版時，更動了情節順序。當羅、玉兩人的一夜纏綿換成在玉嬌龍視爲「娼寮酒館」的武當山，所謂的武學霸權。玉嬌龍隨後躍入峽谷自盡，個體自主能量的爆發顯然更爲巨大。這恐怕已不能是續集的開始，卻象徵俠者浪遊的無限性延伸。張小虹教授將玉嬌龍跳崖的翩翩身影視爲欲仙欲死的性暗示，倒是「闖」進了情色烏托邦。

心靈，偏偏窮追不捨的李慕白和俞秀蓮卻以極世故的勸誡、寬容曉以江湖道義。禮教世家是傳統包袱，江湖規範是另一套遊戲規則，玉嬌龍遊走其間隱約可見近代中國少年衝撞體制的意氣與怨氣。逃婚後的玉嬌龍就留下了這番感嘆：

> 兩個持短刀行劫的小賊，也值得自己亮出青冥劍，這實在太污辱自己的青冥劍了。但由此卻又感到江湖上坎坷難行，以自己這樣高強的武藝還得受大氣、惹小氣，處處時時都得防備著，真是討厭！因此又悔恨自己過去作的事。就想：「若不認識羅小虎，若不護庇高師娘，若不惹劉泰保，當然再沒有那魯君佩，自己此時不是仍在北京宅中作小姐嗎？會武藝也沒有人知道，哪裡能在外面受這些氣，吃這些苦呢？」（第 10 回）

可見江湖並非現成的理想世界，玉嬌龍初涉其中儘管持有青冥劍而意氣風發，但江湖遍布的心機、陷阱，甚至相對廟堂而立的龐大文化精神感召卻使其處處受限與碰壁。王度廬著墨於玉嬌龍現象，披露了近代心靈的兩難處境。玉嬌龍的任性賭氣是體制下待不住也出不去的少年性格，儘管有點無理取鬧、不辨是非，但顯然造反有理。對比李慕白和俞秀蓮雖為江湖中人卻囿於禮教規範，玉嬌龍對體制、命運、江湖的無可奈何賭氣，就更有其必要。《臥虎藏龍》第 14 回敘寫玉嬌龍無力自李慕白手中奪回青冥劍和九華山秘笈，咬牙切齒的憤恨道：「無論有多少人鎖著我，困著我，我要得不回我的書，取不回這口劍，我誓不為人！」青冥劍為李慕白所有，九華山秘笈為李慕白的師兄所失竊，他自玉嬌龍手中取回自有道理。但背叛師傅，脫離親族的玉嬌龍卻強力質疑李慕白：「你不是我的師傅，又不是我的親族，你憑什麼要永遠管轄著我呢？」寶劍秘笈如同生命的動力，成長的自主，玉嬌龍拼死要回的是自我掌控的權力。但敗北的憤恨化為無盡的傷感：「空負一身本領，但所得到的是什麼？得到的是被辱、遭欺、坎坷、失意、母死、骨肉乖離、情人分散」。王度廬老老實實的教誨著讀者，身體成長固然輕易，但精神自主卻難取得。爾後武俠傳奇中失意的俠客儘管因緣各異，但都是生命不得自主的流放。「人在江湖，身不由己」倒有幾分紀實了寫在家國之外的漂泊離散。俠客寄存於江湖不一定都找到著力點，卻要努力學著成長。因此，玉嬌龍最後跳崖終結一切，捨棄禮教、江湖、愛情而不知所蹤，恐怕是近代中國少年自強幻影的挫敗。「少年中國」光鮮亮麗的背後，隱含著一種流離

的創傷。而創傷的光譜置於思想史的視域,「那正是近代中國文化與歷史解
體過程中釋放、游離出來的精神浪遊的現代個人的意識」〔註31〕。新派武俠
世界從此出沒浪遊者,都可以回顧到玉嬌龍的身影。王度廬創作「鶴鐵五部
曲」已是四十年代,近代中國的顛沛流離盡收眼簾。「少年中國」雖在政治、
文學、文化革命的旗幟下響徹雲霄,但時代的傷懷已烙印在少俠起步的成
長。書名《臥虎藏龍》隱喻羅小虎和玉嬌龍的愛恨情愁只是表面的解讀。臥
虎藏龍不也指向江湖的險惡與偽善,甚至人心的叵測與內在衝突。然而,後
者已是新派武俠傳奇的重頭戲。但江湖行的如臨深淵和衝撞意氣倒揭示了俠
者的成長必經之路。那一個冒險的衝突總在期待之中。

　　歷來論者對王度廬作品的研究,都指陳了「悲劇俠情」的特質。言下之
意,王度廬筆下人物都有宿命的悲劇性格和結局。從頑冥不靈的鮑崑崙自盡
了斷、貫徹復仇意志的江小鶴孑然一生、優柔寡斷的李慕白遺恨情場、任性
妄為的玉嬌龍孤獨終生,與其說他們是江湖世界果敢勇為的俠客,還不如視
其為錯置江湖的文人。俠者性格的人性化或文人化作為歷來論者檢視武俠類
型成熟的標準,往往還是寫實意義下的「文學人生」格局。但饒富趣味的,
卻是一個「俠情」元素的進駐會把武俠帶到什麼地方?這可以有兩個觀察的
側面。才子佳人的情愛入主江湖,主導了敘事動機與情節佈局。江小鶴的復
仇大計功虧一簣源於對初戀情人鮑阿鸞的心理障礙。李慕白和俞秀蓮的愛戀
始終跨不過禮教的護欄,曖昧情愫的拉扯磨蹭蔓延在江湖行的路上。羅小虎
和玉嬌龍橫跨疆域、身份的轟烈愛情終於爆破禮教與江湖的帷幕,但釋放出
的卻是更大的悵惘與悲情。終於韓鐵芳與春雪瓶幾經波折完成有情人的圓滿
大結局,卻彷彿了結上一代未能完成的姻緣,二人從此歸隱研究起玉嬌龍留
下的手繪本《九華全劍全書》。俠者已逝,武俠譜系的傳承還是回到那武功秘
笈。但俠者的愛恨情仇卻在結局的高潮塑造抒情美學的高度,那迴腸盪氣的
意境才是最大的消費存取。奇俠、寶劍、秘笈搭配純淨感人的愛戀,那帶有
懷舊色彩的另類社會時空其實接近古典詩詞的抒情傳統,或是才子佳人小
說。只不過那是比較「傳奇」的有情天地,而得以抽取更為純粹的愛情「姿
態」與「目光」。王度廬的「鶴鐵五部曲」縱橫三代俠客的恩怨糾葛提供了新
派武俠極大的啟示。那跨越世代的「家族」譜系不只是以神秘物件的傳遞為

〔註31〕黃錦樹,〈否想金庸——文化代現的雅俗、時間與地理〉,收入王秋桂編,《金
　　　　庸小說國際學術研討會論文集》,頁 602。

主，而是人情演繹的舞台。作為陽剛敘事的武俠傳奇，卻自此推向抒情傳統的範疇。

　　其實俠情的定義還有一個更廣泛的親情面向需要被注意。當二十年代平江不肖生努力為俠客張羅來歷開啓武俠譜系的傳承，四十年代的王度廬卻以亡父傳統標誌了武俠傳奇推動譜系的動機。江小鶴、李慕白、羅小虎、韓鐵芳都有父親缺席的成長經驗。而亡父的包袱有時更是一個「不共戴天」的復仇動機促使少俠毅然走向江湖成長之路。然而，失怙現象不會只是王度廬人生經驗的投射〔註 32〕。新派武俠大家對此多所借鑒並進一步演繹少俠對父親形象的幻設、崩毀、絕望的反覆歷程〔註 33〕。如此一來，少俠的失怙現象顯然大有深意。當五四一代作家努力以「弒父」行為開創新文學的格局，武俠傳奇的「不在場的父」恐怕需要透過時代的目光加以解讀。如果「少年中國」標誌時代少年成長的願景，他意圖擺脫的恰恰是那已腐朽不堪的「老大帝國」，或是躺在手術台上有待解剖的「國故」屍體，並以少年的氣象重鑄中國。有趣的對比是，同樣在武俠的脈絡少俠的離家成長卻源於一個不在場的「父」。不論是復仇動機下的成長或是流離孤兒的闖天下，父的缺席卻容許了機遇的可能和空間，同時以「師代父職」的門派在「家」的意義下矗立江湖，傳授少俠絕世技藝和道德戒律，以個體的壯碩來回應父不在的先天缺陷。這部少俠的成長藍圖往往是道德、法規森嚴的文化理想。相較於五四傳統對「父」的妖魔化進而演出「弒父」行為，武俠傳奇卻因為少俠的失怙所造成的成長缺憾促使少俠「以師代父」完成一個尋父的歷程。而復仇、稱霸武林都是成為「大俠」的必經之路。其中的快感與豪氣填補了父之缺席的人生失落。但尋父之旅走到盡頭，卻赫然發現父親身影竟是十九世紀末垂死邊緣的「國體」。挽不回的歷史宿命，壯碩的俠者只能護著父的神祖牌在無盡的江湖浪遊。

　　儘管武俠傳奇的創作有著極現實的商業動機，但武俠世界通俗之餘，卻

〔註 32〕王度廬七歲遭父親棄養，從此與母親、姊弟過著辛苦的成長生活。學者徐斯年以為王度廬筆下俠者的失怙是個人主體精神的投射，倒忽略其中可能存在的文學意義。參徐斯年，〈悲劇俠情小說類型的完成者王度廬〉，收入范伯群編，《中國近現代通俗文學史》，（南京：江蘇教育出版社，2000 年 4 月初版），頁 689～690。

〔註 33〕金庸筆下眾多人物如郭靖、楊過、張無忌、令狐沖等人皆面臨「父不在」的成長之旅。相關研究可參考宋偉傑，《從娛樂行為到烏托邦衝動：金庸小說再解讀》，（南京：江蘇人民出版社，1999 年 9 月初版），頁 97～107。

漸進朝文人化過渡。無可否認，王度廬的作品是近代武俠傳奇的重要轉折。
當近代中國知識份子的心靈訴求以扭曲的鏡像投映在武俠的世界，寫實化的
進程尤其凸顯了其摹寫「現實」的意圖。而「現實」的價值往往意味著人道
精神與人文主義，那閃爍著五四靈光的啓蒙精神。鮑崑崙幾番要對年幼的江
小鶴下毒手以除後患卻憶起他與孫女兩小無猜的情感而裹足不前，江小鶴終
有幾回處決鮑崑崙的機會卻也念及初戀情人而一拖再拖；玉嬌龍面對被掉包
了的女嬰雖滿懷怨恨卻對「直用小臉兒拱奶」的女嬰生發母性誓言要視如己
出。前述的江湖成長歷程和逾越衝動幾乎整合了新派武俠的敘事母題與格
局。不論是古龍筆下的江小魚，金庸筆下的喬峰、郭靖、楊過、張無忌、段
譽，這些角色的復仇、成長、戀愛歷程對照王度廬的「鶴鐵五部曲」，似乎都
有性格的原型可供索引。簡言之，他們都在一個成長小說的格局中生成。成
長的顯著特色，自然是少俠的歷練、磨難與壯碩的過程。雖然武俠傳奇的譜
系在寫作意義上都是歷代接收與傳承，但文人化的寫作轉折在王度廬的作品
上卻有標竿的意義。不無誇張的說，王度廬可能就是金庸、古龍、梁羽生等
新派武俠大家的啓蒙。

　　從世紀初少俠的登場，激情的姿態掀起的氣象整整影響了半個世紀。現
實中訴諸流血革命的青年到武俠傳奇煉身習法的俠客，無論雅俗階層都在期
待或消費一個近代思想史、精神史意義的「少年中國」思潮。當熱血青年獻
身革命，五四青年批判傳統、反抗禮教，叛逆青年以極端鬥爭建立黨和民族
的烏托邦，梁啓超喊出的「少年中國」經已用激烈的手段告別那「老大帝國」
或「老朽傳統」。然而，一代青年在以行動證明自己位居前線，領導時代之際，
作爲流行文化商品的武俠傳奇卻餵養著廣大的世俗心靈。武俠所意味身體速
成的虛擬世界，卻在荒誕離奇、神秘超然的故事裡鋪陳了世俗群眾期待的成
長經驗。少俠與老英雄的輪替，獨步江湖與稱霸武林，武俠傳奇的部署正可
被視爲普羅大眾世代相傳的一則神秘成長法則。他們鑄煉身體，重構文化，
鋪展江湖，四海爲家。武俠傳奇實乃演練成長公式，既是想像性的寄寓少年
期待，卻也安頓了少年徬徨。「美哉，我少年中國，與天不老！狀哉，我中國
少年，與國無疆！」武俠傳奇少俠輩出，統領江湖，梁啓超的「少年中國」
找到了最佳的文學實踐形式。

　　事實上，「少年中國」的概念並不侷限於 1900 年梁啓超發表的那一紙宣
言。在梁啓超前後，「少年中國」一直都是朝廷社會的自強藍圖與期待。若

細心探究其中脈絡都有清楚的醞釀與發展。1872～1875 年清政府展開的四批「幼童留美計畫」很難說不是少年中國的雛形〔註 34〕。1877～1885 年李鴻章、沈葆楨先後派遣三批福州船政學堂與北洋水師學堂的畢業生赴英、法、德國家學習海軍技術，更直接奠定留學生圖強中國的策略。然而，留美幼童都是從 10 至 16 歲不等的稚齡，留歐學生則是平均二十歲左右的少年。這些幼童少年作為洋務運動中「師夷長技」的新主體，走上「洋科舉」、「洋翰林」的光輝前程卻肩負著自強中國的學習使命。不過，留洋的學習歷程卻充滿挑戰與不適。留美幼童頭戴錦緞帽子、腳穿軟緞靴子，身著長馬褂、大長袍，還拖著長辮子的模樣自然面對文化衝擊，其中還有不少幼童因而夭折。當然更為波折的，還是清政府嫌忌他們西化過深有害於國家社會，中途被政府召回國卻沒有受到重用與善待，更遭致傳統士大夫的鄙視與排擠。「少年中國」的成長磨難，根源於清政府「天朝大國」的獨尊心態。然而，甲午戰敗的慘痛經驗使得清政府為挽救岌岌可危的國體，不得不施行「新政」，對於年輕留學生重燃起「少年中國」的期待與幻想。1896 年清政府開始對日本派遣留學生，1903 年更頒佈張之洞擬定的〈鼓勵遊學畢業生章程〉對取得學位的留學生授予科名與官職。1905 年乾脆取消科舉制度以留學畢業生考試代之。留學成了大勢所趨，少年遠度重洋學習長技作為振興中國的新景觀，少年的身體與成長勾勒了時代願景。不過清政府對留學生群體的利用，終究只是著重其技術性的支援與改革。他們服務於海軍、郵電、鐵路、礦冶雖有所建樹，但留學生的最高成就也不過是袁世凱、張之洞幕府的外交官，從未有留學生擔任清廷的中樞大臣而得以對決策核心發言。清政府不可能發生質的改變自然也預告了垮台的一天。但值得一提的是，清政府與美國達成利用美國退還的庚子賠款促成的留美方案，使得 1909 年重啟留美的新頁。1911 年更設立清華學堂以作為赴美留學的預科學校，在將近二十年的留美風潮中以官費與庚款津貼的兩種方式造就了 1700 餘人的青年留學生。

綜觀近代中國的留學教育史，清政府選取幼童少年作為培育的重點，反映著清末民初的少年培訓計畫基本可被視為「少年中國」的實踐縮影。同時更指出了兒童留美的企圖根本是舊中國期待新青年的內在投射。這批學童背負著政府與社會的期待，十數年異國學藝的生涯，等待學成歸來，以西學的

〔註34〕必須說明的是，有關幼童留美與少俠成長的連接性論述乃引申自作家張大春先生的獨到見解。謹此致謝。

新知識造就新中國。然而，從留美幼童的經驗卻彷彿看到了少俠闖蕩江湖的原型。近代中國的少年成長版圖，恰恰與國體發生曖昧關係。留學的動機出自圖強中國，但學成歸國所受到的歧視卻也來自國體的自尊。若將幼童留美現象置入武俠脈絡搬演一次，就是一次龐大的少俠集體闖蕩江湖，投入門派拜師學藝的歷程。這當中卻有門派與武功的正邪之分。習自外道的武功儘管犀利，卻不見容於名門正派。從此俠客的江湖行波折磨難不斷，猜忌、排擠恩怨重重。然而，武俠傳奇到底正邪分明。少俠成長的終極自有稱霸武林的機遇。留美幼童黯淡坎坷的人生到了傳奇時空體終究獲得正義伸張。

　　另有值得注意的，民國以後以「少年中國」精神號召的社團刊物就有陳獨秀創設的《新青年》（1915）、少年中國學會先後出版的會刊《少年中國》（1919）、《少年世界》（1920）及《少年社會》（1919）、台灣青年會發行的《少年台灣》（1926）等。當國家儼然成為少年的世界，以「少年」標榜的論述和想像，是相對的新氣象與新動力。而論述背後體現的國族想像，少年的身體代現了老朽國體，啟蒙與成長頓然成了新中國的精神主軸。五四以降進駐的現代性，凸顯的批判與革命性格清晰浮現少年精神。同樣的景觀在通俗讀物的武俠傳奇，透過身體的成長經歷寄托著少俠的時代寓言。從留美兒童到新青年時代，顛沛的歲月期待少年，也刻畫少年。衰疲的國體從少年身上看到希望，意味青春的欽羨與成長的渴求。二十世紀少年的旗幟顯得耀眼，無異說明了近代思想史的症狀。俠義話語勾通於革命實踐並不稀見。倒是武俠傳奇的啟蒙成長價值體現了「少年中國」景觀，而俠者稱霸武林則可視為「中國進入成人世界的國家」〔註 35〕的近代夙願。武俠文學由此啟動新的想像可能。

第四節　江湖：魔法時空與文化中國

　　武俠傳奇搬演俠者奇遇、愛戀的成長事蹟，武林中的啟蒙目光與權力爭奪標舉著國族寓言，刀光俠影中介入的歷史演義與才子佳人使得武俠傳奇離不開人世糾葛的基礎。偏偏敷衍的傳奇故事往往情節詭異迷離，人物神乎其神，這樣的小說場景相對日常生活敘事顯然是陌異化的時空。附著魔力的「時空體」

〔註35〕梁啓超，〈中國立國大方針〉，收入《梁啓超全集》，（北京：北京出版社，1999年初版），頁 2488～2507。

作爲形式兼內容的新界面，武俠傳奇從此展開的冒險歷程顯然有了純粹的隱喻，透過烏托邦式的遨遊完成了俠者的精神文化實踐。而群體的慾望消費就在這另類的社會時空中獲得歡樂與寄託。

事實上，武俠小說傳奇化的「時空體」就建立在民間廣場的活動身體與「奇幻物像體系」的背景上。民間廣場被視爲庶民階層喧囂的系統，從來都是通俗文學處理的重要材料。化作地理空間的意義，當廣場不僅是知識份子的「高談闊論」場域，它更可能是庶民流動的空間，尤其鏢局和會黨轟立的近代中國社會。民間廣場顯得意義非凡就在於身體的座標可以縱橫南北東西，相對的精神自由與體格膨脹便有所依據。因爲身體的遊移，地理意義上的無限延伸所帶動的物質建構而搭起的自然布景，適時完成了中國性的準備。民俗材料的傳統意義與集體記憶，有如瑪德蘭的點心蛋糕，在日常敘事的陌異化中陷入不由自主的回憶，其中散發的精神光暈還原了民間的骨架，中國性誕生於整體材料編碼的過程。換言之，武俠世界的江湖，不過是傳奇時空體中敞開的兩個思維向度：地理空間與文化時間。而兩者的「著魔」就形構了江湖的詭魅色彩與無限張力。

其實早在晚清俠義公案小說描述的社會場景，就已清楚勾勒一個遊民社會的雛形。種種江湖的當行本色各有溯源，但移置到武俠傳奇的時空體，奇遇、宿緣、天命的干擾破壞了線性的日常秩序，機遇人格化而成爲江湖角色並不稀見，一切彷彿牽引魔力，起著關鍵性的魔法作用。於是，武俠傳奇常見的鏢局成了江湖行的中介單位，以保鏢爲名的大江南北走動串連起無數個俠義故事。會黨幫派秘密幹起在野的反朝廷革命事業，還有作奸犯科的盜匪勾當也直接推動著冒險的旅程。隨著鏢師與黨徒的足跡，引發的種種曲折情節往往使得足下的地圖延異爲更大的文化版圖。信物、纏鬥、俚俗民情、鄉野奇談，不論屬於地方志、人類誌的文化知識庫的調動皆佈下編碼程序，江湖在寫實與虛擬間立下文化標誌，使得相隔遙遠的大漠江南成了點與點的咫尺距離，所有的傳奇事跡發生在兩點之間的空白處。遊移成爲可能，不因爲俠者的神功而是傳奇時空創造了一種形式功能。常態的奇遇與寓言元素對時間與空間的破壞及擺佈，使得「神州土地上地理的無限性」在這樣的形式基礎上變得可能。

當《江湖奇俠傳》還在「紀實」的意義下將故事侷限在湖南一代的地理位置，「鶴鐵五部曲」系列則在「闖」與「浪遊」的姿態中將地理空間無限推

展，從大漠、京城到江南彷如點與點之間的跳躍。《鶴驚崑崙》的江小鶴爲復
仇展開訪師學藝的旅程，奇遇鏢局綠林好漢及九華山老人，《寶劍金釵》的李
慕白因情傷出走京城後又在獄中被江南鶴搭救至九華山，《臥虎藏龍》的玉嬌
龍大漠邂逅羅小虎，又在京城盜劍闖江湖，終至隻身避走大漠。《劍氣珠光》
的李慕白盜取靜玄和尚的秘笈招致師徒大江南北的追殺。這一連串的奇遇、
冒險、衝突預定了遊走的可能與必然。不因爲仗義行俠，卻是內在情節的恩
怨糾葛，俠客的江湖行被賦予的故事吸引力染上了個體的意義。所有個體的
成長經歷選擇了江湖作爲實踐的場域，無異是相對「公」與「群」的普遍性
價值而立回到了近代中國語境中個體觀念的起源。但有趣的是，武俠傳奇的
物質場景恰恰提供了個人與集體民族經驗結合的中介，不論身體與奇幻物像
皆有意識的指向了受到衝擊的斷裂經驗主體。在這層意義上，以俠爲單位的
個體成長經驗同時也是集體經驗的敘述。

　　除了地理空間的意義，民間廣場的重要布置萬萬不能缺少的則是民俗材
料。當文化、宗教、社會習俗等等蔓延開來的群眾消費素材企圖以僞百科全
書的型態張羅武俠世界的日常細節〔註36〕，這意圖「紀實」的姿態自然與社
會性發生了關係。這豐富的細節彷如歸鄉的路標，佈滿在武俠傳奇時空的細
節物像，帶著神秘與文化的靈光牽動著讀者進入已被陌異化的日常世界，在
近距離凝視懷舊的光暈。不論極其奇幻的武打或詭魅的情節，不由自主的歸
返記憶，一個屬於自足自強的成長記憶，事實上已勾通了另類的社會時間。
從武俠被多媒體形式集體消費的盛況看來，群眾的夢與現實經營何嘗沒有社
會性的時間意義？

　　《江湖奇俠傳》敷衍奇俠的神秘事蹟最常見的技擊場面都是幻化的劍術
方術。作爲道教元素的方術技藝，對於奇幻的想像魅力通常有著加分的效果。
平江不肖生以紀實的姿態爲眾奇俠立傳，且不停昭告讀者這些事跡不過就是
平江縣內所發生的事故，或鄉親父老傳承的鄉土記憶。奇幻的方術眞實與否
並不重要，但作者以方術塡充敘事的上下文，讀者漫遊於似眞似幻的場景見
證了民間廣場中傳說記憶。有心人曾替《江湖奇俠傳》歸納出將近三十二種

─────────────────────

〔註36〕金庸小說是一個極有說服力的個案討論。黃錦樹教授以「僞知識」結構定義
　　　　金庸小說呈現的「歷史文化掌故及醫卜星相，琴棋書畫，武術毒藥」等等武
　　　　俠基礎素材，並視其爲武俠傳奇世界的「中國細節」，完成武俠「中國性」的
　　　　知識準備。有關討論請參考黃錦樹前揭文。

的方術技藝〔註37〕，可見當這些填充於情節轉折的宗教奇幻元素表化作寓言敘事，空間時間扭曲爲魔法意義，讀者經由變形、虛幻的時空體經驗了武俠意義下的僞身體。近代以降武俠大興的深沈消費意義，恐怕是腦袋丈量身體的寓言吸引力。僞身體的魔法意義打造了另類的個體實踐方向，那以想像性體格結合「魂」與「國體」的寓言衝動，揭示了召喚歷史意義的場所。就在僞身體化的空間，所帶動的中國性物質建構配合著時間的壓縮也代現爲文化時間。民間廣場恰恰是在尋覓文化光暈與時間意識。而僞身體的本質意義除了是「少年中國」的道成肉身，卻寄寓著幽微的精神側面。那必須形諸於身體，透過「漫遊者」的目光追回近代歷史創傷前後的片段記憶及其閃爍的鄰鄰微光。僞身體所結構化的江湖闖蕩及漂泊身世意圖塑造的浪遊個體，憑著剛健、成長、革命的單位功能衝撞體制彰顯了屬於身體的文化懷想與歷史價值。在這基礎上，俠者不但是身手非凡的膨脹的個體，還是飽滿剛健的精神主體。深不可測的武林高手或江湖奇人，往往投射爲身體、心體、性體三者結合的崇高位格〔註38〕，內在超越之路隱約呼應著俠者成長的煉丹寓言。

自告別清官的廟堂，俠客寄存於江湖的詩意居所，已從各類當行角色的聚集地易幟爲俠客意識的浪遊處。俠客以江湖爲家彷如龐大居所，體現的地理與文化的時空意義確實導向了一個自主精神空間的發展。歷史斷裂、傳統崩毀，穿梭遊蕩其間的幽靈與心靈恰恰尋覓落腳處。當《臥虎藏龍》的玉嬌龍跳下捨身崖摒棄禮教束縛之身，撕裂禮教江湖的僞善面紗，箇中釋放的心靈能量已迴盪於武俠世界。然而，與羅小虎的一夜纏綿之後，她終究單騎孤劍漂泊大漠。《鶴驚崑崙》江小鶴終於擒獲殺父仇人鮑崑崙卻失去復仇的快感，初戀情人鮑阿鸞也因此恩怨意外死去，失落與創傷替代了正義伸張，一場復仇的江湖行最終指向了九華山的歸隱之途。《寶劍金釵》的李慕白和俞秀蓮的相互愛慕卻始終跨不過已故的孟思昭，這無關有形的禮教，卻是無形的心防，一生以兄妹相稱終老九華山。好不容易《鐵騎銀瓶》的韓鐵芳與春雪瓶有情人終成眷屬，卻也拒絕榮華走向歸隱之途。「鶴鐵五部曲」以巨型的創

〔註37〕林建揚，《平江不肖生《江湖奇俠傳》《近代俠義英雄傳》研究》，（台北：文化大學中文系碩士論文，1994年），頁160～178。
〔註38〕借用新儒家「心體」、「性體」的用語，只是強調武俠傳奇成長、壯碩的身體觀在文化危機的意義下還有「由體達用」的內在超越之轉折。就在身體的意義之上，俠者也體現爲充盈的生命主體（道德本體），開展出有「價值意味」的「無限性」。

傷描寫人性的峰迴路轉與人生的顛沛流離，俠客的江湖已擺脫廟堂之外伸張正義的行俠特色。大俠的國仇家恨（平江不肖生《近代俠義英雄傳》）縮小為人心人性幽微陰暗的枷鎖，江湖不因為相對廟堂而存在，卻是俠客心靈的寄存。那一場身體成長的嘉年華其實早已預告結局。不論滿漢之爭或中西較量，歷史的佈局沒有太多迴旋的空間。壯碩體格背影下的幽暗心事，才是江湖的主題。學者徐剛為平江不肖生「寫不下去」的《江湖奇俠傳》下了一個意味深長的註解：「『刺馬』切斷了聯結江湖和公堂／廟堂的橋樑」〔註39〕。對於志在廟堂的平江不肖生（他曾任北伐軍第一軍軍法官），他卻不能經由江湖回去，回去解決一個江湖道義上的懸案。回不去卻也待不住，江湖從此「異域化」，以「他者」的目光審視歷史傷痕與追憶前身。《江湖奇俠傳》為江湖的「去廟堂化」劃下了深刻的一筆，「鶴鐵五部曲」的抒情感傷結構化為浪漫江湖。從此江湖的權力自成格局，卻在抽象的地理文化時空的無限性中烘托抒情美學。宦門出身的玉嬌龍跨入江湖，間接凸顯了廟堂覬覦已久的精神自主。爾後新派武俠的乾隆皇帝與革命的天地會陳家洛的手足之情，蒙古郡主趙敏愛上反朝廷的明教教主張無忌，廟堂勢力往江湖偷渡印證了後者的精神魅力與誘惑才是武俠的重頭戲。所謂手足情深、兒女情長不過是情節的妝點吧了。「反清復明」的喻象只是江湖的觸媒，俠者的追憶前身由此覓得途徑。

　　回到江湖作為民間廣場的意義，除卻正邪俠客的善惡觀念的處理，一個呈現百姓狂歡與攪局的角色，卻幾乎左右了武俠傳奇的行進。當巴赫金的狂歡詩學著眼於拉伯雷作品中的廣場，武俠傳奇的民間也同時窺見了狂歡意義下的身體效果。對照於拉伯雷作品中人體器官怪誕的解剖，武俠傳奇的身體卻經歷神聖與粗俗、崇高與卑下對立的詼諧式處理。

　　當道德的戒律身教左右俠客身體的實踐性格，身體的另一面卻與民間廣場的社會性發生了意義。如果晚清陳冷血的〈俠客談〉乾淨俐落地將身體剖解歸類淘汰算是一則感時憂國的啟示錄，無可否認那還是一則身體的狂歡化詩學。神聖崇高的優生學的自強中國意圖對照身體粗暴瘋狂的肢解湮滅，二者的融合指向了身體思想的雜交。一種民間廣場的消費形式。民國以後的《江湖奇俠傳》，平江不肖生以長春教的女眾入教儀式展顯身體的生理與道德極限，則是身體廣場的嘉年華。刺喉、烙臂、裸體，群體女眾的身體表演對道

〔註39〕徐剛，〈江湖：歷史與小說的舞台〉，收入《金庸小說與二十世紀中國文學國際學術研討會論文集》，（香港：明河社出版有限公司，2000年），頁282。

德掛帥的江湖戒律實驗了身體的逆向操作。剛健勇猛、道德潔癖的俠者肉體在主導陽剛敘事的美學之餘，反面的價值發生在身體狂歡化的舉措。平江不肖生意圖扳倒成規，卻也鞏固了正邪對立的合理性。名門正派的身體鑄煉相對邪魔外道的狂歡身體，歷史的正邪留下了曖昧的隱喻。民國武俠傳奇普遍寄託的反清復明的政治寓意，其實可以縮小爲身體的場景解讀之。從大清天下失守的民族尊嚴與中國性恰恰也是敗在義和團的狂歡身體的歇斯底里式的自強抗敵。1919 年間魯迅跟陳鐵生針對拳匪與技擊術的辯論大抵反映了身體自強的戒慎恐懼態度。文人與武生的對話，卻形成了神話與歷史的不同詮釋角度〔註 40〕。當以技擊圖強中國的身體遭遇清除傳統糟粕的理性，武俠傳奇的膨脹身體依舊，但卻眞實回應著群眾廣場的時代渴望。只是神話般的身體從此有了道德光環，神功護體也因此有了正統依據。自此以「光復」及「鞏固」中國性正統爲己任的民國武俠傳奇，無可避免的落實於道德身體美學。

當長春教的鏡清道人聚集女眾向觀禮的各方門派展示身體的反常演出，就有如義和團的少女兵團紅燈照對抗洋人的技倆。西方以洋槍洋炮壯碩的「身體」在武俠傳奇的戲仿則轉換爲以神功鑄煉的身體，但卻以道德戒律區別之。所謂名門正派的武功修練其實離不開義和團實踐的「通靈」結構。「通靈」意味速成與招魂的身體狀態。身體成長的鑄爐煉丹寓言無異是招國魂的身體速成結果。武俠傳奇的正派武功必須以道德框限之，正是規避義和團式的狂歡身體的盲目愚蠢消耗。然而，廣場的喧囂必有管道流竄而出。狂歡身體的顯形，顛覆了正規的陽剛敘事，卻在小市民的笑聲中驚見美學的品味與批判。國體的鄉愁在正規與狂歡的身體對立下完成了隱喻的轉換。

另有一個觀察的側面則是小丑的身體。以小丑的詼諧身體演出窺視正反身體的對決，呈現出江湖正邪對抗中的荒謬情境。《臥虎藏龍》貝勒府的拳師「一朵蓮花」劉泰保是遊走於李、俞、玉、羅糾葛之間典型的插科打渾的角色。雖然武功不高，卻又自以爲是。玉嬌龍盜劍的戲劇張力還因爲有著劉泰保的纏鬥，以他不錯的推理、蠻撞的行事、蹩腳的武功糾纏得玉嬌龍不得不

〔註40〕有關魯迅與陳鐵生的論爭文章均發表於《新青年》。三篇文章分別爲：魯迅，〈隨感錄〉第 37 條（1918 年 11 月 15 日，第五卷第五號），陳鐵生的〈拳術〉（1919 年 2 月 15 日，第六卷第二號）及刊載陳文之後的魯迅的回應〈拳術與拳匪〉。針對該論爭的分析可參考柯文（Paul A. Cohen）著，杜繼東譯：《歷史三調：作爲事件、經歷和神話的義和團》（南京：江蘇人民出版社，2000年 10 月初版），頁 195～202。

放棄大家閨秀的偽裝而避走江湖。相對於李慕白高高在上的「大俠」氣派，劉泰保這種「不是英雄」的江湖跑腿卻穩紮穩打的撐起了江湖的市井味。他好管閒事，性格魯莽，從頭到尾的跑龍套戲碼卻輕易地戳破「大俠」的假象。江湖的俠客面貌不應該只是劍俠傳統的武功深不可測且道德潔癖。他理所當然有一個市民階級，一個江湖世俗化的原動力。《臥虎藏龍》以劉泰保聯同陝西捕頭蔡九父女對通緝犯碧眼狐狸的生死決鬥，展開了極有戲劇效果卻又真實穩當的技擊場面。劉泰保三人在決鬥前臨陣交換兵器，劉泰保憑著借來的流星錘，展開遊戲式的偷襲：

> 但此時碧眼狐狸只顧了眼前，卻不料「崩」的一聲，不知是誰，一流星錘正打在她的後腰上，碧眼狐狸趕緊忍痛竄身跳到了路旁，劉泰保像個猴子舞著流星錘又奔上來打。碧眼狐狸一進步，鐵柺杖正戳在劉泰保的左肋，劉泰保覺著上身一發麻，趕緊躺在地上，就地一滾，咕碌咕碌像個球似地滾出了很遠，這手藝名叫「就地十八滾」，專破點穴。
>
> 此時嗖！嗖！蔡湘妹連打了兩隻飛鏢，全被碧眼狐狸躲開，父女又雙槍齊上，緊扎急搠，可是碧眼狐狸的身軀躲閃得太靈活了，同時她的鐵柺杖真是神出鬼沒，此蔡家父女無法得手。碧眼狐狸一邊舞棍，一邊警告道：「小心些！我要用點穴了！」正在說著，就聽崩地一聲，後邊又是一流星錘，正打在她的脖子上，差一點就是後腦。
>
> 她大怒，翻身掄棍，劉泰保卻又滾跑了。（頁 53）

這次交手的結果是碧眼狐狸被徒弟玉嬌龍給救走，而捕頭蔡九則死在玉嬌龍擲回的飛鏢。這戲劇性的發展，卻極有張力的鋪陳了武功、俠客的雅俗、高低對比。尤其點穴還是李慕白在《劍氣珠光》中盜取自學的上乘武功，到了碧眼狐狸的施展，卻被劉泰保不雅及草根的「就地十八滾」給輕易破解。俠者的境界縱使高來高去，但顯然有一個喧鬧的廣場系統。

　　雖然這次滑稽詼諧的交手，相較李慕白和玉嬌龍劍光如電的高手過招是顯得笨拙〔註41〕，但狂歡化的身體演出恰是戲謔了高手過招形式上的虛張聲

〔註41〕具像化的對照，自然是李安導演的《臥虎藏龍》電影版。電影中的蔡九死於自己所用的怪異武器，劉泰保笨手笨腳的作勢偷襲，蔡湘妹壯聲勢的要為娘報仇卻只有射不準的飛鏢。相對李慕白跟玉嬌龍遊走竹林之顛的比試，那三人圍捕碧眼狐狸只是一場鬧劇。鬧劇的誕生，揭穿了大俠世界的莊諧，卻指

勢，也嘲諷了神奇武功的傳統。粗俗拙劣的技擊還原了民間廣場的肢體語言，既顛覆劍俠傳統的優越感，也展示超能體格卻有最人性平民的侷限。死在玉嬌龍飛鏢下的蔡九，遺下孤女蔡湘妹卻因為跟劉泰保有著共同對付玉嬌龍的目標，日久生情而結為夫婦。至於相互愛慕的李慕白和俞秀蓮卻礙於解不開的心結而了然一生。英雄大俠對照市井小人物，江湖別有意味的推展兩層人物的世故人情，凸顯了衝突性的矛盾之必然。

劉泰保的小丑形象成了偷窺的窗口。從他的行動與目光看去，所謂的大俠不過是虛妄的存在。就在《臥虎藏龍》青冥劍的竊案中，相對李慕白起初對劍的不在乎的置身事外姿態，劉泰保倒留下了這樣的對白：「幸虧還有我們這一伙不是英雄的。要不然，玉嬌龍不定怎麼暗笑，魯君佩不定怎麼得意啦！」可見江湖的事故與糾紛終究需要市井角色的班底撐著，武功高強、超然物外的大俠英雄只是理想的化身。在茶肆酒館的民間場景中，這些小丑角色串起了武俠的靈魂，賦予著俠客遊走江湖最紮實也最人性化的現實基礎。相對俠客的矜持、架子與高不可攀，王度廬為漸趨文人化的俠者性格拉回到廣場，以這批「不是英雄」的小丑人物妝點俠者的民間氣息。江湖在意識浪遊的至高點仍牽制著民間喧囂的廣場性質，新派武俠大家古龍倒是於此有所繼承。從此新派武俠以民間詼諧通往狂歡詩學，突破了正義與道德的凜然氣質，卻普遍化了武俠傳奇可能的審美功能。市井酒館人性化，武俠傳奇回到了廣場，在江湖原初的意義上展示激情的渴望。詼諧的身體，狂歡的美學，武俠傳奇注入新生活力難道另有深刻寓意？巴赫金倒自己掀開了底牌：「小說要負擔起的一個最基本任務，就是戳穿人與人一切關係中的任何成規、任何惡劣的虛偽的常規。」〔註42〕身體在廣場就是想像的飛翔，不論正面的玄想或反面的狂歡，都由此試煉著成長的況味。武俠傳奇的群眾消費意義就在於此。

從民間廣場進入到浪遊的無限境域，武俠傳奇的創作出發點反倒像是傳奇時空體中撰寫的魔法書。若是回頭檢視武俠傳奇最大的寓言魅力，無可否認江湖的超值想像，文化界標與抒情境界完成了純粹的烏托邦經驗之旅。而烏托邦的想像根源，卻有一個不需追溯過遠的起頭。三十年代左翼作家批判

向了技擊的源頭：狂歡的身體。大俠的生成淬煉自身體的儀式。而聖光臨在的身體其儀式性的歷程卻隱然可見世紀初拳民的身影。

〔註42〕巴赫金（Mikhail Bakhtin），〈小說的時間形式和時空體形式〉，收入氏著《巴赫金全集‧第三卷》（石家莊：河北教育出版社，1998 年 6 月初版），頁 357。

武俠小說的基礎，往往取決於江湖的總體特質，一個供小市民呼吸、想像及逃避現實的精神窗口。就在這一個相對現實而立的世界，心靈的匱乏將現實對象化爲浪漫的古中國及開闊的江湖視域，往往寄託著對現代中國的欲求不滿。常態性的災難、文化知識的廢墟、傳統的潰散、現代化的暴烈、日常生活的機械性、人情世故的戾氣，這一切不必然只是現代世界的景象，尤其近代中國以革命爲起點，五四傳統的文化起義，卻以決然的姿態告別過去，現代化急促的步伐迫不及待建立起合法的象徵秩序。歷史斷裂後的凌亂場景的快速整合不過就是新文學標榜的「感時憂國」，那以「可表現的事物去勉強逼近那不可表現的事物」〔註 43〕的書寫方式，卻擋不住這樣的趨勢：中國自此流亡。

　　一個時間、空間、身體、精神的流亡者身份確立了古典世界的必然復返，美學化的日常細節與物質場景構築了中國的江山與人情世界。江湖的情境經由武功、寶劍、秘笈構築的成長路徑，文化知識庫立下的路標，一切建構的物質文化氛圍以寓言替代物完成心理秩序的部署。江湖存在於武俠世界，不過是文化中國矗立的界面。走過百年的武俠文學類型，滋養的「文化中國」不必然只是文學的創意與技藝，它其實含有政治性的一面〔註 44〕。然而，武俠對照現代顯然都是懷舊的目光，但卻在另類的社會時間捕捉住那流亡的中國。相較於五四的「現代性」書寫對「中國經驗」的無法企及，尤其那「純粹」的一面；武俠傳奇其實也非常「現代」。

〔註43〕相對民國通俗小說體系的「暴露」和「過剩」的寫作姿態，五四的新文學傳統顯然有著「潔癖」的敘事起源。但中國「現代性」的書寫進程卻一直受到歷史「悲風」的干擾，以致那理應被處理的「中國」卻一再懸置、延異，最終流亡。關於「現代性」與「悲風」的討論，可參考黃錦樹，〈中文現代主義：一個未了的計畫？〉，《謊言或眞理的技藝》，（台北：麥田出版社，2003 年 1 月初版），頁 39～40。

〔註44〕武俠小說的「文化中國」現象，往往還可以投射到近代以來新儒家念茲在茲的中國文化的重建。在杜維明倡導的「儒學第三期發展」中試圖勾勒的大中華圈還可能大體籠罩在武俠傳奇的文化中國消費。一個可能的民族主義共同體的發生，恰恰在於那有著政治與地理意義的「中國」的聯想。而「文化」倒成了中介。相關討論可參考黃錦樹〈否想金庸——文化代現的雅俗、時間與地理〉，頁 603～607。

第六章　總論與展望

　　本論文以「國族與歷史的隱喻：近現代武俠傳奇的精神史考察」為題，總論了從晚清至到民國的武俠傳奇在歷史與寓言面向詮釋的可能。論述的起點由一個近現代「武俠」消費的知識與文化場景開始，以說明在時代氛圍及歷史情境下武俠傳奇誕生與大興的特殊意涵。在晚清之際，俠義公案小說的「武俠化」進程，恰恰在公案稀釋化的轉折中凸顯了俠義敘事參於時代景觀的積極動作。於是，在武俠零件重組的契機下，武俠傳奇的應運而生就代表了家國場景已內含於武俠的敘事動機。一個寓含著集體經驗和想像的文類，經由大俠武功，寶劍秘笈敷衍了虛擬江湖世界，在現實家國困局當中覓得烏托邦慾望實踐的可能。雖然武俠類型乃程式寫作，卻往往將虛構拉抬至寓言的高度，在五四傳統的「現實」經驗中無以表述的「光暈」，卻在武俠經營的迷魅虛擬實境中實現了「文化中國」的典範。

　　然而，武俠傳奇的世界並非完全相對五四傳統而立。箇中的對話，啓蒙光輝與人文關懷的互通，潛在影響了俠者精神與人倫秩序的建構。傳奇的譜系與俠者的主題經由平江不肖生與王度廬前後的經營與互通，大抵宣告了武俠傳奇成熟的雛形。作為國族與歷史的隱喻，民國武俠傳奇發展至王度廬僅是平原中矗立起的一座山丘。真正武俠傳奇的集大成，恐怕還是留待金庸在五十年代開始的創作。文化中國概念的實踐，完整體現在金庸十五部著作的俠者譜系與浪漫江湖。

　　金庸開始其第一部的武俠創作《書劍恩仇錄》是在 1955 年的香港。作為百年以來武俠小說發展的顛峰，金庸現象提供了武俠類型思考的契機。是什麼樣的「集大成」狀況體現出武俠傳奇的新魅力，一個整合成功的江湖場景

也許道出了其中底蘊。在國族寓言的解讀向度下，武俠傳奇所展現的「文化中國」概念卻是在金庸作品上才達至高潮。面對已成「金學」且汗牛充棟的「金庸」論述，本文仍有必要就「金庸與中國文化重建」的議題作爲總論式的思考以回應武俠傳奇在精神史考察的意義。

另外，武俠類型也是延續至今的殘存說部形式。這接續書場魅力演繹而成的案頭文本，恰恰扮演著說書人的角色，在現代社會凸顯其舊腔調與歷史情懷。從形式意義上思考，武俠傳奇的魅力不僅是其中的敘事零件與程式語言。就在說部的形式，武俠的類型意義倒成了說故事者傳承的經驗。本雅明筆下的說故事者，在懷舊的目光中找到存在的意義。武俠傳奇內在的古典時間因而與說部形式構成唇齒關係。

本文將從以上兩個問題展開討論，以補充論文的「精神史」框架的基礎結構。

第一節　金庸與中國文化的重建

以「飛雪連天射白鹿，笑書神俠倚碧鴛」外加《越女劍》所構成的十五部武俠大作，在歷經十七年的創作與十年的修訂增刪，金庸所成就的武俠顛峰已明顯是里程碑的意義。無論是相對民國的舊派武俠或五十年代以後創作的新派武俠，金庸作品的成熟形式與恢弘氣象帶出了一個值得思考的重點。就在總體性的江湖消費意義下，論者再三以「文化中國」定位之，無異提示了兩個探究的面向：中國細節與抒情境界〔註1〕。

自民初平江不肖生在《江湖奇俠傳》置入宗教性的奇幻元素以降，武俠傳奇接續中國古典小說的神怪傳統顯然已是順理成章，同時敷衍成爲武俠敘事的一支主流。然而，奇幻色彩不純然只是文本的虛幻場景架設，偏偏結合鄉野異聞的運作使得奇幻元素導向了有著現實基礎的傳奇故事，爲武俠世界的域外想像與體質膨脹提供了關鍵性的路徑。奇幻元素既可像還珠樓主的《蜀

〔註1〕 黃錦樹教授和學者田曉菲都先後提出了「文化中國」的概念。其中就這兩個面向也多少有所觸及。而「中國細節」爲黃教授的「創意」，意指填充武俠文本上下文的（僞）文化知識，且是雅俗交錯有著「正當性」的知識傳輸。相關討論可參考黃錦樹，〈否想金庸──文化代現的雅俗、時間與地理〉，收入王秋桂主編，《金庸小說國際學術研討會論文集》，（台北：遠流出版社，1999年），頁587～607。田曉菲，〈瓶中之島〉，《中國學術》（2001年1月，第五輯），頁203～234。

山劍俠傳》一般推向玄想的極致，也可以像王度廬以「神秘物」代之，收斂奇譎想像而落實俠骨柔情。但詭魅奇幻作爲武俠虛擬敘事的特色，並不有助於歷史成分的演繹。而從民國的張恨水、王度廬到新派的金庸，另一條以「寫實」爲主的武俠敘事路徑也漸次成熟。金庸從《書劍恩仇錄》起家到《鹿鼎記》的收束，一個俠骨柔情的革命志士對上鬧劇的油滑醜角，乾隆和康熙相距不遠的歷史背景，最神氣的俠客與最厲害的武功都不出現其中。在《書劍恩仇錄》解決不了的歷史宿命，最後以陳家洛情迷香香公主而朝著雅化的才子佳人模式調和。但在《鹿鼎記》中同樣無解的天地會與朝廷衝突卻換成了不是英雄的韋小寶擔任鬧劇醜角，且還照搬演男女情事作結。只不過這回的才子佳人變成了妻妾成群。本文無意過度強調其中的雅俗對立，或往大觀園崩毀的意象解讀。但有趣的是，中國細節或抒情境界在這當中發生了何種作用？中國細節的羅列，可以是琴棋書畫、醫卜星相、武術毒藥、文化用典、歷史掌故等等作爲寓言替代物或神秘物的方式呈現。但更深層面的，卻可以進一步探究俠客、歷史與這些細節的互動關係。種種透過中國細節張羅的詭魅江湖，其壯闊卻是有別於壯麗河山的精神氣象。因爲精神的自主與遊移，地理的無盡襯托廣袤的天地。乾隆數度遁入江湖，已揭示《書劍恩仇錄》收編廟堂歷史記憶的潛在企圖。在《鹿鼎記》中庶民階層的搬演所勾通的只不過是換成康熙主政的朝廷，而竭盡俗化之能事的韋小寶的刻劃，玩弄歷史與康熙於鼓掌間，卻嘲弄了儒家傳統的大敘事。但兩者有著異曲同工之妙的故事背景，而《鹿鼎記》則顚覆了固有的俠者傳奇格局。如果陳家洛的兒女情長還算是閒情的雅致，那韋小寶的眾女通吃卻是喧囂的媚俗。兩部作品皆生根於僞文化構築的江湖，但敷衍而成的世界，卻是截然不同的俠者閨閣與市井社會。

　　我們可以試問「文化中國」從何顯影？宣揚俠者風骨的江湖回到士林的記憶想像，而搬演庸俗的地痞事蹟顯然顚覆王者風範的雅正，卻見證了世俗的熱情。文化中國確實何其高貴，但也必然俗庸。金庸鋪陳了俠者實踐歸返的的文化心理秩序，卻也沒有漏失世俗技藝。歷來論者對《鹿鼎記》的解讀多有附會金庸的寫作時代背景，也提出許多爭議性的論辯〔註2〕。典型的看法

〔註2〕　在美國科羅拉多大學召開的「金庸小説與二十世紀中國文學國際學術研討會」有多篇討論《鹿鼎記》的論文，也代表著紛呈的意見。參考李以建編，《金庸小説與二十世紀中國文學》，（香港：明河社出版有限公司，2000 年 10 月初版）。

諸如：「儒家倫理的精神龍骨已被拆除，韋小寶以後，俠義英雄盡成前朝故事。」〔註3〕但韋小寶背後的世俗江湖卻也是真實確切的民間廣場。武俠寄託的不僅是陽剛美學的抒情，也就在「反英雄」的世俗經驗中，更能對生成於近代的俠者傳奇進行美學品味與批判。

　　中國文化訴諸於武俠，不再是精緻的國粹，反而有點世俗的日常化，一個寄託傳統記憶與歷史情懷的瑣細書寫與想像性建構。而昇華到成熟的形式，卻體現爲抒情格式。江湖規範的時間與空間，恰如其分的演繹著日常化的中國細節。無論清雅高尚的大俠風采，還是油腔滑調的流氓混混，武俠世界的真正「中國」，源自於那歲月靜好的抒情中國。儘管刀光劍影，殺氣騰騰，俗與閑作爲抒情中國的想像，詩詞傳統是妝點，文化常識與掌故是路標，但真正的導引顯然是消費的存取和情趣。學者田小菲意圖證明道德框架與反諷之消解是爲金庸筆下文化中國的進程，但換個角度說，那應該是抒情的境界。不管是道德潔癖還是情深款款，才子佳人搭上武俠的布景，抒情詩的情結顯然發生作用。那浪漫化、詩化的江湖集美麗與哀愁於一身，在其敘事姿態與動機上卻可被視爲哀輓的情調。還原到武俠敘事的起點，那意圖接續傳統斷裂經驗的世俗寫作，無可避免的是日常世俗的超自然化。而膨脹的身體，壯碩的體質推向極致，卻不是虛妄的暴力，反而進入抒情的表述。那恰是以超驗的虛擬身體復返脫落的抒情傳統，安穩如昨卻也是禮樂烏托邦。金庸筆下無數的愛戀情懷固然寄寓著奇詭的歷練，但無限拓展的抒情意境活絡了所有的中國細節裝置。文化中國可以發展政治寓意，卻也同時再現抒情詩的近代情結。那在遺老筆下沒落的古典詩詞傳統，鴛鴦蝴蝶派過剩的抒情格調都是苟延殘喘的抒情型態。反而在時間封閉的武俠時空體中延續了抒情傳統的生命力。武俠傳奇的最大消費不僅僅是以身體激情構築想像的國族，同時也是以身體骨架撐起的抒情中國。無可否認的，中國性因而帶有抒情特質。

第二節　偉大傳統的延續：說書人

　　從李陀先生視金庸的武俠小說成就爲「一個偉大寫作傳統的復活」〔註4〕，

〔註3〕 何平，〈俠義英雄的榮與衰：金庸武俠小說的文化解述〉，收入王曉明主編，《二十世紀中國文學史論（第三卷）》，（北京：東方出版社，1997年11月初版），頁138。

〔註4〕 李陀以「金氏白話文」概括金庸武俠小說的語言特色。參考李陀，〈一個偉大寫

那從小說語言與漢語歷史關係入手的讚譽，其實提醒了讀者「舊式白話」的再生成。李陀以為金庸在這一層的語言意義上，「尋找到了一條道路和中國古老的寫作傳統溝通」。然而，這恐怕不僅是語言的問題，卻另有形式的考量。金庸的武俠小說所溝通的古老寫作傳統，恰恰是殘存的說部。說部傳統歷經民國通俗小說的洗禮和轉型，卻僅有武俠小說彈性地保留著說部的回目與腔調。言下之意，武俠類型內含的題材和主題彷彿標有「使用期限」。它必然遠離當下，且應該是擬古典世界。說部因而才有了效用，以說書人的腔調敷衍一個接一個的俠義傳奇，讓閱讀有如傾聽的姿態，接近說書人的生命光暈。到底是武俠依附於說部形式，抑或說部賦予武俠形式，倒成了有趣的問題。無可否認，武俠小說作為標誌「中國性」的典型中國小說，其實有一個尷尬的位置。那章回體的敘事格式，「舊式白話」與「新式國語」接合產生的另類白話文，武俠小說在現代中國小說的行列之中很明顯是一個岐出，一個接續中國正統書寫的意義位置。誠如張大春先生喟嘆筆記傳統湮沒於現代中國小說寫作時所言，「真正的中國小說早已埋骨於說話人的書場和仿說話人而寫定的章回、以及汗牛充棟的筆記之中」〔註5〕。同樣的問題來到中國正統的武俠小說，就是當武俠寫作捨棄章回體，脫離說部形式，那意味著武俠同時也失去了什麼？真正的「中國」？還是說故事者所被包圍的光暈，那懷舊的中介？

　　這一設問的本身，意圖將思考推回到原點。就在說書人的場子，那被傳述的故事，卻也是經驗的傳承。經由臨場情境，說書人的腔調由世故老練轉換成敘事抒情。武俠傳奇的進程正體現出這樣的轉折。王度廬、金庸的俠情與哀愁都指向了延續的抒情傳統。而王德威教授提醒新文學傳統下的老舍卻也是「說話」傳統的繼承者〔註6〕。如此一來，說書人的敘事聲音化為無數的姿態，流轉在現代寫作的界面。

　　說書人的社會角色不曾消亡。明清時期的書場到了民初仍可見說書人張杰鑫撰述的《三俠劍》、常杰淼撰述的《雍正奇俠傳》在天津、北京等地的廣為流傳。在五六十年代的中國大陸，從事評書事業的單田芳更有四十餘種的評書出版，其中著名的還有《連環套》、《風塵三俠》等著作。當然更有趣的

　　　　作傳統的復活〉，收入李以建編，《金庸小說與二十世紀中國文學》，頁29～33。
〔註5〕　張大春，〈隨手出神品：一則小說的筆記簿〉，收入氏著，《小說稗類（卷壹）》，
　　　　（台北：聯合文學出版社，1998年），頁145。
〔註6〕　王德威，〈「說話」與中國白話小說敘事模式的關係〉，收入氏著《想像中國的
　　　　方法：歷史・小說・敘事》，（北京：三聯書店，1998年），頁80～101。

個案，還是二十一世紀政治紛擾的台灣卻有作家張大春不但以四巨冊的《城邦暴力團》努力復返或走出武俠敘事的新路向，竟還在時事新聞掛帥的電台扮演起說書人的角色，以半個鐘頭的時段說起民初平江不肖生的《江湖奇俠傳》。無論對武俠的熱情，還是對說書傳統的重視，都極有力的證明張大春先生對「真正的中國小說」的敬意與延續。經由電影形式而得以重見天日的《臥虎藏龍》或是透過熱門電台的說書節目而再受到重視《江湖奇俠傳》，武俠傳奇走到新派的金庸之後，卻回過頭去重新重視民國的武俠傳統。這無關懷舊而應該是形式的溯源。回到最初的俠者譜系的串連，以及廟堂與江湖的單純衝突，武俠回到了基本的存在格式，恰是敘事的緣起。

第三節　新的視野與可能

　　武俠傳奇作為新興的論述主題，自陳平原教授的代表作《千古俠客文人夢》（1991）以降，十餘年來已有不少的研究成果。而研究的面向除了古典俠義和民國武俠，自然以新派武俠的金庸為主要的焦點。本論文特別針對晚清與民國的武俠傳奇的過渡及寓言面向解讀，確實有意回到武俠近代的起源情境以審視武俠類型的內在機制的啓動與外在的消費意涵。從平江不肖生的《江湖奇俠傳》到王度廬的「鶴鐵五部曲」系列，以國族與歷史的隱喻面向解讀，固然把握住民國武俠傳奇的特色。但其中應該可以拓展視野的，應是奇幻武俠類型的極致的代表作《蜀山劍俠傳》。本論文略過這碩大的巨型創作，固然是為了論述的集中方便，但就其武俠元素的展現，卻值得另闢框架予以討論。奇幻宗教元素的遍布，恐怕已不僅是身體的煉鑄，卻進入到科幻的玄想。就民國武俠傳奇落實於精神史意義的解讀，奇幻武俠的誕生與發明，其實有著現實的思潮脈絡可以辯證思考。二十年代的科玄論戰，晚清以降的科幻小說試驗，在在都是奇幻武俠類型發展極致的可能的客觀參照。

　　另一個武俠的題材類型，則是會黨幫派的傳奇。從民初的姚民哀開始，那企圖接近現實取材的寫作指向了這題材的迷人之處。那標舉現實基礎的江湖世界，恰恰是另一個論述的起點。這幾年的武俠創作不異而同的回歸民初的會黨題材，既接近於大變遷的時代背景，懷舊的目光特別清晰，歷史的書寫也異常弔詭。而虛擬江湖的操作置於會黨題材的界面卻有著新的思考空間。武俠勾通於現實所意味歷史與江湖的辯證，就成了武俠敘事的探索向度。

　　至於身體的鑄煉作爲武俠的主題，其實可以往更深沈面的社會史脈絡檢索身體在清末民初的行動與想像。除卻本論文經已處理的政治行爲，庶民階層對身體在醫學、性、文化等等面向的消費與想像性建構，都可以被視爲武俠身體建構的集體無意識的部分。武俠詮釋的向度可以多元拓展，當然沒有溢出批評的規範。畢竟在武俠生成的近代中國脈絡下，個體經驗的輪轉與投射，往往在身體、文化等等中介關係下成爲集體的經驗結構。如此一來，廣爲消費的武俠傳奇自有其開闊的詮釋視域，當然也是合法性的詮釋倫理運作。

　　本文並非有意在此誇大武俠的內涵深意，但武俠傳奇歷經百年的消費循環，所回應的群眾慾望和想像，卻值得在時代精神史的框架下賦予更豐富的解讀。

引用、參考書目

一、俠義公案、武俠原典

1. 于潤琦主編：《清末民初小說書系‧武俠卷》（北京：中國文聯出版公司，1997 年 7 月初版）。

2. 中國現代文學館編：《平江不肖生代表作》（北京：華夏出版社，1999 年 10 月初版）。

3. 王度廬：《臥虎藏龍》（北京：群眾出版社，2000 年 7 月初版）。

4. 王度廬：《劍氣珠光》（北京：群眾出版社，2001 年 2 月初版）。

5. 王度廬：《寶劍金釵》（台北：聯經出版公司，1985 年 2 月初版）。

6. 王度廬：《鐵騎銀瓶》（北京：群眾出版社，2001 年 2 月初版）。

7. 王度廬：《鶴驚崑崙》（台北：聯經出版公司，1985 年 1 月初版）。

8. 平江不肖生：《民國武俠小說奠基人：平江不肖生》（南京：南京出版社，1994 年 10 月初版）。

9. 平江不肖生：《江湖奇俠傳》（台北：聯經出版公司，1984 年 11 月初版）。

10. 平江不肖生：《近代俠義英雄傳》（台北：聯經出版公司，1984 年 11 月初版）。

11. 余華：《鮮血梅花》（北京：新世界出版社，1999 年 7 月初版）。

12. 李亮丞：《熱血痕》（北京：華夏出版社，1995 年 12 月初版）。

13. 姚民哀：《幫會名家：姚民哀》（台北：業強出版社，1993 年 5 月初版）。

14. 范伯群主編：《言情聖手、武俠大家：王度廬》（南京：南京出版社，1994 年 10 月初版）。

15. 唐芸洲：《七劍十三俠》（上海：上海古籍出版社，1996 年 3 月 3 刷）。

16. 海上劍癡：《仙俠五花劍》，收入《中國古代珍稀本小說‧卷五》（瀋陽：春風文藝出版社，1997 年 3 月 4 刷）。

17. 張大春：《城邦暴力團》（台北：時報出版社，2000 年 8 月初版）。

18. 張北海：《俠隱》（台北：麥田出版社，2000 年 6 月初版）。

19. 貪夢道人：《彭公案》（上海：上海古籍出版社，1995 年 5 月 2 刷）。

20. 郭廣瑞、貪夢道人：《永慶昇平全傳》（上海：上海古籍出版社，1995 年 5 月 2 刷）。

21. 陸林主編：《清代筆記小說類編‧武俠卷》（合肥：黃山書社，1994 年 6 月初版）。

22. 黃凡、林燿德編：《新世代小說大系‧武俠卷》（台北：希代出版社，1989 年 5 月初版）。

23. 葉小鳳：《古戍寒茄記》，收入《中國近代珍稀本小說‧卷玖》（瀋陽：春風文藝出版社，1997 年 10 月初版）。

二、專 著

1. 丁偉志、陳崧：《中西體用之間》（北京：中國社會科學出版社，1997 年 4 月 2 刷）。

2. 丸尾常喜著，秦弓譯：《「人」與「鬼」的糾葛：魯迅小說論析》（北京：人民文學出版社，2001 年 6 月 2 刷）。

3. 中國義和團運動史研究會：《義和團運動與近代中國社會》（成都：四川省社會科學院出版社，1987 年 9 月初版）。

4. 方正耀：《晚清小說研究》（上海：華東師範大學，1991 年 6 月初版）。

5. 方漢奇：《中國近代報刊史》（太原：山西教育出版社，1991 年 11 月 4 刷）。

6. 王秋桂編：《金庸小說國際學術演討會論文集》（台北：遠流出版社，1999 年 12 月初版）。

7. 王海林：《中國武俠小說史略》（太原：北岳文藝出版社，1988 年 10 月初版）。

8. 王德威：《小說中國》（台北：麥田出版社，1993 年 6 月初版）。

9. 王德威：《如何現代，怎樣文學？》（台北：麥田出版社，1998 年 10 月初版）。

10. 王德威：《從劉鶚到王禎和——中國現代寫實小說散論》（台北：時報出版社，1996 年 6 月初版）。

11. 王德威：《想像中國的方法：歷史‧小說‧敘事》（北京：三聯書店，1998 年 9 月初版）。

12. 王德威：《歷史與怪獸》，（台北：麥田出版社，2011 年 10 月二版）。

13. 王學泰：《遊民文化與中國社會》（北京：學苑出版社，1999 年 9 月初版）。

14. 本傑明・史華茲（Benjamin Schwartg）著，葉鳳美譯：《尋求富強：嚴復與西方》（南京：江蘇人民出版社，1996 年 4 月初版）。

15. 石霓：《觀念與悲劇：晚清留美幼童命運剖析》（上海：上海人民出版社，2000 年 1 月初版）。

16. 向愷然、陳鐵生、唐豪、盧煒昌：《國技大觀》（上海：上海書店，1923 年初版）。

17. 安敏成（Marston Anderson）著，姜濤譯：《現實主義的限制：革命時代的中國小說》（南京：江蘇人民出版社，2001 年 8 月初版）。

18. 成都體育學院體育史研究所：《中國近代體育史資料》（成都：四川教育出版社，1988 年初版）。

19. 曲彥斌：《中國鏢行：中國保安業史略》（上海：上海三聯書店，1996 年 4 月初版）。

20. 米列娜編：《從傳統到現代——世紀轉折時期的中國小說》（北京：北京大學出版社，1991 年 10 月初版）。

21. 吳志清編：《國術理論概要》（上海：大東書局，1935 年初版）。

22. 吳雁南等編：《中國近代社會思潮 1840～1949》（湖南：湖南教育出版社，1998 年 8 月初版）。

23. 宋偉傑：《從娛樂行為到烏托邦衝：金庸小說再解讀動》（南京：江蘇人民出版社，1999 年 9 月初版）。

24. 李天綱：《文化上海》（上海：上海教育出版社，1998 年 9 月初版）。

25. 李以建編：《金庸小說與二十世紀中國文學》（香港：明河社出版有限公司，2000 年 10 月初版）。

26. 李怡：《近代中國無政府主義思潮與中國傳統文化》（武漢：華中師範大學出版社，2001 年 4 月初版）。

27. 李喜所、劉集林：《近代中國的留美教育》（天津：天津古籍出版社，2000 年 10 月初版）。

28. 李瑞騰：《晚清文學思想論》（台北：漢光文化事業股份公司，1992 年 6 月初版）。

29. 李歐梵：《上海摩登》（香港：牛津大學出版社，2000 年初版）。

30. 李歐梵：《現代性的追求：李歐梵文化評論精選集》（台北：麥田，1996 年 9 月初版）。

31. 李澤厚：《中國近代思想史論》（台北：風雲時代出版公司，1990 年 7 月再版）。

32. 汪東林：《梁漱溟問答錄》（長沙：湖南人民出版社，1988 年 9 月初版）。

33. 汪涌豪：《中國游俠史》（上海：上海文化出版社，1994 年 11 月初版）。

34. 周育民、邵雍：《中國幫會史》（上海：上海人民出版社，1995 年 12 月 2 刷）。

35. 周清霖主編：《中國武俠小說名著大觀》（上海：上海書店出版社，1996 年 10 月初版）。

36. 周錫瑞著，張俊義、王棟譯：《義和團運動的起源》（南京：江蘇人民，1998 年 4 月初版三刷）。

37. 林明德編：《晚清小說研究》（台北：聯經出版公司，1988 年 3 月初版）。

38. 武潤婷：《中國近代小說演變史》（濟南：山東人民出版社，2000 年 11 月初版）。

39. 阿英：《晚清小說史》（北京：東方出版社，1996 年 3 月初版）。

40. 柯文（Paul A . Cohen）著，杜繼東譯：《歷史三調：作爲事件、經歷和神話的義和團》（南京：江蘇人民出版社，2000 年 10 月初版）。

41. 洪子誠編：《二十世紀中國小說資料（第五卷）1949～1976》（北京：北京大學出版社，1997 年 2 月初版）。

42. 胡仲權編：《武俠小說研究參考資料》（台北：萬卷樓圖書有限公司，1998 年 11 月初版）。

43. 胡樸安編：《南社叢選》（北京：解放軍文藝出版社，2000 年 7 月初版）。

44. 范伯群：《禮拜六的蝴蝶派》（北京：人民文學出版社，1989 年 6 月初版）。

45. 范伯群編：《中國近現代通俗文學史》（南京：江蘇教育出版社，2000 年 4 月初版）。

46. 范煙橋：《中國小說史》（台北：長安出版社，1977 年 9 月初版）。

47. 夏志清：《中國現代小說史》（台北：傳記文學出版社，1991 年 11 月二版）。

48. 夏岱岱、張亦工編：《割掉辮子的中國》（北京：中國青年出版社，1997 年 5 月初版）。

49. 夏曉虹：《晚清的魅力》（天津：百花文藝出版社，2001 年 4 月初版）。

50. 夏曉虹：《晚清社會與文化》（武漢：湖北教育出版社，2001 年 3 月初版）。

51. 夏曉虹：《覺世與轉世：梁啓超的文學道路》（上海：上海人民出版社，1992 年 5 月 2 刷）。

52. 徐松榮：《維新派與近代報刊》（太原：山西古籍，1998 年 2 月初版）。

53. 徐哲東編：《國技論略》（上海：商務印書館，1929 年初版）。

54. 徐斯年：《俠的蹤跡——中國武俠小說史論》（北京：人民文學出版社，1995 年 12 月初版）。

55. 徐德明：《中國現代小說雅俗流變與整合》（北京：社會科學文獻出版社，2000 年 4 月初版）。

56. 時萌：《晚清小說》（台北：國文天地，1990 年 9 月初版）。

57. 狹間直樹編：《梁啟超・明治日本・西方：日本京都大學人文科學研究所共同研究報告》（北京：社會科學文獻出版社，2001 年 3 月初版）。

58. 袁進：《中國小說的近代變革》（北京：中國社會科學出版社，1992 年 6 月初版）。

59. 袁進：《近代文學的突圍》（上海：上海人民出版社，2001 年 10 月初版）。

60. 高尚舉：《刺馬案探隱》（北京：北京圖書館出版社，2001 年 4 月初版）。

61. 國立編譯館編：《中國近代體育思想》（台北：啟英文化，1996 年 5 月初版）。

62. 崔奉源：《中國古典短篇俠義小說研究》（台北：聯經出版公司，1986 年 12 月初版）。

63. 康來新：《晚清小說理論研究》（台北：大安出版社，1986 年 6 月初版）。

64. 張大春：《小說稗類・卷一》（台北：聯合文學出版社，1998 年 3 月初版）。

65. 張大春：《小說稗類・卷二》（台北：聯合文學出版社，2000 年 5 月初版）。

66. 張玉法編：《晚清革命文學》（台北：經世書局，1981 年 1 月初版）。

67. 張恨水：《張恨水全集・寫作生涯回憶錄》（太原：北岳文藝出版社，1993 年初版）。

68. 張柟、王忍之編：《辛亥革命前十年間時論選集》（北京：三聯，1978 年 4 月 2 刷）。

69. 張華：《中國現代通俗小說流變》（濟南：山東文藝，2000 年 1 月初版）。

70. 張贛生：《民國通俗小說論稿》（重慶：重慶出版社，1991 年 5 月初版）。

71. 張德彝：《歐美環遊記》，（長沙：岳麓書社，1985 年）。

72. 曹正文：《中國俠文化史》（台北：雲龍出版社，1997 年 7 月初版）。

73. 曹亦冰：《俠義公案小說史》（杭州：浙江古籍出版社，1998 年 12 月初版）。

74. 梁守中：《武俠小說話古今》（江蘇：江蘇古籍出版社，1992 年 1 月初版）。

75. 梁啟超：《梁啟超全集》（北京：北京出版社，1999 年 7 月初版）。

76. 淡江大學中文系主編：《俠與中國文化》（台北：台灣學生書局，1993 年 4 月初版）。

77. 連燕堂：《從古文到白話：近代文界革命與文體流變》（北京：中央民族大學出版社，2000 年 4 月初版）。

78. 陳山：《中國武俠史》（上海：上海三聯書店，1992 年 12 月初版）。

79. 陳公哲：《精武會50年》（瀋陽：春風文藝出版社，2001年5月初版）。

80. 陳少明、單世聯、張永義：《近代中國思想史略論》（廣東：廣東人民出版社，1999年8月初版）。

81. 陳以愛：《中國現代學術研究機構的興起：以北京大學研究所國學門為中心的探討（1922～1927）》（台北：政治大學歷史系，1999年5月初版）。

82. 陳平原、夏曉虹編：《二十世紀中國小說資料（第一卷）1897～1916》（北京：北京大學出版社，1997年2月初版）。

83. 陳平原：《中國現代學術之建立：以章太炎、胡適之為中心》（北京：北京大學出版社，1998年2月初版）。

84. 陳平原：《文學史的形成與建構》（南寧：廣西教育出版社，1999年3月初版）。

85. 陳平原：《陳平原小說史論集》（石家莊：河北人民出版社，1997年8月初版）。

86. 陳伯海、袁進：《上海近代文學史》（上海：上海人民出版社，1993年2月初版）。

87. 陳建華：《「革命」的現代性：中國革命話語考論》（上海：上海古籍出版社，2000年12月初版）。

88. 陳思和：《中國新文學整體觀》（上海：上海文藝出版社，2001年1月二版）。

89. 陳墨：《刀光俠影蒙太奇：中國武俠電影論》（北京：中國電影出版社，1996年10月初版）。

90. 陳墨：《金庸小說與中國文化》（南昌：百花洲文藝出版社，2000年10月4刷）。

91. 陳穎：《中國英雄俠義小說通史》（南京：江蘇教育出版社，1998年10月初版）。

92. 章太炎著，徐復注：《訄書詳注》（上海：上海古籍出版社，2000年12月初版）。

93. 麻天祥：《中國近代學術史》（長沙：湖南師範大學出版社，2001年2月初版）。

94. 曾業英編：《蔡松坡集》（上海：上海人民出版社，1984年7月初版）。

95. 湯哲聲：《中國現代通俗小說流變史》（重慶：重慶出版社，1999年1月初版）。

96. 華森、文熔主編：《中國公案武俠小說鑑賞大觀》（北京：中國旅遊出版社，1994年5月初版）。

97. 費正清、劉廣京編：《劍橋中國晚清史》（北京：中國社會科學出版社，

1985 年 2 月初版）。

98. 費正清編：《劍橋中華民國史》（北京：中國社會科學出版，1998 年 7 月初版）。

99. 雅羅斯拉夫・普實克（Prusek, Jaroslav）著，李燕喬譯：《普實克中國現代文學論文集》（長沙：湖南文藝出版社，1987 年 8 月初版）。

100. 馮客（Frank Dikotter）著，楊立華譯：《近代中國之種族觀念》（南京：江蘇人民出版社，1999 年 9 月初版）。

101. 黃金麟：《歷史、身體、國家：近代中國的身體形成》（台北：聯經出版社，2001 年 1 月初版）。

102. 黃錦珠：《晚清時期小說觀念之轉變》（台北：文史哲出版社，1995 年初版）。

103. 黃錦樹：《馬華文學與中國性》（台北：元尊文化，1998 年 1 月初版）。

104. 黃錦樹：《謊言或真理的技藝》，（台北：麥田，2003 年 1 月初版）。

105. 黃霖、韓同文選注：《中國歷代小說論著選》（南昌：江西人民出版社，2000 年 9 月 3 版）。

106. 新渡戶稻造：《武士道》（北京：商務，2000 年 9 月初版 2 刷）。

107. 楊義：《中國古典小說史論》（北京：中國社會科學出版社，1995）。

108. 楊義：《中國現代小說史》（北京：人民文學出版社，1998 年 3 月初版）。

109. 萬籟聲編：《武術匯宗》（上海：商務印書館，1929 年初版）。

110. 葉洪生：《武俠小說談藝錄：葉洪生論劍》（台北：聯經出版公司，1994 年 11 月初版）。

111. 葉朗：《中國小說美學》（北京：北京大學出版社，1982 年 12 月初版）。

112. 葛兆光：《中國思想史・第二卷：七世紀至十九世紀中國的知識、思想與信仰》（上海：復旦大學初版社，2000 年 12 月初版）。

113. 鄒振環：《影響中國近代社會的一百種譯作》（北京：中國對外翻譯出版公司，1996 年 1 月初版）。

114. 寧宗一編：《中國武俠小說鑑賞辭典》（北京：國際文化出版公司，1992 年 2 月初版）。

115. 熊月之：《西學東漸與晚清社會》（上海：上海人民出版社，1994 年 8 月初版）。

116. 熊月之主編：《上海通史》（上海：上海人民出版社，1999 年 9 月初版）。

117. 齊魯書社編輯部編：《義和團運動史討論文集》（濟南：齊魯書社，1982 年 4 月初版）。

118. 劉人鵬：《近代中國女權論述：國族、翻譯與性別政治》（台北：學生書局，2000 年 2 月初版）。

119. 劉玉來注析：《譚嗣同詩選注》（北京：經濟日報出版社，1998 年 9 月初版）。

120. 劉禾：《語際書寫——現代思想史寫作批判綱要》（上海：上海三聯書店，1999 年初版）。

121. 劉若愚著，周清霖、唐發饒譯：《中國之俠》（上海：上海三聯書店，1991 年 9 月初版）。

122. 劉納：《嬗變——辛亥革命時期至五四時期的中國文學》（北京：中國社會科學出版社，1998 年 9 月初版）。

123. 劉紹銘、陳永明編：《武俠小說論卷》（香港：明河社出版有限公司，1998 年 5 月初版）。

124. 劉新風、陳墨編著：《中國現代武俠小說鑑賞辭典》（北京：中央民族學院出版社，1993 年 3 月初版）。

125. 劉夢溪編：《中國現代學術經典·章太炎卷》（石家莊：河北教育出版社，1996 年 8 月初版）。

126. 劉夢溪編：《中國現代學術經典·黃侃卷》（石家莊：河北教育出版社，1996 年 8 月初版）。

127. 劉曉：《意識型態與文化大革命》（台北：洪葉文化事業有限公司，2000 年初版）。

128. 歐陽健：《晚清小說史》（杭州：浙江古籍出版社，1997 年 6 月初版）。

129. 鄭綱編：《舊中國黑社會秘史》（北京：經濟日報出版社，1998 年初版）。

130. 魯迅：《魯迅全集》（北京：人民文學出版社，1981 年初版）。

131. 魯迅著、吳俊編校：《魯迅學術論著》（杭州：浙江人民出版社，1998 年 6 月初版）。

132. 盧雲昆編：《社會劇變與規範重建——嚴復文選》（上海：上海遠東，1996 年 6 月初版）。

133. 蕭馳：《中國抒情傳統》（台北：允晨出版社，1999 年 1 月初版）。

134. 錢仲聯編：《中國近代文學大系·詩詞集》（上海：上海書店，1991 年 4 月初版）。

135. 戴俊：《千古世人俠客夢：武俠小說縱橫談》（台北：台灣商務印書館，1994 年 12 月初版）。

136. 薛君度、劉志琴編：《近代中國社會生活與觀念變遷》（北京：中國社會科學出版社，2001 年 4 月初版）。

137. 顏廷亮：《晚清小說理論》（北京：中華書局，1996 年 8 月初版）。

138. 魏紹昌編：《鴛鴦蝴蝶派研究資料》（香港：三聯書店，1980 年 1 月初版）。

139. 羅文彬主編：《中國武俠小說辭典》（石家莊：花山文藝出版社，1992 年

8 月初版)。

140. 羅立群:《中國武俠小說史》(遼寧:遼寧人民出版社,1990 年 10 月初版)。

141. 羅志田:《民族主義與近代中國思想》(台北:東大出版社,1998 年 1 月初版)。

142. 羅檢秋:《近代諸子學與文化思潮》(北京:中國社會科學院,1998 年 6 月初版)。

143. 嚴家炎:《中國現代小說流派史》(北京:人民文學出版社,1995 年 11 月 2 刷)。

144. 嚴家炎:《金庸小說論稿》(北京:北京大學出版社,1999 年 1 月初版)。

145. 嚴家炎編:《二十世紀中國小說資料(第二卷)1917~1927》(北京:北京大學出版社,1997 年 2 月初版)。

146. 龔鵬程:《大俠》(台北:錦冠出版社,1987 年 10 月初版)。

147. 龔鵬程:《近代思想史散論》(台北:東大出版社,1991 年 11 月初版)。

三、文學、文化理論

1. 巴赫金(Mikhail Bakhtin):《巴赫金全集》(石家莊:河北教育出版社,1998 年 6 月初版)。

2. 卡爾・曼海姆(Karl Mannheim)著,黎鳴、李書崇譯:《意識型態與烏托邦》(北京:商務出版社,2000 年 9 月初版)。

3. 布萊恩・特納(Bryan S・Turner)著,馬海良、趙國新譯:《身體與社會》(瀋陽:春風文藝出版社,2000 年 3 月初版)。

4. 布爾迪厄(Pierre Bourdieu)著,包亞明譯:《文化資本與社會煉金術:布爾迪厄訪談錄》(上海:上海人民出版社,1997 年 1 月初版)。

5. 弗雷德里克・詹姆遜(Fredric Jameson)著,王逢振、陳永國譯:《政治無意識》(北京:中國社會科學出版社,1999 年 8 月初版)。

6. 本雅明(Walter Benjamin)著,張旭東、王斑譯:《啓迪:本雅明文選》(香港:牛津大學出版社,1998 年初版)。

7. 本雅明(Walter Benjamin)著,張旭東、魏文生譯:《發達資本主義時代的抒情詩人》(北京:三聯書局,1989 年 3 月初版)。

8. 瓦爾特・本雅明(Walter Benjamin)著,陳永國譯:《德國悲劇的起源》(北京:文化藝術出版社,2001 年 9 月初版)。

9. 皮埃爾・布迪厄(Pierre Bourdieu)、華康德(Wacquant, L. D.)著,李猛、李康譯:《實踐與反思:反思社會學導引》(北京:中央編譯出版社,1998 年 2 月初版)。

10. 伊利亞德（Mircea Eliade）著，楊素娥譯：《聖與俗：宗教的本質》，（台北：桂冠出版社，2001 年 1 月初版）。

11. 伊恩・P・瓦特（Lan Watt）著，高原、董紅鈞譯：《小說的興起》，（北京：三聯書店，1992 年 6 月初版）。

12. 艾尼斯特・葛爾納（Ernest Gellner）著，李金梅、黃俊龍譯：《國族主義》（台北：聯經出版公司，2001 年 1 月初版）。

13. 艾尼斯特・葛爾納（Ernest Gellner）著，李金梅、黃俊龍譯：《國族與國族主義》（台北：聯經出版公司，2001 年 8 月初版）。

14. 艾勒克・博埃默（Elleke Boehmer）著，盛寧、韓敏中譯：《殖民與後殖民文學》（遼寧：遼寧教育出版社，1998 年 11 月初版）。

15. 艾瑞克・霍布斯邦（Eric Hobsbawm）著，李金梅譯：《民族與民族主義》（台北：麥田出版社，1997 年 6 月初版）。

16. 洪漢鼎主編：《理解與詮釋：詮釋學經典文選》，（北京：東方出版社，2001 年 5 月）。

17. 夏忠憲：《巴赫金狂歡化詩學研究》（北京：北京師範大學出版社，2000 年 11 月初版）。

18. 班納迪克・安德森（Benedict Anderson）著，吳叡人譯：《想像的共同體：民族主義的起源與散布》（台北：時報出版社，1999 年 6 月初版二刷）。

19. 班雅明（Walter Benjamin）著，林志明譯：《說故事的人》（台北：台灣攝影工作室，1998 年 12 月初版）。

20. 陳永國：《文化的政治闡釋學：後現代語境中的詹姆遜》（北京：中國社會科學出版社，2000 年 9 月初版）。

21. 詹明信（Fredric Jameson）著，陳清僑等譯：《晚期資本主義的文化邏輯》，（北京：三聯書店，1997 年 12 月初版）

22. 雷內・韋勒克（Rene Wellek）著，張金言譯：《批評的概念》（杭州：中國美術學院出版社，1999 年 12 月初版）。

23. 德里達・雅克（Derrida, Jacques）著，何一譯：《馬克思的幽靈：債務國家、哀悼活動和新國際》（北京：中國人民大學出版社，1999 年 8 月初版）。

24. 盧卡奇（Georg Lukacs）著，楊恆達譯：《小說理論》，（台北：唐山出版社，1997 年 7 月初版）。

25. 諾思羅普・弗萊（Northrop Frye）著，陳慧、袁憲軍、吳偉仁譯：《批評的剖析》（天津：百花文藝出版社，1998 年 11 月初版）。

26. 羅鋼、劉若愚編：《後殖民主義文化理論》（北京：中國社會科學出版社，1999 年 4 月初版）。

27. 羅蘭・巴特（Roland Barthes）著，許薔薔、許琦玲譯：《神話學》（台北：

桂冠圖書公司，1998 年 2 月初版）。

四、學位論文

1. 伍怡慧：《王度廬「鶴—鐵」五部曲研究》（台中：逢甲大學中文系碩士論文，2001 年）。

2. 李順慧：《《鹿鼎記》中韋小寶研究：語言學的角度》（台中：東海大學中文系碩士論文，2001 年）。

3. 林建揚：《平江不肖生之《江湖奇俠傳》《近代俠義英雄傳》研究》（台北：文化大學中文系碩士論文，1994 年）。

4. 曹昌廉：《閱讀的當代武俠小說——論當代武俠小說評議與閱讀理論下新的武俠小說觀》（嘉義：南華大學文學研究所碩士論文，2000 年）。

5. 許彙敏：《金庸武俠小說敘事模式研究》（嘉義：中正大學中文系碩士論文，1997 年）。

6. 陳康芬：《古龍武俠小說研究》（台北：淡江大學中文系碩士論文，1998 年）。

7. 黃錦樹：《近代國學之起源：相關個案研究》（新竹：清華大學中文系博士論文，1998 年）。

8. 楊丞丞：《金庸小說《鹿鼎記》之研究》（台中：東海大學中文系碩士論文，1994 年）。

9. 楊清惠：《從原始劍俠到仙俠——古典小說中「劍俠」形象及其轉變》（台北：淡江大學中文所碩士論文，1999 年）。

10. 羅賢淑：《金庸武俠小說研究》（台北：文化大學中文系碩士論文，1998 年）。

五、英文專著

1. Fletcher, Angus. *Allegory：The Theory of a Symbolic Mode*（New York：Cornell University Press，1990）

2. Liu, Ching-chih, ed. The question of reception：*martial arts fiction in English translation*（Hong Kong：Centre for literature and translation, Lingnan College，1995）

3. Liu, Lydia H. Translingual Practice： *Literature,National Culture,and Translated Modernity-China,1900-1937*（Stanford：Stanford University Press，1995）。

4. Wang, Ban. The Sublime Figure of History：*Aesthetics and politics in Twentieth-Century China*（Stanford：Stanford University Press，1997）。

5. Wang, David Der-Wei. *Fin-de-siecle Splendor：Repressed Modernity of Late Qing Fiction,1849-1911*（Stanford：Stanford University Press，1997）。

六、單篇、期刊論文

1. 方志遠：〈武林世界與歷史真實〉，《文史知識》（1992 年，第 8 期），頁 64～68。

2. 王德威：〈魂兮歸來：歷史迷魅與小說記憶〉，發表於「傳統文化與社會 變遷」國際學術研討會，華社研究中心等主辦，吉隆坡，2000 年 6 月 24 ～25 日。

3. 田毓英：〈中外俠士精神的真面目〉，《國文天地》（1990 年 5 月，第 5 卷 12 期），頁 36～38。

4. 田曉菲：〈瓶中之島〉，《中國學術》（2001 年 1 月，第五輯），頁 203～234。

5. 何平：〈俠義英雄的榮與衰：金庸武俠小說的文化解述〉，王曉明主編，《二 十世紀中國文學史論（第三卷）》（北京：東方出版社，1997 年 11 月初 版），頁 131～140。

6. 吳宏一：〈漫談武俠與武俠小說〉，《中國論壇》（1984 年 1 月，第 17 卷 8 期），頁 12～13。

7. 吳樺：〈武俠小說與中國文化傳統〉，《文史知識》（1991 年，第 1 期）， 頁 59～65。

8. 吳禮權：〈英雄俠義小說與中國人的阿 Q 精神〉，《國文天地》（1996 年 1 月，11 卷 8 期，），頁 84～87。

9. 呂正惠：〈古典詩詞中的遊俠與英雄〉，《國文天地》（1990 年 5 月，第 5 卷 12 期），頁 25～27。

10. 李欣倫記錄：〈武俠世界的嚮往與追尋：李安電影《臥虎藏龍》座談會〉， 《中國時報·人間副刊》（2000 年 7 月 18、19 日）。

11. 沈松僑：〈我以我血薦軒轅：黃帝神話與晚清的國族建構〉，《台灣社會研 究集刊》（1997 年 12 月，第二十八期），頁 1～77。

12. 沈松僑：〈振大漢之天聲：民族英雄譜系與晚清的國族想像〉，《中央研究 院近代史研究所集刊》（2000 年 6 月，第三十三期），頁 81～158。

13. 林正珍：〈近代中國思想史上墨學復興的意義〉，《文史學報》（1991 年 3 月，第 21 期），頁 141～162。

14. 林保淳、崔雅慧：〈「影視媒體與武俠小說」目錄三種（初稿）〉，《文訊》 （2001 年 11 月，第 193 期），頁 62～72。

15. 林保淳：〈中國古典小說中的「女俠」形象〉，《中國文哲研究集刊》（1997 年 9 月，第 11 期），頁 43～87。

16. 林保淳:〈民國以來「武俠小說研究」評議〉,《古典文學》(1995 年 9 月, 第 13 期),頁 35～46。

17. 林保淳:〈從荒蕪到苗圃:「武俠研究」新視野〉,《文訊》(2001 年 11 月, 第 193 期),頁 35～46。

18. 林保淳:〈從通俗的角度談武俠小說〉,《文訊月刊》(1986 年 10 月,第 26 期),頁 125～132。

19. 林保淳:〈通俗小說的類型整合:試論金庸小說的「虛」與「實」〉,《漢 學研究》(1999 年 6 月,第 17 卷第 1 期),頁 259～283。

20. 林保淳:〈通俗小說研究的起點:武俠小說研究〉,《淡江人文社會學刊五 十週年校慶特刊》(2000 年 10 月),頁 309～333。

21. 林保淳:〈觀千劍而識器——評《武俠小說談藝錄》〉,《文訊》(1995 年 2 月),頁 16～19。

22. 林保淳等:〈武俠小說興衰新探專號〉,《明報月刊》(1996 年 2 月,第 31 卷第 2 期),頁 9～30。

23. 侯建:〈中西武俠小說之比較〉,《聯合文學》(1988 年 1 月,第四卷 3 期), 頁 180～187。

24. 侯健:〈武俠小說論〉,收入氏著,《中國小說比較研究》,(台北:東大圖 書公司,1983 年初版),頁 169～195。

25. 南懷瑾:〈武俠小說與社會心理教育〉,《中國文選》(1978 年 5 月,第 133 期),頁 8～15。

26. 倪斯霆:〈中國武俠小說源頭辨〉,《文史知識》(1993 年,第 1 期),頁 77～81。

27. 徐斯年:〈《臥虎藏龍》的悲喜劇:我眼中的王度廬及其作品〉,《自由時 報・自由副刊》(2001 年 4 月 27 日)。

28. 徐斯年:〈中國古代武俠小說的孕育〉,《歷史月刊》(1994 年 11 月,第 82 期),頁 86～92。

29. 徐斯年:〈可以知世,可以論文,可以娛人——關於近代通俗小說的斷 想〉,《國文天地》(1993 年 5 月,第 8 卷 12 期),頁 56～60。

30. 徐斯年:〈失落的悲涼俠情:尋找『臥虎藏龍』原作者王度廬〉《中國時 報》(2001 年 3 月 6 日)。

31. 張小虹:〈江湖潛意識:《臥虎藏龍》中的青春欽羨與戀童壓抑〉,《中國 時報・人間副刊》(2000 年 8 月 20 日)。

32. 張英:〈中國古代的俠〉,《國文天地》(1990 年 5 月,第 5 卷 12 期),頁 13～16。

33. 梅家玲:〈發現少年,想像中國:梁啓超〈少年中國說〉的現代性、啓蒙 論述與國族想像〉,《漢學研究》(2001 年 6 月,第 19 卷第 1 期),頁 249

～274。

34. 莊練：〈武林大俠何處尋〉，《國文天地》（1990 年 5 月，第 5 卷 12 期），頁 17～20。

35. 許逖：〈平情說鴛蝴〉，《文訊》（1987 年 10 月，第 32 期），頁 165～181。

36. 陳清僑：〈幾齣當代香港武俠電影中的希望喻象及江湖想像〉，收入王宏志、李小良、陳清僑，《否想香港：歷史、文化、未來》，（台北：麥田出版社，1997 年 7 月初版），頁 281～308。

37. 陳曉林：〈奇與正——試論金庸與古龍的武俠世界〉，《聯合文學》（1986 年 9 月，第 2 卷 11 期），頁 18～20。

38. 陳雙陽：〈中國俠文化流變試探〉，《中山大學學報》（社會科學版）（1996 年，第 4 期），頁 79～85。

39. 章培恒：〈從游俠到武俠——中國俠文化的歷史考察〉，《復旦學報》（1994 年，第 3 期），頁 75～82。

40. 傅述先：〈王度廬的活語言〉，《新書月刊》（1985 年 3 月，第 18 期，），頁 26～27。

41. 曾昭旭：〈憑誰問玉梳化遊龍：試解李安的《臥虎藏龍》〉，《中國時報・人間副刊》（2000 年 8 月 13 日）。

42. 湯哲聲：〈蛻變中的蝴蝶：論民初小說創作的價值取向〉，《文學評論》（2001 年第 2 期），頁 117～126。

43. 賀麥曉：〈二十年代中國「文學場」〉，《學人》（1998 年 3 月，第 13 輯），頁 295～317。

44. 黃錦樹：〈採珠者，超自然傳統，現代性〉，發表於「兩岸青年學者論壇：中華傳統文化的現代價值」學術研討會，法鼓人文社會學院主辦，台北，2000 年 9 月 16～17 日。

45. 黃錦樹：〈魂在：論中國性的近代起源，其單位、結構及（非）存在論特徵〉，《中外文學》（2000 年 7 月，第 29 卷第 2 期），頁 47～68。

46. 楊明昱：〈黃飛鴻師父出招：電影武術英雄的表演與觀看〉，劉現成編，《拾掇散落的光影：華語電影的歷史、作者與文化再現》（台北：亞太圖書出版社，2001 年 6 月初版），頁 115～129。

47. 楊照：〈復活了的《臥虎藏龍》〉，《中國時報・人間副刊》（2001 年 5 月 8 日）。

48. 楊瑞松：〈身體、國家與俠：淺論近代中國民族主義的身體觀和英雄崇拜〉，《中國文哲研究通訊》（2000 年 9 月，第 10 卷第 3 期），頁 87～106。

49. 溫瑞安：〈可信而不實在的世界〉，《中國論壇》（1984 年 1 月，第 17 卷 8 期），頁 14～16。

50. 葉洪生：〈淺談近代武俠小說之流變〉，《聯合文學》（1986 年 9 月，第 2

卷 11 期），頁 7〜17。

51. 葉洪生：〈速寫近代武俠小說中的俠變〉，《國文天地》（1990 年 5 月，第 5 卷 12 期），頁 32〜35。

52. 福永光司：〈道教的鏡與劍：其思想的源流〉，劉俊文編，《日本學者研究中國史論著選譯・卷七》（北京：中華書局，1993 年），頁 386〜445。

53. 劉新風：〈論俠意識〉，《文史知識》（1990 年，第 6 期），頁 79〜83。

54. 鄧仕樑：〈說俠義——試論中國文學裡的俠義精神〉，《國文天地》（1991 年 7 月，第 7 卷 2 期），頁 68〜78。

55. 羅立群：〈「武功」的文化價值和藝術魅力〉，《文史知識》（1990 年，第 7 期，），頁 65〜70。

56. 羅志田：〈從治病到打鬼：整理國故運動的一條內在理路〉，《中國學術》（2001 年 5 月，第六輯），頁 110〜129。

57. 羅檢秋：〈近代墨學復興及其原因〉，《近代史研究》（1990 年 1 月），頁 148〜166。

58. 龔鵬程：〈民初的大眾通俗文學：鴛鴦蝴蝶派〉，《文訊月刊》（1986 年 10 月），頁 107〜132。

59. 龔鵬程：〈漫談清末儒俠的俠骨與柔情〉，《國文天地》（1990 年 5 月，第 5 卷 12 期），頁 28〜31。

附錄一　回歸江湖：《城邦暴力團》的「歷史」經驗與技藝

第一節　退回書場：武俠傳奇與說故事者

　　1999～2000 年的世紀交替之際，馳騁文壇多年的張大春出版了令人側目的四巨冊《城邦暴力團》〔註1〕，以五十餘萬字的篇幅邁入武俠傳奇書寫的行列。長久以來，張大春的小說成就總以小說技藝的多面與題材的多變著稱。論者以「後現代」風格視之，著墨於其對歷史的顛覆與解構。然而，此回張大春集多年的寫作功力以大手筆的方式撰寫貌似類型文學的「武俠傳奇」，顯然別有用心。整體的寫作技藝既有後現代小說的熟練技法，卻也有歷史小說寫作的典故鋪張與史料場景的模擬。甚至以「張大春的江湖回憶錄」作為書本封面的題辭，以第一人稱的敘事者「我＝張大春」作為演義故事的關鍵角色〔註2〕，隱然以現實的作者身份明確介入虛構的敘事，替換了傳統武俠小說寫作模式的例法，將在文本界面上運作的「武俠」和「江湖」確確實實的經驗化，歷史化，也即是現實化。換句話說，這既是歷史書寫，也是武俠類型的顛覆之作，似乎指向了張大春寫作歷程中的終極關懷。那無關當下歷史的挑戰，也並非僞百科全書式的「本事」，卻將書寫的場景拉回民國時期的稗官

〔註1〕 張大春，《城邦暴力團》（全四冊），（台北：時報出版社，1999～2000 年）。
〔註2〕 黃錦樹曾就敘事倫理與類型文學之間矛盾提出了反思。參考黃錦樹，〈敘述者我──張大春〉，收入氏著《謊言或眞理的技藝》，（台北：麥田出版社，2003 年），頁 457～459。

野史，講述一個以「逃亡」為精神主軸的武俠事蹟。

問題回到了一個張大春慣常挑戰讀者的狀況。除了小說技法上佈下的詮釋陷阱，作者處理的題材也確實讓論者常常在歸類與分析上面對作者強勢介入批評的調侃。他總習慣性的在區隔理想讀者與不理想讀者。於是，《城邦暴力團》是否界定為武俠小說，倒成了讀者閱讀與詮釋上的重要關鍵。畢竟，張大春又留下了這樣的警語：「唯淺妄之人方能以此書為武俠之作」。事實上，張大春式的警語透顯了值得思考的線索。作者訴諸於警語的言辭，往往指陳了作者意圖處理的核心問題。也就是在《城邦暴力團》當中，「是不是」或「像不像」武俠小說攸關著讀者接受與詮釋上的轉折。《城邦暴力團》集中了武俠小說典型的要素與部件，卻又有現實意義的槍彈克之。更耐人尋味的是，小說通篇是逃命與藏躲的武林高手，逃亡、隱匿替換了武俠精神慣有的雄渾、崇高。於是，我們有理由相信張大春耗盡功力以巨型篇幅向武俠傳奇行列叩關的《城邦暴力團》，正是在處理武俠類型背後的意識型態與發生意義。以致於它不是金庸、古龍、梁羽生等等 50～60 年代以降「成人童話般」的武俠小說，也不是回歸更早時期平江不肖生《江湖奇俠傳》、還珠樓主《蜀山劍俠傳》的神魔奇幻系列，更不可能是《七俠五義》的清官俠客斷案。於是，狀寫晚清民國以降幫會與黨國糾葛的《城邦暴力團》，其武俠敘事的譜系顯然接上的是姚民哀、張恨水的會黨武俠小說。更準確的說，《城邦暴力團》的寫作位置恰是回歸近代武俠小說生成的關鍵氛圍。一個兵荒馬亂、帝國崩毀，民國建立、軍閥割據、國共鬥爭的大時代。言下之意，《城邦暴力團》置入武俠敘事行列，顯然有著重寫武俠小說可以預見的一種改寫類型文學的意圖。

回顧 80 年代以降武俠小說重寫的歷程，自金庸的十五部武俠「經典」〔註3〕以後很難再被超越的武俠類型，使得這重寫的動作往往帶有顛覆、調侃、戲仿的趣味。嚴肅文學作家投入傳統通俗類型的創作，意味著一種文人化傾向的發展。早在 1989 年黃凡、林燿德主編的《新世代小說大系》就編有「武俠卷」收錄張大春、陳雨航等人的作品。這些作品不論是「後設」武俠或「文學化」武俠，都有著實驗性的價值意義。而大陸先鋒作家余華的〈鮮

〔註3〕 武俠文學的經典化歷程就金庸的個案而言是非常顯而易見的。國際研討會、影視、漫畫、電玩遊戲的改編、各種點評本、評論集，甚至金庸本人介入學院體制當博士生指導及文學院院長，以及近年重修舊作以劇情更趨完善化的「新版本」重新面市，都是介入文學典律的「資本」（Capital）。

血梅花〉則是極端顛覆武俠小說敘事部件功能的反武俠小說。當復仇、寶劍、漂泊成了尷尬的組合，劍客跟武俠傳統脫落，將武俠主題推向哲思性與美學性的理解，武俠意圖歸返的古典世界反而在重寫的動作中越趨文人化，進而遁入寓言化的敘事。與張大春的《城邦暴力團》同期出版的張北海的擬武俠小說《俠隱》也將俠客拋入槍砲彈藥的時代，處理一個「隱遁」的主題，整體的敘事姿態事實上回到了張恨水的「現實主義的武俠觀」。一種捨棄奇幻事物卻又承擔歷史記憶的江湖寫作。然而，不再遵從武俠小說成規的寫作本身已將敘事帶離到極為「文人化」的操作，這一波「改寫」或「重寫」武俠小說是另一個為「武俠」命名的歷程。武俠類型的傳統「商業」習性在相對嚴肅的寫作過程中，恐怕必然削弱且進入知識化的運作層次。

　　於是，張大春在將故事題材置入民初的會黨大環境的同時，留下了極為關鍵的伏筆：

> 即使本書作者的名字及身而滅，這個關於隱遁、逃亡、藏匿、流離的故事所題獻的幾位長者卻不應被遺忘。他們是臺靜農、傅試中、歐陽中石、胡金銓、高陽、賈似曾。他們彼此未必熟識，卻機緣巧合地將種種具有悠遠歷史的教養傳授給無力光而大之的本書作者……

題辭當中的六位長者，確實都是當代台灣學界熟悉的人物。他們與小說中的世外高人「六老」似乎有了對號入座的影射，明確留下了一個「知識份子」介入武俠或江湖的位置。論者陳思和敏銳指出「知識份子」作為小說一個重要的觀照側面，拓展了武俠書寫的新格局〔註4〕。廟堂、江湖、知識份子三者合為一個議題，描繪出寫作者潛在的焦慮與反省。

　　換句話說，張大春在意的是一套知識系譜與民間傳統整合的機制。文人化的武俠小說，意味著知識譜系的重新調整。而這樣的調整，著重於從武俠小說中劃出一個歷史文化空間。言下之意，武俠小說的魅力不再完全依靠現實經驗外想像的江湖，而是一個由書場技藝串連起來的歷史時空。箇中傳達知識，甚至是文化傳統。於是，就在張大春所處的寫作位置上，在其文化教養與文學技藝有所繼承的知識譜系裡，他意圖打開的武俠格局，顯然導向了一個知識份子介入歷史書寫的空間。小說中的六位老人分別以醫、易、文、

〔註4〕陳思和，〈廟堂‧江湖‧知識分子〉，《聯合報‧讀書人周報》，2000 年 12 月 4 日，第 30 版。

武、書、食作為絕學的傳承，顯然接上的不再是武俠小說譜系內接連創制的虛構武功，而是小說外可以對應的龐大中國文化的傳統。這種近似菁英、典雅的知識譜系的進駐，意味了張大春認真在武俠的虛構經驗裡處理知識與知識份子的位置。而知識背後接續登場的必然是歷史。也就在一個歷史脈絡底下，張大春的武俠寫作直接碰面的就是「經驗」，一個有著歷史文化意義的「經驗」。儘管這樣的歷史文化空間甚為龐大，但他還是十分民間。那屬於稗官野史味道的資料，可以介入現實的縫隙，撐起日常化的歷史空間，在民間社會的基礎上處理大時代的歷史段落，及以知識份子為象徵的知識與文化教養。

回歸到張大春的寫作「江湖」，後設的技藝終究要面對經驗的表述。於是，武俠傳奇預設的時空體恰恰成了張大春實踐其寫作信仰的最佳界面。武俠傳奇延續的書場魅力與說故事形式，正是其關注的焦點所在。對照於張大春反思寫作的文論《小說稗類》，這兩卷本的小說學探討，顯而易見其對傳統書場敘事的關注。如此一來，張大春從強調寫作的「技藝」轉而對寫作「經驗」的思索，揭露了其虛無萬變的寫作背後，仍有核心的關懷。《城邦暴力團》做為重要的轉型之作，標誌了張大春寫作技藝上精彩的實驗。

這一番就寫作技藝與模式的反思，可以從一篇近似宣言的文論談起。〈離奇與鬆散——從武俠衍出的中國小說敘事傳統〉〔註5〕是為張大春在 1999 年台北舉辦的金庸小說國際學術研討會宣讀的論文，開章明義提出了武俠小說敘事上的重要特徵。以「離奇與鬆散」作為武俠小說敘事模式的觀察，這種源自於書場的寫作魅力，顯然有著一套說故事的機制。而說故事的前提，則在於「離奇」的表現方式。「離奇」不僅意味著超越現實的想像，究其根底還是一個搭配著現實基礎的奇特想像。故而，張大春回到民初的重要武俠文本，以平江不肖生的《江湖奇俠傳》作為討論的焦點。而搭配這部作品夾敘夾議所展演的論點，顯然對《城邦暴力團》的詮釋留下了關鍵的線索。

民初武俠小說寫作的狀況，那著眼於商業的寫作動機，雜誌或報刊的連載方式，幾乎設定了以讀者為取向的寫作態度。進而內緣的敘事公式部署，就以「奇」和「傳」為主軸，在佐以鄉土民俗材料及技擊知識佈下程序語言。「奇」作為敘事的主要精神，無異是牽引情節，推動轉折高潮，不斷引導讀

〔註5〕 張大春，〈離奇與鬆散——從武俠衍出的中國小說敘事傳統〉，收入王秋桂編，《金庸小說國際學術研討會論文集》，（台北：遠流出版社，1999 年），頁499～517。

者進入虛擬實境，在寓言的向度完成時間與空間的整合。而「傳」的意義，則另外為武俠貼上被認證的身份標示，在俠的譜系基礎上設法建構廣大的人脈，相互牽制又互相背書，在以假亂真的「現實基礎」上推演一個得以憑藉且又想像力豐富的武俠傳奇。

　　然而，以史實姿態立傳的動機卻左右了奇譎詭異的情節發展，敘事往往失了準頭，旁生枝節而流於鬆散與漫漶。所謂結構的「鬆散」乃在這層面而言。但敘事上「鬆散」的敗筆，卻另外凸顯了武俠傳奇的企圖心。在那自供自足且又高潮迭起的封閉世界，為「奇」俠立「傳」意味著替虛構接上「現實」的界面。所謂俠者傳奇，並非憑空捏造。武俠傳奇選擇在純粹的文學操作上立「傳」，確實留有幾分野史稗類的意味。近代知識份子崇尚刀光俠影，擁抱身體以修正國體，那徘徊正史之外的俠必得回流，在國族危機中獻上一己之力。作為知識份子的精神指標，晚清志士替俠找到了知識單位，也意味其獲得行動的依據。不論流血革命、召喚國魂、保種強國，俠的出場即吹響時代的號角。其激勵了知識階層，卻在平民百姓形成偶像崇拜。那俠者事蹟經由口耳相傳，繪聲繪影，從書場到劇場，從報刊雜誌到傳奇說部，隱然成形的武俠世界承載了無數的幻夢與想像。因此，武俠傳奇的成熟意指虛實相間的世界正是俠客詩意的居所。進而俠者有傳，既可演述奇異事蹟，又自成格局。作者不自覺的傳達了這樣的訊息：這是「真實」的傳奇，在有地理背景、身份來歷的武俠世界，當中演繹的身體、國族、歷史都可以往「寓言」面向解讀，畢竟它們都內含「現實的隱喻」〔註6〕。然而，「現實」意味著什麼又指出了什麼？誠如作家張大春所言：「現實世界本來就是一個結構鬆散的世界」，偏偏「這個鬆散性質也正是中國傳統書場的敘事特質」。言下之意，說故事者不過是拉拉雜雜的述說著家國社會的幽黯心事。「傳」就是搭上「鬆散」的空隙以連接「現實」的法則，那有史實依據儼然使讀者「信以為真」的敘事機制。但，「現實的隱喻」卻另有一個側面。它意指以「隱喻」進駐的「現實」經由武俠傳奇的通俗詮解是別有懷抱。詭譎離奇的佈局，就是在「現實」的正面反襯出俗世的小市民眼中的萬花筒世界。那充斥想像、預言、凝

〔註6〕有關俠與傳的現實歷史關係，可參考張大春，〈離奇與鬆散─從武俠衍出的中國小說敘事傳統〉，收入王秋桂編，《金庸小說國際學術研討會論文集》，（台北：遠流出版社，1999年），頁499～517。這一段部分論述深獲張大春先生的觀點啟發，特此致上謝意。有關張氏的發言，請參考張大春先生在誠品講堂的「說書」：「縱橫江湖，所為何事？──武俠小說裡的現實隱喻」，2001年10月11日。

視、沈醉的世界，有如從望眼鏡到顯微鏡的歷程，以隱喻代現的現實，就是那由挫敗而自強的時代精神狀態，暗影下的深邃困頓或歡欣激昂。尤有甚者，隱喻織就的系譜更可能進一步使得「傳奇收編史實」。而這在張大春看來，就是「另行建構一個在大敘述、大歷史縫隙之間的世界，而想要讓大敘述、大歷史看起來像是這縫隙間的世界的一部份」。換個角度說，世俗的俠傳奇事的龐雜與整合也正是瓦解大敘事的關鍵，使得隱喻佈滿時間與空間的向度。一個寓言的操作因而誕生。於是，弗萊爲傳奇產生的基礎所下的註解：「渴望傳奇就是力比多本能或欲雇用自身尋求某種滿足，這種滿足從現實的焦慮產生，但仍將包含那種現實。」〔註7〕正說明了隱喻與現實的糾葛。如此一來，善與惡、美麗與哀愁或正反烏托邦的對立也自然應運而生。

近代以降的種種革命事蹟，無論國共內戰或最終國民黨政府敗走台灣，都是堆積著許多血腥暴力與民間傳奇。然而，訴諸史家筆下的近代史顯然是過於規範。許多想像的空間必然要經由小說家的填補。尤其近代中國的黨國機器有很大程度是結合於民間的會黨基礎。於是，許多暴力血腥事件都有了意想不到的詮釋空間。《城邦暴力團》選擇退回到民初以降的幫會鬥爭的書寫，武俠傳奇以「奇」與「傳」的面貌出現，急切地想勾住現實場景，那一個個即存於世的奇俠，就是現代性背面龐大的活動群體。他們搭著傳統資源、鄉土民俗材料，以不可思議的奇異事蹟彰顯俠之譜系，在域外世界重建的時間心理秩序，想像身體。換言之，《城邦暴力團》在國民政府所推動的歷史進程裡，爲讀者敞開了另類歷史社會時空。顯然，遊走於紀實與虛構之間的武俠機制，更便於說故事。在寓言體當中，想像馳騁而隱喻處處，時間與空間啓動魔法裝置，「敘事者總爲一道無可比擬的光環圍繞」〔註8〕，不論記憶或啓示都更親近於時代轉折下的經驗結構。說故事者與武俠傳奇有了美妙的結合。

回到張大春對中國書場技藝的迷戀，《小說稗類》裡有多篇文章討論這一套傳統中國的敘事模式。〈敘述的閒情與野性——一則小說的走馬燈〉一文中

〔註7〕引文取自王逢振的譯筆，參弗雷德里克·詹姆遜，《政治無意識》，（北京：中國社會科學出版社，1999 年 8 月初版），頁 97。原文可參諾思洛普·弗萊，《批評的剖析》，（天津：百花文藝出版社，1998 年 11 月初版），頁 235。由於該文譯者爲強調 Romance 與浪漫主義的語源關係，故捨通譯的「傳奇」而以「浪漫故事」代之。本文採「傳奇」譯名。

〔註8〕班雅明著，林志明譯，《說故事的人》，（台北：台灣攝影工作室，1998 年 12 月初版），頁 48。

就有如下慨嘆：「失落了書場傳統及其語境的小說家倘若試圖『再造』或『重現』一個由章回說部所建構出來的敘述恐怕會有山高水遠、道阻且長之歎……現代人對小說敘述的容忍力無法承受這樣的閑情和野性。」〔註9〕然而，張大春自己倒在《城邦暴力團》做了大篇幅的實踐，而當中還處處可見《江湖奇俠傳》裡那種以人物串起譜系的做法。就在書場的基礎上，《城邦暴力團》回歸的寫作界面確實異於張大春過往的寫作習性。他自己在接受訪談時提及了一段書場技藝存在的功能：「他們也傳遞著某一種庶民的知識，庶民社會裡的一般性知識，都透過這種說故事的方式傳遞」。換言之，張大春運用了大量的菁英知識補充進入武俠的體系，也間接的在傳承文化知識。小說當中高陽傳承了七本重要書籍給敘事者我：張大春，顯然是一切知識與懸疑的情節的開展。而這樣的舉動等同於七本武功秘笈的傳承，一個擁有著超然敘事位置的張大春掌握了所有知識的傳播與運用。這樣的處理方式對應於張大春在小說技藝上慣常的表演者身段而言，到底是一種衝突或是另一番的表演型態？

論者黃錦樹清楚的指出了張大春以敘事者我不斷介入敘事情節的進行，無異以全知者的視角回到一個表演者的位置〔註10〕。相對於四巨冊的《城邦暴力團》除了在敘事技法上回應著書場的鬆散結構及譜系牽連譜系的敘事節奏，在時間的壓縮上以孫小六自窗外躍出開卷與終卷，儼然敘事時間都是凝固的。然而，五十七萬字的情節卻在當中敷衍生成。這一套書場的敘事法標榜了傳統中國敘事技藝的回歸。但有趣的是，那全然後設腔調的章節名稱，搬弄的互文、解謎等等後現代小說技法，卻又不脫其老本色。所謂退回書場，張大春不過是換了種說故事的方式。而他習以為用的種種敘事套路也跟著換了個演練場。但書場真正的魅力，仍停駐於說故事者的角色：敘事者。那便是有能力以敘事的細火，將其生命之燃燒殆盡的人。歸根就底，說故事者最終面對的是「經驗」，而非技藝。

第二節　民間中國：歷史的日常化

《城邦暴力團》以幫會化的近代民國史為題材重點，著墨於黨國機器與民間會黨之間的糾葛與鬥爭。言下之意，這樣的武俠背景並不離現實太遠，

〔註9〕張大春，〈敘述的閑情與野性——一則小說的走馬燈〉，見《小說稗類》（卷二）（台北：聯合文學，2000年初版），頁79。

〔註10〕同註2。

恰恰接上民初武俠小說的格局，那以眼前社會現實爲根基的會黨政治系列。在這樣的武俠敘事傳統中，近代史上以辛亥革命、北伐、抗戰、國共內戰、清黨、剿匪、白色恐怖等等標誌爲進程的歷史敘事有了官方以外更廣闊的想像與思考空間。於是，近代史的氛圍理所當然在一現實的界面上有了民間參於的基礎。

《城邦暴力團》當中以漕幫、哥老會、洪門等等牽扯不清的鬥爭對應上國民政府的特務體系，民間與廟堂之間模糊不清的界線其實源自於近代史上無法規避的歷史事實。那種種驚天動地的大革命都依賴著龐大的民間實力。武裝後的民間團體在幹了一番大事業後進駐於國安體系並不稀奇。甚至連小說中影射蔣中正總統的「老頭子」，都有幫會的背景。換言之，整部國民政府的鬥爭或革命史都有其「江湖」的背景，而當中參與的人物顯然在「白道」的表面都有其「黑道」的底子。從前武俠小說中位居廟堂的的帝王有著微服潛入江湖的慾望，這來自於廟堂與江湖的權力／法律的對立。但那充斥血腥暴力的民國史卻由始至終都處在江湖之中。也就是說，江湖的合法暴力就是國民政府政權的穩定。

很顯然的，一部奠基於江湖的國民政府史，其實就是必須經由民間大量填充、補漏的政治江湖史。幫會史的地理座標其實位處於廟堂之外寬廣流動的遊民空間。而當中建構而成的特色往往立足於其中民間行當文化。武俠小說傳奇化的「時空體」（chronotope）就建立在民間廣場的活動身體與「奇幻物像體系」的背景上。民間廣場被視爲庶民階層喧囂的系統，從來都是通俗文學處理的重要材料。化作地理空間的意義，當廣場不僅是知識份子的「高談闊論」場域，它更可能是庶民流動的空間，尤其鏢局和會黨矗立的近代中國社會。民間廣場顯得意義非凡就在於身體的座標可以縱橫南北東西，相對的精神自由與體格膨脹便有所依據。因爲身體的遊移，地理意義上的無限延伸所帶動的物質建構而搭起的自然布景，適時完成了中國性的準備。民俗材料的傳統意義與集體記憶，有如瑪德蘭的點心蛋糕，在日常敘事的陌異化中陷入不由自主的回憶，其中散發的精神光暈還原了民間的骨架，中國性誕生於整體材料編碼的過程。換言之，武俠世界的江湖，不過是傳奇時空體中敞開的兩個思維向度：地理空間與文化時間。而兩者的「著魔」就形構了江湖的詭魅色彩與無限張力。

但《城邦暴力團》顯然是部扣緊黨國機器與幫會組織的鬥爭關係來展開

情節。相對其他武俠小說中江湖的域外色彩，張大春有意讓江湖更貼近於現實，又或根本就從現實生成。於是，張大春面對了其必須省思碰面的歷史，那屬於其父執輩一代的國民政府史、國民黨退守台灣的精神史。值得注意的是，張大春顯然調侃了國民黨政府以復國神話裝潢的敗戰。曾經以革命事業起家的國民政府，在以特務系統統治天下的光輝歲月中，卻終究吃了敗戰像鼠輩般逃到台灣小島。可想而知，化作武俠小說的語言就彷如一群武林高手逃命去也。尤其民國政治中幫會與黨國機器是如此密切合作過。因此，這樣的歷史界面留下了更多想像的線索。歷史由此進入日常化，在光天化日下潛入了庶民材料可以填補的縫隙。一個以逃亡為主題的武俠小說，事實上可以從上述的現實脈絡加以想像對應。

張大春不諱言的指出其《城邦暴力團》的寫作其實有點往「風俗誌」、「地方誌」的方向經營〔註11〕。言下之意，民間的世俗材料是其特別在意的。整部小說核心的謎底從作者偽造的《民初以來秘密社會總譜》展開，就很清楚看出張大春面對的「歷史」經驗其實紮根於民間。加上張大春追尋波赫士、艾可等「百科全書派小說」的譜系，故而放入的大量材料在冠以「知識」的美名以後，顯然就厚重許多。但知識的多寡目的都在於妝點那逃離自大敘述的歷史經驗。那顯赫一時的民國史自有其民間生成的界面。而當中可見的是庶民知識填補而成的社會空間。歷史的日常化，奠基於庶民知識建構的民間廣場。而《城邦暴力團》的「城邦」對應於民初以來秘密社會，已揭示其民間中國的立場。只不過這以「總譜」方式形成的庶民空間，到底還是看到了知識份子的身影。

第三節　誰的江湖？說書人的紀實與虛構

當作者張大春以敘事者我：張大春介入小說敘事的進行，且是其中關鍵與視角超然的角色，更以「張大春的江湖回憶錄」影射作者虛實真假不明的親身經驗，顯然作者張大春是選擇了說書人的氛圍在進行一部武俠的敘事，或是「歷史」經驗的呈現。換言之，武俠小說中經營的江湖世界，除隸屬於歷史的真實脈絡，當然也屬於張大春說書人的江湖。

〔註11〕謝淑芬，〈現代新武俠──張大春文學的再突破〉，《光華》（25 卷 8 期，2000年 8 月），頁 120～125。

對於張大春小說直探核心的批評，往往著眼於歷史與虛構的議題，尤其那可能碰觸到虛構背後更深沈的敘事倫理與技術〔註12〕。而論及《城邦暴力團》的同時，往下追問的依然會是小說中歷史敘事的真假問題。這一設問本身指出了小說中普遍面對的狀況：如何處理歷史？歷史該以何種「知識」或「經驗」的方式呈現？其中值得思考的關鍵，在於作品的敘事位置與腔調。於是，我們可以就說書人、歷史與知識這三個環節去檢視張大春在《城邦暴力團》的實踐。

說部傳統歷經民國通俗小說的洗禮和轉型，在現代小說的行列中卻大體僅剩武俠小說保留著說部的回目與腔調。言下之意，武俠類型內含的題材和主題彷彿標有「使用期限」〔註13〕。它必然遠離當下，且應該是擬古典世界。說部因而才有了效用，以其說書人的腔調敷衍一個接一個的俠義傳奇，讓閱讀有如傾聽的姿態，接近說書人的生命光暈。到底是武俠依附於說部形式，抑或說部賦予武俠形式，倒成了有趣的問題。無可否認，武俠小說作為標誌「中國性」的典型中國小說，其實有一個尷尬的位置。那章回體的敘事格式，「舊式白話」與「新式國語」接合產生的另類白話文。武俠小說在現代中國小說的行列之中很明顯是一個岐出，一個接續中國正統書寫的意義位置。誠如張大春先生喟嘆筆記傳統湮沒於現代中國小說寫作時所言，「真正的中國小說早已埋骨於說話人的書場和仿說話人而寫定的章回、以及汗牛充棟的筆記之中」〔註14〕。同樣的問題來到中國正統的武俠小說，就是當武俠寫作捨棄章回體，脫離說部形式，那意味著武俠同時也失去了什麼？真正的「中國」？還是說故事者所被包圍的光暈，那懷舊的中介？

這一設問的本身，意圖將思考推回到原點。就在說書人的場子中，那被

〔註12〕 其中代表性文章有黃錦樹，〈謊言的技術與真理的技藝——書寫張大春之書寫〉，收入氏著《謊言或真理的技藝》，（台北：麥田出版社，2003年），頁205～239。

〔註13〕 黃錦樹就武俠類型的延伸閱讀，乃判斷其為「近代中國人遁入想像世界的想像共同體的主要形式之一」。黃的論點可參考氏著〈否想金庸——文化代現的雅俗、時間與地理〉，收入王秋桂主編，《金庸小說國際學術研討會論文集》，（台北：遠流出版社，1999年），頁587～607。氏著〈奇幻的記憶：一評張大春《城邦暴力團》〉，收入氏著《謊言或真理的技藝》，（台北：麥田出版社，2003年），頁453～456。

〔註14〕 張大春，〈隨手出神品：一則小說的筆記簿〉，收入氏著，《小說稗類（卷壹）》，（台北：聯合文學出版社，1998年），頁145。

傳述的故事，卻也是經驗的傳承。而經由臨場情境，說書人的腔調由世故老練轉換成敘事抒情。武俠傳奇的進程正體現出這樣的轉折。王度廬、金庸的俠情與哀愁都指向了延續的抒情傳統。而王德威教授提醒新文學傳統下的老舍卻也是「說話」傳統的繼承者〔註1〕。如此一來，說書人的敘事聲音化為無數的姿態，流轉在現代寫作的界面。

　　而《城邦暴力團》卻是選擇了一個武俠類型。這接續書場的魅力所演繹而成的案頭文本，無形中扮演著說書人的角色，在現代社會凸顯其舊腔調與歷史情懷。針對形式意義上的思考，這樣的選擇不僅取決於武俠傳奇極具魅力的敘事零件與程式語言。而就說部的形式來說，武俠的類型意義倒成了說故事者傳承的經驗。本雅明筆下的說故事者，在懷舊的目光中找到存在的意義。武俠傳奇內在的古典時間因而與說部形式構成唇齒關係。而以庶民知識為其根基的背景，更是張大春念茲在茲的「另類知識」。

　　可見二十一世紀政治紛擾的台灣卻有作家張大春不但以四巨冊的《城邦暴力團》努力復返或走出武俠敘事的新路向，竟還在時事新聞掛帥的電台扮演起說書人的角色，以半個鐘頭的時段說起民初平江不肖生的《江湖奇俠傳》及《近代俠義英雄傳》。無論對武俠的熱情，還是對說書傳統的重視，都極有力的證明張大春對「真正的中國小說」的敬意與延續。這顯然變成了一個有趣的個案。

　　然而，張大春的企圖心就在於他以說書人的技藝串起了種種歷史的敘事。那腔調已轉型為虛擬的聲音，一種偽知識的學究。慣有的武俠讀者或論者總以此作為批評《城邦暴力團》的依據。過於知識化的武俠，或以過多偽知識填充的擬武俠佈下了許多閱讀的障礙。這也就是張大春再三警告讀者莫以武俠小說視之，卻也忍不住在訪談中坦承自己的創作是在武俠的類型內尋新出路所面對的矛盾。武俠小說在其源遠流長的歷史中已建立起其閱讀的成規與習性，但當張大春以說書人和知識份子的雙重角色為貼近近代史的武俠題材開創格局，謗譽隨之而來。知識化的過程意味了作者對固有程式的局部拋棄，並直視歷史經驗。換言之，說書人張大春此番並非道聽途說，而是很有使命感的在以知識傳達故事，而那故事恰恰貼近於近代史與當代史。如此一來，《城邦暴力團》中的武俠閱讀樂趣不再來自於想像性江湖，而是可以按圖索驥的歷史性江湖。小說中除了可以接上國民黨政府的政治人物，還甚有

〔註1〕王德威，〈「說話」與中國白話小說敘事模式的關係〉，收入氏著《想像中國的方法：歷史‧小說‧敘事》，（北京：三聯書店，1998年），頁80～101。

趣味的為近十年轟動大陸的法輪功牽起了武俠系譜。而對慣有的武俠讀者而言，當中還有平江不肖生的《江湖奇俠傳》中的人物可以對應。很顯然的，《城邦暴力團》意圖建立大譜系，囊括虛實真假難分的經驗。而一切經驗經由擬知識的處理，就變得脈絡化、歷史化了。

　　說穿了，《城邦暴力團》的江湖就是民間以知識建構歷史的經驗，一個寫作者的江湖。

附錄二　暴力的視窗：論革命與武俠的現代性隱喻

第一節　革命與暴力的建制

一九〇三年留學東京的魯迅有一首〈自題小像〉的七言絕句，末句的「我以我血薦軒轅」揭示了晚清時刻籠罩於中國的精神氛圍，上古的傳說積累為近代國族建構的符號資本（symbolic capital），國魂、國族、革命儼然結合為嚴密的系譜，俠附著於尚武與軍國民的倡導、革命流血的衝動、身體政治的想像，中國武士道傳統驟然取得合法性〔註1〕。就在那一個近代中國的亂世，國勢衰頹、殖民創傷、西學衝激，整體的經驗結構召喚著變革的可能。從一八九七年章太炎的〈儒俠〉到一九一七年青年毛澤東的〈體育之研究〉，身體作為共同的想像與實踐界面，為近代中國提出了特殊的現代性經驗。這見證了老大帝國蹣跚的步伐如何調整為少年中國「雄渾」的意象。

然而，陽剛美學作為近代中國的精神註解〔註2〕，其實潛藏著更為現實的景致。一九〇六年魯迅在日本看到中國人圍觀砍頭的幻燈片，這一後設的文學

〔註1〕關於武俠作為文化符號在晚清政治與社會的實踐，可參見拙著《國族與歷史的隱喻：近現代武俠傳奇的精神史考察（1895～1945）》中的第三章（埔里：國立暨南國暨大學中文系碩士論文，2001年），頁31～56。

〔註2〕從時代精神到論述機制都可著眼於一套以身體為界面或意象的經驗結構。王斑以「雄渾」（Sublime）描述了這一陽剛美學。參見 Wang Ban, *The Sublime Figure of History：Aesthetics and politics in Twentieth-Century China*（Stanford：Stanford University Press，1997），P2。

隱喻，等於揭開了中國現代文學的起源。王德威先生提醒新文學要從「頭」談起，無異是說明砍頭、斷頭的執行或觀看，潛在的成爲了一套文學的想像與實踐〔註3〕。尤其置放於京派譜系的沈從文，在其恬靜安穩的抒情世界中依然可以窺見暴虐的砍頭場景，一如日常般的恰如其分。如果說砍頭是一寫實的呈現，反過來追問的是新文學著眼的是寫實的砍頭還是其背後的目光與操作？換言之，砍頭不應是在現成的砍頭經驗下被處理，而是處理一個砍頭背後更大的歷史社會經驗。魯迅的思索確實往此發展，其代表作〈藥〉就是一則明顯的範例。然而，砍頭如果是認識新文學的起點，那意味著什麼？當其不再是文學對象而是文學隱喻，不再是文學寫實的呈現而是本質的探討，砍頭預示的是暴力的無所遁形，甚至是暴力的張羅，暴力的詭魅。言下之意，中國現代文學誕生於一個「暴力」的現代性隱喻，那是一個探索新文學景觀與價值的「背景」，一套認識機制的起點。從另外一個角度來說，在什麼樣的歷史脈絡下「暴力」被文學處理及操作，甚至架構爲一個文本的視角與目光？這是中國現代文學認識機制的起源之一。

魯迅的寫作若可以指涉爲國族寓言的書寫〔註4〕，其最大的啓示應屬於現代中文寫作本身的認識論議題，說明中國現代文學的認識機制其實建構在近代的國族想像脈絡當中。那體現在文學作品中的由個體到集體的投射，傳統往現代轉化的經驗，往往伴隨著種種革命機制的展示。儘管「革命」一詞置於近代中國的語境有過幾種轉折性的理解〔註5〕，但革命作爲現代性經驗的解讀卻一點也不含糊。革命成了傳統中國轉向現代中國的一套進程與機制。革命在近代中國具備「現代」意義的解讀，其實發生的並不太早。一八九九年當梁啓超在其旅美日記中採用西曆〔註6〕，時間意識眞正在中國菁英知識份子

〔註3〕 王德威，〈從頭談起：魯迅、沈從文與砍頭〉，收入氏著《小說中國：晚清到當代的中文小說》（台北：麥田，1999年），頁15～29。

〔註4〕 詹明信（Fredric Jameson），〈處於跨國資本主義時代中的第三世界文學〉，收入氏著，陳清僑等譯，《晚期資本主義的文化邏輯》，（北京：三聯書店，1997年），頁516～546。

〔註5〕 從王韜、孫中山、梁啓超、章太炎都對「革命」一詞的引入有過「變革」、「造反」等不同的理解與詮釋。而中國共產黨革命建國後，「革命」更在毛澤東的詮釋下有了階級及社會主義的意義。相關討論參見陳建華，《「革命」的現代性：中國革命話語討論》（上海：上海古籍，2000年），頁1～59。

〔註6〕 梁啓超，〈夏威夷遊記〉，收入《梁啓超全集》（北京：北京出版社，1999年），頁1217～1222。

內部發酵，成爲一具內在時鐘，一個「現代」的時間經驗發生了意義。而文中首次出現「詩界革命」，則指陳了知識份子改變現狀的企圖是伴隨著現代意識的轉換。這訴諸文化與社會變革的計畫，無疑是借鑒於外來經驗。而當梁啓超更進一步擴張「新一國之小說」作爲「新民」之前提，強調「改良群治」的啓蒙方向，革命則已明顯建制爲傳統轉換的機制。五四新文學高揭現代性旗幟往往由此接軌溯源。不過，回顧革命一詞的翻譯則應從一八七三年出現在日本的所有英日詞典中開始說起。而中國則在一八九六年的《時務報》首次引入漢語。這一指陳近代西方 revolution 意義的「革命」，開始在中國本土建構其實踐與運作的認識機制。一如「砍頭」作爲刺激魯迅國族想像的關鍵中介，「革命」作爲孫中山在日本遭遇的詞彙，也同樣將其概念中的「造反」賦予了現代意義。隨著章太炎《訄書》、鄒容《革命軍》的先後出版，「革命」伴隨著「進化」、「變革」、「共和」、「民主」等觀念建立其普遍性價值。至到一九〇五年革命同盟會的成立，「革命」正式確立其在中國的政治意義。

　　從「砍頭」到「革命」，等於提示了兩套概念：暴力展示與權力更替。這尤其在政治意義上相輔相成的價值觀念，等於介入爲近代中國認識「國家」（nation-state）概念的預設裝置。那經由西方列強以槍砲強行置入的「現代」經驗，迫使了中國知識階層認識到暴力的工具性意義及權力的替換價值。當殖民勢力侵入到天朝帝國的清廷權力核心，清帝國權力的剝落意味了暴力的叢生。當傳統權力不再有效的限制與支持暴力，流散而去的正當性暴力顛倒了位置。那可以行使正當性暴力的清廷換成了具備「現代」革新意識的知識份子。於是，「革命」形構爲近代中國新興權力建構的一個基本取向。雖則廣義的暴力不僅是武力的展示，而是一套權力的實踐與顛覆。但在世紀交替的中國情境，暴力有其非常現實的面貌。當西方船堅炮利一舉轟開清廷脆弱的權力面紗，其傳達出一個再清楚不過的訊息，也正是漢娜・阿倫特（Hannah Arendt）在《論暴力》（On Violence）所辯證指出的暴力眞相：一支槍管所發出的命令是最有效的命令，帶來的是最及時的和最完全的服從。永遠不會從槍管中生長出來的是權力〔註7〕。換言之，暴力變成了工具性價值的認知機制，是一套摧毀權力的手段與目的。

　　暴力作爲現代性經驗的一環，在西方學界的論述並不稀見。除了漢娜・

〔註 7〕漢娜・阿倫特，〈權力與暴力〉，收入賀照田主編，洪溪譯，《西方現代性的曲折與展開》，（長春：吉林人民，2002 年），頁 439。

阿倫特對極權主義及納粹大屠殺的暴力思考；巴塔耶（Georges Bataille）更視暴力為社會異質性元素而構成法西斯主義的心理結構；德希達（Jacques Derrida）則從形上學反思暴力形式；本雅明（Walter Benjamin）在法哲學層面辯證暴力與正義的關係〔註8〕。由此看來，西方暴力論述的建構顯然跟現代經驗有更密切的互動關係。置於近代中國的脈絡，革命所涵攝的現代經驗，及其動員的政治、社會與文化資本（capital），更無法迴避「現代」文學所轉述的暴力是貼近於一個革新、改良的現代家國的建構與推進所必經的歷程與手段。

當象徵清廷合法暴力的劊子手揮刀砍下革命烈士的頭，這一場景與西方列強以武力直搗清廷權力中樞並列，無論圍觀砍頭的群眾是麻木愚昧還是狂歡的嘲弄，暴力在那一刻已轉換為群眾的想像與實踐經驗，清廷的權力不再從暴力中伸張。而配合革命以張羅權力為目的，知識階層對暴力的行使成了參與現代經驗的一部份。早在魯迅以觀看者的視角審視暴力的蔓延，譚嗣同在一八九八年變法失敗慷慨就義前就留有如下詩句：我自橫刀向天笑，去留肝膽兩崑崙。這裡除了是活的流血意象，也埋下了文學的傳承。詩中末句的兩崑崙顯然就是另一則革命義士的傳奇，一說是康有為配王五，一說則將前者換作唐才常。然而，王五確實因此成了二〇年代平江不肖生風靡市場的武俠小說《近代俠義英雄傳》的重要角色，進而更牽引出傳銷華人世界的經典俠義人物：霍元甲。當然，還有鑒湖女俠秋瑾的引頸就戮，也成了《六月霜》等小說的主角人物。這一具具革命烈士獻祭的軀體，描繪了革命嗜血與暴力的衝動。甚至鼓吹無政府主義的革命志士，以暗殺為手段的革命動機，懷抱的仍是迷戀身體爆發的能量。廖仲愷針對暗殺的譯文就有如此典型字句：十步之內，血火紅飛，而百萬勁旅進退無所施其技〔註9〕。這簡直是對個體暴力的行使所發揮的效用描繪到了極致。

然而，這種種訴諸身體的暴力，除了著墨於原始衝動或中國文人俠義傳

〔註8〕 相關論述可參漢娜‧鄂蘭，林驤華譯，《極權主義的起源》，（台北：時報，1995年）。喬治‧巴塔耶，〈法西斯主義的心理結構〉，收入汪民安編，《色情、耗費與普遍經濟：喬治‧巴塔耶文選》，（長春：吉林人民，2003年），頁42～74。德希達，張寧譯，《書寫與差異》，（台北：麥田，2004年），頁171～316。本雅明，〈暴力的批判〉，收入陳永國編，《本雅明文選》，（北京：中國社會科學，1999年），頁325～344。

〔註9〕 無首，〈帝王暗殺之時代〉，《民報》，（第二十一號，1908年），頁85。

統的延續〔註 10〕，其實檢視其現代性經驗下的操作模式更能說明現象的癥結。當年擔任光復會會長的蔡元培就明白表示：「革命止有兩途：一是暴動，一是暗殺」〔註 11〕。凡訴諸政治的革命都終究免不了是身體暴力的驅使，以致於象徵權力更替的革命等於被暴力所取代。那一具具可作為俠文化隱喻的身體，壯碩為陽剛的時代意象與符號，卻在一次又一次的革命中折損。這可以概括為時代的流血慾望〔註 12〕，其實折射了近代中國權力替換中強行置入的現代經驗。純粹暴力的展示，恰如沈從文在自傳中描繪的每日可見衙門口上懸掛的人頭。然而，這也象徵了權力的式微。一個被八國聯軍打得落荒而逃的世襲權力，砍頭的暴力不再是權力的彰顯而變成詭魅的想像。救亡圖存的身體由雄渾變成暴虐的廢墟，流動的不是權力的效果，而是暴力的蔓延。換言之，暴力的反面依然是暴力。於是，標誌「現代」政治意義的革命，輕易的成了暴力手段的載體。

　　一九○三年署名「憂患餘生」的連夢青在《繡像小說》刊載了記述庚子事變的小說《鄰女語》。小說中的主人公在八國聯軍入京後的混亂世局下，決定變賣家產攜資入京尋找匡時救國的機會。途中所見皆是流連於民間的清廷官兵對平民百姓的暴行。然而，小說到了第六回則展示了一幕袁軍屠殺義和團拳民的暴虐場景。小說主人公遠看彷彿來到一片桃花林，近看才發現十里荒林盡是梟首示眾的拳民人頭。繫上紅布的人頭懸掛於樹林代換了大雪紛飛下桃花林的烏托邦意義，無所不在的暴力成了近代家國想像的背景。義和團以法術蠱惑的偽身體所展示的暴力，卻落得同樣被另一股暴力屠殺的下場。以暴易暴的對抗及想像，其實埋下了暴虐的空間。一個被文本捕捉的社會歷史空間。

　　隔年陳冷血刊登於《新新小說》的〈俠客談。刀餘生傳〉則敘述為國為民的盜匪執行了知識菁英的優生學計畫，羅列了諸如「鴉片煙鬼殺、小腳婦殺、年過五十者殺……」的二十八種必殺之人的殺人譜。甚至殺人過程的現代機械化，以科學、理性和再生循環的對腦髓、人皮、人骨、腑臟的處理，

〔註10〕　龔鵬程，〈俠骨與柔情－論近代知識分子的生命型態〉，收入氏著，《近代思想史散論》，（台北：東大出版社，1991 年），頁 101～135。

〔註11〕　蔡元培，〈我在教育界的經驗〉，《蔡元培全集・第八卷》，（杭州：浙江教育出版社，1997），頁 507。

〔註12〕　陳平原，〈晚清志士的游俠心態〉，收入氏著《中國現代學術之建立》（北京：北京大學出版社，1998），頁 275～319。

彰顯極具效率的暴力。這彷彿對知識暴力的批判性嘲謔，卻潛藏了暴力執行的工具性思考。暴力作為手段往往伴隨一個「現代」的認識動機與目的。反過來說，近代引入的進化與優生的現代性觀念，無疑有著暴力的辯證。

　　以上兩則文本凸顯了暴力作為現代認識機制的一環，其實可以從建制的角度觀察。那是關於身體的塑造與摧折。晚清危機重重的國家體制在知識份子眼中的病體化處理，等於有意識的開發身體場域，作為現代經驗的重建界面。老大帝國要轉型為少年中國，軍國民化的身體要成就新民與新青年。如此陽剛的氣象恰恰是中國現代性一個弔詭的側面。暴力作為歐洲主權國家興起的權力觀，到了近代中國則轉變為陽剛敘事的支配性形式。畢竟，現代國族的想像源自於創傷經驗。一個幡然覺醒的現代經驗，其實是羞辱經驗。當西方武力撞開清帝國的天朝大門，面對西方列強最現代化與最有效的攻擊機器，武力雖不類同於暴力，卻催促了以身體為想像界面的中國人，以暴力的姿態回應列強的槍砲。義和團是標準的例子。而身體作為衝撞舊體制與政治勢力的中介，在接連的革命機制部署中，體現而出的自然是無止盡的暴力。當我們說暴力是中國的現代認識機制，那是因為革命所推演而出的「身體正義」，回應了近代中國新舊勢力暴虐的殺戮，以及西方以人造物的武力展示。

　　換言之，面對日本軍事現代化所支撐而起的武士刀，西方科學技術所營建的船艦彈砲，近代中國的基本現代想像，卻是有趣的設定在身體暴力的展示與塑造。那是體質的調整，卻也是現代經驗中基本的視野與目光。革命是一套現代機制，然而其背後伺機而出的暴力因子才是潛藏的隱喻。故而與其說暴力是近代中國的經驗，因而延續為文學的處理對象，還不如說是現代文學書寫進入現代化機制的內化觀念與目光。尤其在特定的類型敘事中，暴力已內化為基本的書寫形式，遙遙指向現代文學的起源。

　　這裡的表述，其實提醒了文學進入「現代」的機制是特別值得推敲的。從梁啟超在〈變法通義〉（1897）討論傳統說部功能的開始，基本可被視為「新小說」倡導前的前置作業。而〈譯印政治小說序〉（1898）、〈論小說與群治的關係〉(1902)則挑明「政治小說」乃實踐「小說乃國民之魂」的格局，是「改良群治」的「新小說」。但「新小說」帶入的「現代」文學意義，其實對應著日本明治維新的推行，且類同於「革命」概念的輸入。梁啟超要求的「群治」，提出了四大小說功能：「熏、浸、刺、提」，無異是強調小說處理及傳播「現代」經驗。於是梁啟超創辦《新小說》雜誌之際，仿照日本的

小說類型介紹方式大張旗鼓地宣傳小說內容「哲理科學小說、軍事小說、冒險小說、探偵小說、寫情小說、語怪小說」〔註 13〕。小說的多元類型表述多重經驗，既強調感染效果，卻更要求啓蒙教化。一九一五年梁啓超發表〈告小說家〉指控小說家「誨淫誨盜」、「尖酸輕薄」，就可看出他更在意的是小說所傳播的正面「現代」意義與價值。而「小說界革命」的口號換個角度思考也可視其爲揭示了「小說」與「革命」的雙重啓示，二者在「現代」經驗中尋求表述的形式。當革命引入近代中國作爲現代性概念的一環，其激進處所展現的暴力面向，往往是墨水與鮮血摻雜一起。從「新小說」所指稱的新文學形式，啓動的「現代」文學經驗，其延伸閱讀往往是作家貼近於社會歷史情境，爲革命書寫也爲其獻身，呈現個人與時代的暴力體驗。這是「現代」文學被引介到中國本土時生成的隱喻，一個強調文學工具性與社會功能的概念。

　　近代社會變革的巨型經驗結構，左右了文學生產的條件。當現代文學與現代民族國家的概念共生，魯迅「砍頭」的文學隱喻，自然可以被理解爲現代性隱喻，也是個體投向集體所遭遇的暴力場。一九二七年國民黨在上海發動對共產黨的血腥鎮壓，仍在假革命之名演繹暴力戲碼。隨著暴力的傷痕推陳而出的，反而是一九二八年倡導的無產階級革命文學，強力批判五四資產階級現代性品味〔註 14〕。以蔣光慈、巴金、茅盾等作家實踐的「革命加戀愛」文學模式〔註 15〕，顯然昭告了革命文學的招牌內化爲一套表述的公式。流血暴力不僅是革命文學的唯一可能，暴力伴隨革命的正當性與正義化，廁身於敘事的內面。革命敘事所標榜的強悍正義及意識型態，箇中的熱情與浪漫，其實更凸顯出弔詭的美學暴力。換言之，當「現代」文學貼近於「革命」歷史情境，暴力往往是潛藏的隱喻，或寓言化的處理。本文意圖處理的民國武俠小說與中國共產黨建國後的革命歷史小說正可呈現出文學轉述暴力的兩種顯著類型。

〔註13〕梁啓超，〈中國唯一之文學報《新小說》〉，《新民叢報》，（第 14 號，1902 年11 月 14 日）。又見陳平原、夏曉紅編，《二十世紀中國小說理論資料（第一卷）1897～1916》（北京：北京大學，1997 年），頁 58～63。

〔註14〕相關事蹟鋪陳，參見曠新年，《1928 革命文學》（濟南：山東教育，1998 年），頁 43～86。

〔註15〕相關討論見王德威，〈革命加戀愛：茅盾、蔣光慈、白薇〉，收入氏著《現代中國小說十講》，（上海：復旦大學，2003 年），頁 49～126。

第二節　暴力場景：武俠的社會歷史空間

　　在晚清時刻重構且引領風潮的俠文化，凸顯而出的固然是陽剛、壯碩的
生命情調，卻也直指以革命號召的暴力時代的到來。從排滿革命、義和團動
亂、無政府主義的暗殺集團、北伐戰爭、國民黨剿共清黨、法西斯式的國家
改造運動、國共內戰等等一連串註記於近代史上的事件，無一不是赤裸裸的
暴力場景或暴力的潛伏。那無關外來引入的暴力，卻恰恰是根植於中國本土
的一套精神狀態或意識型態。劉紀蕙針對三十年代文化論述的法西斯徵狀的
討論，提出那是民族國家建設其主體性時投注於集體慾望的結果〔註16〕。然
而，如果暴力本身是一種症狀，這背後值得追究的，反而是一套認識機制的
形構。換言之，邁入現代行列的近代中國其實內化了一套革命機制，且在暴
力的形式意義上展開其論述的可能，及演繹其發展軌跡。誠如本文上節所提
及的，從「雄渾」到「暴虐」是一基本的演進路徑，但其中革命機制的部署
卻投射爲暴力形式，這個體／集體慾望的轉換，確有其內化的暴力根源。換
言之，暴力背後有其隱藏的制度值得推敲。

　　雖則每一歷史事件都有其特定的歷史脈絡可以詮釋與梳理。本文也無意
架構一個貫穿理解整體歷史暴力演進的主軸。但從歷史事件勾勒而出的暴力
場景，都在一定程度上反餽於基本的文化與社會論述。本文要考察的武俠小
說，正可以作爲觀察的側面理解暴力被處理與被發現的那一社會歷史空間。

　　從晚清俠義公案小說的發展來看〔註17〕，其明顯有著「武俠化」的過程。
無論從正義的辯證、俠客形象的轉換、江湖的形構都指向了一個具備寓意的
武俠傳奇（Romance）的醞釀與誕生。民國時期標誌武俠小說大興的階段，應
屬平江不肖生（向愷然）在一九二三、四年間完成的兩部作品：《江湖奇俠傳》
與《近代俠義英雄傳》。前者作爲奇幻色彩的江湖俠客的鋪陳，牽引出《火燒
紅蓮寺》的改編電影，接連推向了武俠文學與電影的結合與消費趣味。然而，
後者以鋪陳民初憂國爲民的大俠，寫作大刀王五、霍元甲等歷史俠士，則引
領了另一支以折射近代中國憂患世局的武俠傳統。當代仍有極大消費魅力的
的霍元甲、黃飛鴻電影，基本都是此一武俠傳統的繼承。而本文擷取《近代

〔註16〕劉紀蕙，〈三十年代中國文化論述中的法西斯妄想以及壓抑：從幾個文本徵狀
　　　　談起〉，《中國文哲研究集刊》第十六期，2000 年 3 月，頁 95～150。

〔註17〕王德威指出晚清俠義公案小說隱而不宣的正義辯證，點出了浮動與壓抑的現
　　　　代性意涵。參見氏著，〈虛張的正義：俠義公案小說〉，《被壓抑的現代性：晚
　　　　清小說新論》（台北：麥田，2003），頁 163～243。

俠義英雄傳》作為分析文本，正要指陳近代中國現成的暴力場景。

　　小說的主要情節，著重描述譚嗣同就義後以大刀王五為起點的一批感時憂國的民間俠士。他們個個武藝超群，關懷國政世局，以人物系譜的接引方式一一牽引出霍元甲、李富東、農勁蓀等近代俠客。而小說的高潮，自然是霍元甲挑戰到中國賣藝且自稱「世界第一大力士」的洋人，且以威名嚇退俄國、英國、黑人等各國大力士，洗刷「中國是東方的病夫國」的污名。而小說的結局，則是描述前來討教的日本武士用盡心機設計下毒，終於霍元甲在四十餘歲的盛年遇害而死。

　　小說故事其實有極為明顯的民族想像，及呼應讀者民族自尊的消費取向。前來賣藝的洋人大力士可代換為近代殖民中國的西方列強，下毒暗算的日本人則影射了窺伺在側的日本軍國主義，其在日俄戰爭及甲午戰爭時崛起的軍事力量，確實驚嚇了蒙在天朝面紗下的清廷及中華民族。不過，小說值得注意的，並非是愛國的民間俠士終於替民族洗刷恥辱，一代民族大俠的誕生。這裡頗堪玩味的，應是東亞病夫的民族羞辱及霍元甲的大力士形象所呈現的民族尊嚴。這強弱之間的對應，與其說是外來加諸的羞辱經驗的自衛反應，還不如檢視從嚴復〈原強〉、蔡鍔〈軍國民篇〉、梁啟超〈新民說〉、康有為〈請禁婦女裹足摺〉等等近代知識份子所著眼的病體之國。知識份子的言論再三痛陳「人種不強」、「四萬萬病夫之國」，反映的不正是國體之病、中體之虛、身體之弱？國體－中體－身體三者形成互動牽引關係，呈現為轉喻的效果，不就拋出了近代中國國族危機的認識機制。從倡導中體西用時顯見的跛腳姿態，期盼少年中國時國體的腐朽，到鼓動軍國民化身體的孱弱，這彷如骨牌效應的論述，鋪陳了一個基本的革命場域，一個自傳統與現代裂變而出的文化結構〔註 18〕。而暴力的生根恰恰在此找到土壤。訴諸身體動員則是流血衝突，置於文化想像則是重構象徵秩序。前者可見諸不間斷的政治革命，後者則有著名的康有為經學改造運動及新文化運動。這不過是一種「暴力」，兩樣形式。

　　回頭檢視《近代俠義英雄傳》的霍元甲傳奇，他卓越的武藝尤其體現在孔武神力。被踢館挑戰時比的是力氣，主動挑戰洋人大力士一樣在比蠻力。換言之，力成了關鍵的隱喻與身體的展示。近代中國的挫敗經驗，替換為力

〔註18〕關於中體在近代中國的際遇與轉化，黃錦樹先生做了一精神史與思想史的處理。參見氏著〈論中體：絕對域與遭遇〉，《中山人文學報》（第十七期，2003年 12 月），頁 31～63。

量的算計。霍元甲傳奇說的俠客不是遠古升天遁地的劍俠，反而是近代中國「現代」經驗下最能展現「力量」的民族大俠。這當中的微妙可見諸霍元甲拳打義和團民的情節。義和團鼓動的刀槍不入身體，理應是近代中國最嘉年華式的身體演繹。然而，義和團的愚昧迷信，終究是草根的身體衝動，徒勞的身體耗損。創辦正宗武學「精武門」的霍元甲，擔負了爲剛碩身體塑造正本清源的責任。一則民族大俠的傳奇，隨著精武門的飄洋過海，矗立在世界各地的華人社會，形成文化結構中暴力的圖騰，攸關身體的想像。

當然，霍元甲傳奇啓動的是一個國家民族內憂外患的場景。暴力的正當性源自於民族情感與革命正義。對應史實可以發現，一九〇九年霍元甲在上海擺擂臺迎戰西方大力士，一九一〇年精武體育會的創立，一九二三年全國武術大會的召開，更多的拳譜、拳術理論的出版，整體的氛圍籠罩在國術的時代〔註19〕。那變成一個最現成的社會時空，小說現學現賣的回饋著社會期待，塑造群體的暴力想像。國術化的民族自強圖景，隱然建構的其實是暴力場景。畢竟，大俠沒有浪漫化的蓋世神功。小說最後鋪陳大刀王五死於槍殺，霍元甲死於醫學暗殺的毒劑，證明了俠客遭遇的已是現代化的犀利武器。相對於譚嗣同以肉身對抗清廷的劊子手，還是一個相對等的肉搏戰。但民國以後暴力的建制更迫於一個現代性意義下的對手。清廷崩垮後流散而去的合法暴力轉手到革命黨人、軍閥與秘密會社。那暴力體現在流通的槍械與彈藥。因而國民的全體武裝（軍訓的推動），成爲最鄉愿也最犬儒的自衛姿態。於是，最迷人的武俠小說退回到一個域外的江湖世界，鑄造一個以身體懷舊的中國。

然而，在域外江湖與民族大俠兩支武俠敘事之外，我們還應該關注標榜會黨武俠的寫作。那標舉著現實基礎的江湖世界，反映的其實是幫會化的近代民國史。在這樣的武俠敘事傳統中，近代史上以辛亥革命、北伐、抗戰、國共內戰、清黨、剿匪、白色恐怖等等標誌爲進程的歷史敘事有了官方以外更廣闊的想像與思考空間。於是，近代史的氛圍理所當然在一現實的界面上有更具體的民間動員。

黨國機器與民間會黨之間的合作與鬥爭，其實是中國近代史上迴避不了的事實。無論是最終退守台灣的國民黨政府，還是留守大陸建國的共產黨，

〔註19〕詳細的論述可參見楊瑞松，〈身體、國家與俠：淺論近代中國民族主義的身體觀和英雄崇拜〉，《中國文哲研究通訊》第十卷第三期，2000 年 9 月，頁87～106。

在革命狂飆與鞏固勢力的階段，都在不同程度藉助了會黨暴力。漕幫、哥老會、洪門、小刀會與國民政府，紅槍會與共產黨〔註20〕，民間與廟堂之間模糊不清的界線，凸顯了革命戰場是一流動的暴力場。那種種驚天動地的大革命都依賴著龐大的民間實力。武裝後的民間團體在幹了一番大事業後進駐於國安體系並不稀奇。換言之，整部國民政府的鬥爭或革命史都有其「江湖」的背景，而當中參與的人物顯然在「白道」的表面都有其「黑道」的底子。從前武俠小說中位居廟堂的的帝王有著微服潛入江湖的慾望，這來自於廟堂與江湖的權力／法律的對立。但那充斥血腥暴力的民國史卻由始至終都處在江湖之中。也就是說，江湖的合法暴力就是國民政府政權的穩定。

　　源自於民間的會黨組織一旦進入武俠文學書寫的空間，其實是別有意味的為武俠小說建構其政治江湖史的一個側面。就算是虛擬的會黨題材，也相應有了暴力的現實場景。同樣在一九二三年崛起的姚民哀以《山東嚮馬傳》掀開了武俠創作的起點。這部刊載於《偵探世界》的小說意有所指的敘述了軍閥政府兵匪互通的現實。那顯然隱喻了流竄的暴力找不到正當性的支撐，變成任何一個民間勢力可能介入的場域。於是，一九二六年開始姚民哀有計畫的展現長篇黨會武俠的寫作，亟欲捕捉的正是如此一個權力座標遊走廟堂與江湖間的暴力場景。《龍駒走血記》作為系列的首篇，其實引領讀者進入了一個幫派鬥爭，互相臥底反間，爭奪龍駒寶馬的秘密會社世界。小說最堪玩味的，應是黨會儀式、黑話系統的引入。小說敘述侯七進入秘密通道見洪門的大明子時所經歷的機關與應對的切口和隱語，顯然就像真實秘密會社的翻版。當中所引黑話與儀式似乎都有所憑據，可見姚民哀掌握資料的書寫。這堂皇將秘密會社搬入小說的作法，說明了外延的現實世界進駐為虛構敘事中的據點，模糊了暴力的想像與現實距離。黑話體系的張羅更象徵了暴力秩序的語碼化，變作黨會武俠敘事的一部份，牽動人心卻又引人入勝。當武俠小說中的會黨趨近真實，暴力更為接近，會黨武俠的社會歷史空間，就是奠基於江湖的民國史。許多歷史的縫隙都輕易經由暴力元素牽扯出精彩故事〔註21〕。換言之，歷史敘事可以清晰還原到民間廣場，那裡鏢局與會黨林

〔註20〕三谷 孝著，李恩民等譯，《秘密結社與中國革命》（北京：中國社會科學，2002年）。

〔註21〕一個有趣的當代個案值得參照。那是 1999～2000 年間張大春出版的《城邦暴力團》。小說扣緊黨國機器與幫會組織的鬥爭關係，描寫了國民政府史、國民黨退守台灣的精神史。小說中逃命而去的武林高手，彷彿影射了流亡台灣的

立，黨國機器糾葛其中，形成一個廟堂與江湖互通的暴力場。

綜合而論，民國以後的武俠小說所著墨的暴力圖像，其實都內化了現實中早已建制的暴力場景。無論是面對現代化殺人機器而挽救民族尊嚴的大俠，還是狀寫幫會事蹟深入黨國民間權力的會黨武俠，都說明了民國以後黨國革命與建設權力中擺脫不了的暴力。換言之，武俠小說隱喻的社會歷史時空，那貼近於現實，又或者根本從現實生成。江湖有其域外浪漫的想像，卻也有近代中國革命鬥爭史的界面。武俠小說面對的「歷史」經驗，很自然是一場暴力的經驗。畢竟，近代中國的精神史就是國家面臨現代巨變後的權力鬥爭、文化代謝、暴力流竄的歷史現場。國民革命以後知識分子尤其看得清楚革命與暴力的掛勾和本質。

> 嗚呼！國亂極矣，暴力之橫恣甚矣！平情論之，今日之象，固非一二學士大夫之心理所能獨致。然自時賢有誤認依於強力足以治國之思維言動，而暴力之縱橫益得資以爲護符，自由奔馳於僞國家主義之下而無復忌憚，此誠不得不謂爲君子之過〔註22〕。

李大釗發出的慨嘆顯然意味深長。言下之意，暴力的原址隱然浮現。

第三節　暴力隱喻：革命歷史小說與黨國記憶

一九三〇年胡適發表了一篇文章〈我們走哪條路〉，明白表露出革命與暴力的弔詭：

> 武力暴動不過是革命方法的一種，而在紛亂的中國卻成了革命的唯一方法，於是你打我叫做革命，我打你也叫做革命。打敗的人只圖準備武力再來革命。打勝的人也只能時時準備武力防止別人用武力來革命。這一邊剛打平，又得招兵購械，籌款設計，準備那一邊來革命了。他們主持勝利的局面，最怕別人來革命，故自稱爲「革命的」，而反對的人都叫做「反革命」〔註23〕。

國民黨政府。

〔註22〕 李大釗，〈暴力與政治〉，收入中國李大釗研究會編，《李大釗文集（卷二）》（北京：人民，1999），頁178。（原文發表於《太平洋》第1卷第7號，1917年10月15日）

〔註23〕 胡適，〈我們走哪條路〉，收入劉軍寧主編，《北大傳統與近代中國》（北京：中國人事，1998），頁342。（原發表於一九三〇年四月十日）

在國民革命的年代，革命／反革命作爲最通俗常見的語言，恰恰成了詭異的暴力現象。南京國民黨中央在一九二七年的清黨行動，操作的政治革命語言正是這一套革命／反革命語彙。爲鞏固政治權力卻毫不掩飾的高張革命大旗，暴力蔓延爲屠殺，代換爲革命的主調，甚至爲目的。從此國共的鬥爭輕易變成革命／反革命的鬥爭，這無關路線之爭，卻明顯是權力的角力，訴諸革命主導權的爭奪〔註24〕。箇中的弔詭，反而是革命正義的宣示，以及一套強行置入的象徵秩序。當暴力從手段轉爲目的，在理念與理想取得正當性之際，政權的合法性反而奠定了革命的價值。故此，革命的主導與暴力的形式結合爲一。在南京政權所推動的四大國家改造運動（新生活、國民軍訓、勞動服務、國民經濟建設），無形內化了革命語言。單就蔣介石倡導「新生活運動」〔註25〕是軍事化的整潔、簡單、樸素，就窺見那強勢主導置入的現代國民理念。從思想到生活的統一，建構的是符合革命時代的象徵秩序。這一套以革命爲政治手段，建設現代國家主體的認識機制，源自於歷史的暴力場。剛健體魄、軍事化生活、現代國民、民族情操，這當中的訴求無一不是從晚清以降的暴力衝撞中早已取得合法性的理念與意識型態。故而對於新秩序與新生活的烏托邦式想像，是個體投向集體，具備法西斯衝動及政治美學化的操作〔註26〕，但不能忽略的是內化的暴力形式所呈顯的合法性暴力論述。

當我們觀察共產黨取得大陸政權，開國立業之際，塑造黨國記憶，建構革命正義，動用的依然是這一套革命／反革命的標準。所有伴隨革命正義置入的理想秩序，無處不彰顯革命的符號暴力，甚至是赤裸裸的流血暴力。在文學史的譜系中，大陸地區生產於五○到七○年代的一批以講述共產黨革命事蹟，塑造黨國記憶的意識型態作品，以「革命歷史小說」的面貌註記在文學史的書寫。這一批作品基本「承擔了將剛剛過去的『革命歷史』經典化的功能，講述革命的起源神話、英雄傳奇和終極承諾」〔註27〕。換言之，這是

〔註24〕關於清黨的革命／反革命的符號暴力論述，參見黃金麟，〈革命與反革命：「清黨」再思考〉，《新史學》第十一卷第一期，2000 年 3 月，頁 99～147。

〔註25〕關於新生活運動的研究，參見關志鋼，《新生活運動研究》（深圳：海天，1999年）。

〔註26〕這主要是劉紀蕙關於精神分析與政治美學的解讀，同注 16。關於三十年代中國政治與法西斯主義的掛勾，參見馮啓宏，《法西斯主義與三○年代中國政治》（台北：國立政治大學歷史系，1998 年）。

〔註27〕黃子平的《革命‧歷史‧小說》（香港：牛津大學，1998 年）是當代研究「革命歷史小說」重要的專論著作。引文見頁 2。

一批在革命的號召語序下，回應歷史經驗及官方意識型態而創作的小說。當然，這一批作品從原始的長篇小說改編爲舞台劇、連環圖漫畫、電影的例子甚多，甚至進入學校教育成爲文學與黨國教育建制的一部份。這一批由國家體制認可、推動的革命歷史小說，在大陸地區文學史的定位上，變成是一九四九年以後新的文學範式〔註28〕，也就不難理解其經典化的歷程。這其中最著名的作品有被稱爲「三紅」的《紅旗譜》、《紅岩》、《紅日》，《青春之歌》、《林海雪原》等。然而，革命歷史小說廣泛受到讀者歡迎，除了是官方體制的推波助瀾，無可否定的是這些狀寫戰爭題材、英雄事蹟的小說在一度程度上投合了讀者的閱讀趣味。官方「社會主義現實主義」的文藝政策基本主導了作品的思想內涵，題材的政治正確、黨國意識的貫徹與宣揚、共產黨革命建國的偉大犧牲等等都是作品的核心價值。這種浪漫化的革命神話，著重作品的感染力。然而，作品深入群眾、語言通俗活潑，期待戰爭英雄等等引起發閱讀樂趣的部分，卻顯然爲我們在理解這一批作品的同時，提供另外的線索。

　　本文企圖以曲波出版於一九五七年的《林海雪原》〔註29〕作爲討論的個案，乃是因爲這部作品提供了官方與民間交錯的敘事養分，同時小說描寫國共內戰期間中國人民解放軍在東北剿匪的故事，正暴露出以建制黨國記憶的書寫本身，有許多內化的敘事裝置。而這往往是本文關注的暴力形式。《林海雪原》作爲很著名的一部革命歷史小說，主要的原因恐怕是其先後以改編爲革命樣板戲《智取威虎山》面貌出現，那是一九六四年初次公演。這一樣板京劇的風靡與成功，就隨著文革的蔓延成了熱門戲碼，在大陸各地的大小文藝舞台上演，且在事隔多年後仍然跟諸如耳熟能詳的《白毛女》、《紅燈記》並列經典位置，收錄在許多樣板京劇的影碟。而早在一九六○年《林海雪原》即被八一電影製片場改編爲黑白的電影版本，到了二○○四年更有電視劇的新貌。在視覺文化及影像廣爲傳播的《林海雪原》，不但是黨國記憶塑造成長的一輩的背景圖像，也凸顯了革命敘事的趣味消費取向。那些共產黨解放軍在投身革命爲國建設，滲入敵營奮戰的黨國英雄，都有了基本的形象可供想像與揣摩。換言之，本來的野史故事，英雄傳奇都換成了黨國的革命奮鬥史，箇中兵匪之間的鬥爭、鬥智、鬥勇，全成了建設黨國記憶及革命正義的一部

〔註28〕黃修己，《20世紀中國文學史（下卷）》（廣州：中山大學，1998年）。
〔註29〕曲波，《林海雪原》（北京：人民文學，2003年）

份。

這樣的轉換，雖然表面敘說著共軍革命建國的神話，但整體敘事機制與程式卻透露出其潛藏的內在目光與認識在黨政的文藝政策背後，別有懷抱。那並非指作家有意識的背離黨政政策或國家意識型態，反而敘事愈貼近於群眾及貫徹黨國意識，愈顯露其間的不平衡。《林海雪原》的故事描寫一支三十六人解放軍小分隊在東北長白山林區，嚴寒多雪中追剿國民黨潰兵所組成的幾股頗有勢力的土匪。全書刻劃了解放軍克服天險，發揮集體戰鬥實力，智勇雙全將匪徒各個擊破，拯救了陷於飢荒匪禍中的勞動人民，保護群眾土地改革，發動群眾支援共軍的剿匪行動，宣揚了共產黨的革命正義形象。小說情節的推演也成功塑造了幾個英雄角色，諸如運籌帷幄、領軍作戰的 203 首長少建波，扮作土匪滲入敵營智取威虎山的楊子榮，身懷絕技的欒超家。當然還有柔情剛毅化作白衣小天使的衛生員白茹。小說即著墨英雄人物的傳奇歷險，也點綴革命事業中英雄美女的愛情。整體看來，《林海雪原》敘寫的黨國革命記憶，其實動用了民間英雄傳奇的基本框架。一場象徵革命正義之爭的兵匪戰鬥即有智勇、諧趣、刻苦、威猛的各式解放軍英雄人物，也有暴虐、機警、淫媚的許大馬棒、座山雕、蝴蝶迷等土匪角色，很顯然精彩的武俠英雄場子貼上了革命的名目。對照於作者有意識置入的黨國意識型態，那不斷導正的敘事與人物塑造及情節發展之間，其實有其張力。而這張力可以理解為革命象徵秩序介入民間小說形式，又或民間小說形式潛藏在革命敘事。兩種說法都見證了革命既使操縱於政治，卻離民間不遠。從《林海雪原》的數個段落情節的敘事轉化尤其可以說明其中的詭異之處。

作為樣板京劇代表作的《智取威虎山》就是取自小說中最引人入勝的楊子榮巧扮土匪胡彪深入座山雕的威虎山，趁其大擺「百雞宴」時引導共軍小分隊進入威虎廳，一舉殲滅匪窩的段落。這當中的楊子榮化作土匪，學習匪幫的黑話，全為了深入虎穴當奸細。然而，解放軍的英雄角色竟透過了土匪的身份轉換，掩人耳目的深入敵營，成功智取，雖高潮迭起，卻也耐人尋味。從楊子榮被引導初見座山雕時，一連串的黑話問答與考驗，驟然切斷了之前反覆迴旋於楊子榮腦中的黨的意志。黑話系統堂皇介入共產黨的革命語序，擾亂了小說本來企圖劃清的革命／反革命的分界。共產黨的革命秩序，在於將國民黨打入反革命與匪的界域。革命區分敵我，排除異己的潔癖，形同將正義建立在崇高的象徵秩序。國民黨潰軍轉入為土匪，固然是共產黨革命敘

事中可以輕易理解的部分。然而，當共軍也偽裝爲共「匪」，其意義不見得是一個混充奸細的情節所能含括，官匪互通的意義卻眞實反映了近代中國革命場中的亂象。我們在會黨武俠系列見證的秘密會社，轉了一圈卻浮現在革命歷史敘事。這官匪體系的融合，是廟堂與江湖權力結合與分離的後續。這是詭譎的中國「現代」歷史經驗，高高舉起的革命正義只能輕輕放下，卻企圖從中隔出一個任俠空間。

　　小說敘述楊子榮混入威虎山的途中，發生「景陽岡」的擒虎情節，周旋在座山雕身邊卻像個說書人搬弄許大馬棒匪幫的野史豔跡，遭遇幾乎要揭穿其身份的脫逃匪徒欒警尉，卻機靈的見風轉舵、潑皮無賴的強詞奪辯、栽贓嫁禍，以致引起座山雕示意開殺戒，急著帶開一槍斃之。這裡形象崇高的解放軍變成詭計多端、心思周密、草莽氣息的綠林角色。正反形象的轉換無異證明符合「理想」的英雄，其實是綠林游俠的眞面目。可見小說定調的國共對抗輕易變成了英雄與土匪的鬥爭。這樣的轉化機制，源自於民間文化型態，那界定爲江湖的另類社會空間是一個蠢蠢欲動的出口。這顯然是民間傳統接軌於革命神話的路徑〔註30〕。於是，改編的樣板戲照舊將黑話直接搬上舞台，且在沒有字幕翻譯的狀態讓其出自舞台上的英雄之口〔註31〕。黃子平以爲土匪黑話被官方紅話的收編，勢必造成官方話語必須接納有另類話語存在的事實〔註32〕。但與其視黑話爲被收編的對象，還不如看清兩套話語互涉的狀態。黑話接應匪的身份而進入敘事脈絡，這一套浮動的語序才眞正接近於革命話語的原始眞相。黑話是進入匪窟的通關密語，是共「匪」實踐其革命大業的唯一通道。這一段情節的安排，難免對應上會黨武俠植根的革命空間。在座山雕面前混得如魚得水的楊子榮，是革命的共產黨員，還是反革命的國民黨土匪，顯然都已不是重點。（雖然小說的閱讀期待是好人鬥倒壞人）就在官匪身份互換與扮裝的當下，這種土匪形象的修辭變化〔註33〕，其實更

〔註30〕陳思和試圖提出民間文化型態以片段的「隱形結構」介入政治意識型態框架，是一個民間進入廟堂書寫的可能。參見氏著〈民間的浮沈：從抗戰到文革文學史的一個解釋〉，《中國當代文學關鍵詞十講》（上海：復旦大學，2002年），頁127～165。

〔註31〕參見革命樣板戲〈智取威虎山〉劇本的第六場「打進匪窟」。收入在《革命樣板戲劇本彙編（第一集）》（北京：人民文學，1974年），頁35～36。

〔註32〕黃子平，《革命‧歷史‧小說》，頁59～61。

〔註33〕蔡翔進一步指出土匪修辭的變化更形成美學的對立，有著正義與道德的判斷。參見氏著〈當代小說中土匪形象的修辭變化〉，《今天》1994年第四期，

深刻的指陳了革命／反革命詞彙的操作，一套暴力對抗的守則。反革命的國民黨土匪可以替換成不同的階級政治符號：封建大地主、偽滿警官、特務、憲兵、慣匪、大煙鬼等等。這一套修辭變化的可能，源自革命已轉向暴力的階級鬥爭。毛澤東就明白宣示：革命是暴動，是一個階級推翻一個階級的暴烈的行動〔註34〕。言下之意，暴力的形式退回到了彷彿晚清〈俠客談・刀餘生傳〉那種優生學的人種暴虐區分與殺戮。換言之，暴力本身仍是革命浪潮背後個體衝撞體制的衝動。只不過這體制從晚清的清廷換成了革命風暴下的兩股對立勢力，甚至以集體意志形塑個體衝動，以建立絕對秩序排斥對手。

　　無可否認階級鬥爭固有其自身的歷史發展脈絡。但當階級化作革命的一部份，進入為革命文學敘事的環節，理應著眼強調的是支撐這一套論述運作的內在目光。《林海雪原》為潰散成匪的國民黨所貼上的階級標籤，其實是暴力的部署，預示了一場以革命神話為號召的流血衝突。為鞏固政權的合法性所行使的合理暴力，卻牽引進一個多數對抗少數，集體對抗個體的立場，革命已被更巨型的集體意志取而代之，共和國的神話內化了暴力「視窗」。此一視窗類似運作界面，剿共、階級對立、英雄、土匪、烏托邦、浪漫革命語言等等零件安頓其中，「暴力」為其名，隨即點選就開啓共和國革命神話的成功之道。當解放軍協助遭到座山雕掠奪的夾皮溝民眾重建生活，那從城裡運來物資的火車徐徐駛入是象徵秩序的部署：「高山在跳躍，森林在奔跑，雪原反射出燦爛奪目的光芒，親吻著人們的眼睛」，刻意的抒情襯托了「每家都請了一張毛主席像」。以黨的意志與恩典施惠於勞動百姓強化了土匪與群眾的階級對立。小說進而部署工人階級以報恩回饋的心態投入剿匪革命，鞏固黨的階級立場與鬥爭，因而小說裡「毛主席那慈祥的笑容」顯然潛藏著符號暴力。這符號暴力尤其落實在國家革命英雄的塑造。

　　「英雄」的倡導並非晚近的事。早在一八九七年年嚴復、夏曾佑聯合發表的〈本館附印說部緣起〉〔註35〕就提醒小說的傳播與感染力取自人類兩大公性情：英雄、男女。隨著小說的位階提昇及蔚為文類主流，「英雄」敘事在

頁219～230。

〔註34〕毛澤東，〈湖南農民運動考察報告〉，《毛澤東選集》（北京：人民出版社，1966），頁17。

〔註35〕幾道、別士，〈本館附印說部緣起〉，《國聞報》，（1897年10月16日～11月18日）。又見陳平原、夏曉紅編，《二十世紀中國小說理論資料（第一卷）1897～1916》，（北京：北京大學出版社，1997年），頁17～27。

新文學與通俗文學都有各自的發展空間。尤其接應說部傳統且相應新文學的舊派小說，其中的武俠文類就是英雄傳奇的精彩演繹。然而，革命年代的混亂世局無形拓展了「英雄」的另類社會歷史空間。換言之，任俠佔據於文本空間的同時，接近於現實。

《林海雪原》作為黨國文藝政策下的產物，可以為革命神話效力與背書的，當然是黨國英雄、無產階級英雄、勞動群眾英雄。在配合反社會「個人主義」批判的同時〔註36〕，個體衝動的英雄必然被壓抑，而換妝為集體主義的代言人，人民力量的化身，中國社會主義現實主義下的「新英雄」。然而，《林海雪原》最耀眼的英雄人物卻有「五虎將」的提出（少建波、楊子榮、孫達得、劉勛蒼、欒超家），在敘事上這是傳統說部延續而來的養分與成規，在社會意義上則隱然接軌革命風暴中已建構的實質任俠空間。而《智取威虎山》作為樣板戲的改編，不正取自消費閱讀樂趣所強調的感染力。言下之意，《智取威虎山》的段落展現的是楊子榮的個體任俠風采與衝動。從扮裝土匪，苦練黑話，擒虎獻匪，混作奸細，部署反攻，巧辯脫困到引兵殲匪，楊子榮所凸顯出不是群體形象，反而是個體特質。原本預期的兵匪槍戰高潮，竟是草草交代。顯然作品強調的反而是前半部楊子榮鬥智鬥勇的過程，可見英雄的光彩來自個人。而革命大業必須由此個人英雄介入，引起共鳴，昭告了革命文學的認識機制，取自民間想像與消費的暴力衝動。然而革命文學最弔詭的所在，卻在回應民間群眾對革命的暴力想像之際，強勢置入一套以黨的意識型態為主的語言秩序。從一舉殲滅座山雕匪眾後，最彰顯的英雄光輝驟然被插入的革命語言接收。

> 沒有咱們偉大的共產黨、毛主席領導翻天覆地的大革命，我老楊還是得給地主當雇工；沒有這幾年黨培養我當偵察兵的本領，我老楊也不敢對付座山雕這個老土匪精；沒有二〇三首長的英明計畫和同志們大年三十上威虎山的英雄氣魄，我老楊再開一百次百雞宴，再當上一百次司宴官，也不能把這群殺人不眨眼的匪骨頭一往打淨。
> （頁308）

作者曲波清醒意識到個人英雄主義的張揚，必須收束到集體主義的革命

〔註36〕共產黨文藝政策對「個人主義」的批判，從三〇年代茅盾就已提出。從批判個人到提出集體性的「新英雄」，可參見姚丹，〈「社會主義現實主義」成規審視下的「新英雄」〉，收入陳平原主編，《現代中國（第二輯）》（武漢：湖被教育，2001年），頁217～229。

宏願與群眾利益。這訴諸黨國、群眾的敘事語言成了固定的語序，左右了小說企圖踰越的個體衝動。這一套張羅黨的意識型態的寫作公式，固然營造了革命神話建立於集體與群眾的基礎。但鮮明的個體英雄形象，仍招致批判。小說中另一位英雄人物少建波就被當年呼應共產黨文藝政策的何其芳批判為不夠「異常樸素」，連少建波所強調的「一切歸功於黨，歸功於群眾」也被視為「謙虛」的托詞〔註 37〕。這顯然是別有用心的讀者，警惕的意識到個體英雄容易轉化成革命的策劃者與主導者，甚至集結了革命的所有意義。論者曾試圖解釋作者曲波誤用了黨領導才配用的最高級的象徵詞彙「狂風巨浪中的燈塔」、「天昏地暗中的太陽」〔註 38〕。言下之意，做為幹部的少建波僭越了黨的等級秩序。

　　這裡最值得注意的問題是，革命歷史小說在槍口對外執行一套革命／反革命的階級對抗的革命神話的同時，對內也毫不妥協的受制於黨的暴力語序。換句話說，任俠的個體快意恩仇換成了集體的單位，等於寓意了一個復返的機制。集體的革命狂歡才足以支撐一則革命建國的神話。那迴旋於群體的黨國記憶，其實是暴力記憶。無論是打倒對立階級的國民黨以建立革命正義，還是扳倒個體以建立群體的統一，暴力已不斷蔓延與顯現。

　　本文提出暴力作為革命歷史小說的認識機制，就在提醒任俠的社會空間轉化為黨國革命服務的同時，內在迴旋著的意識型態暴力，不過是以集體之名強化個體的暴力衝動。服膺於體制與革命「象徵秩序」成了固定的界面，一次次的暴力都可由此啟動。如此一套操作程式成了內在暴力視窗，複製無數則革命歷史神話。誠如唐小兵所言，革命歷史文學是最保守的文學形式，反覆的暴力辯證，就是暴力革命的內在邏輯〔註 39〕。當「革命是歷史前進的火車頭」成了共產黨與群體的價值概念，暴力被文明進程合理化，甚至理想化，建制為「現代」的一部份。這不禁令人隱約聽到魯迅吶喊的詭譎回聲：革命、革革命、革革革命、革革革革命……。

〔註 37〕何其芳，〈我看到了我們的文藝水平的提高〉，《文學研究》1958 年第二期。
〔註 38〕姚丹，〈「社會主義現實主義」成規審視下的「新英雄」〉。
〔註 39〕唐小兵，〈暴力的辯證法：重讀《暴風驟雨》〉，收入氏編，《再解讀：大眾文藝與意識型態》（香港：牛津大學，1993 年），頁 108～126。